1960년생
이경식

1960년생 이경식

1판 1쇄 인쇄 ㅣ 2019년 8월 12일
1판 1쇄 발행 ㅣ 2019년 8월 19일

지 은 이 ㅣ 이경식
펴 낸 이 ㅣ 천봉재
디 자 인 ㅣ 디자인파코
펴 낸 곳 ㅣ 일송북

주   소 ㅣ 서울시 성북구 성북로 4길 27-19(2층)
전   화 ㅣ 02-2299-1290~1
팩   스 ㅣ 02-2299-1292
이 메 일 ㅣ minato3@hanmail.net
홈페이지 ㅣ www.ilsongbook.com
등   록 ㅣ 1998.8.13(제 303-3030000251002006000049호)

ISBN 978-89-5732-272-7 (03800)
CIP제어번호 2019028831
값 18,500원

※ 잘못된 책은 구입처에서 교환해 드립니다.

| 차 례 |

조용한 기차 객실, 어떤 사람이 전화 통화를 하고 있다. 내용은 그 사람의 가정사이다. 아름답고 유쾌한 내용이 아니라 심각하게 아프고 또 불편한 내용이다. 시시콜콜하며 심지어 매우 길기까지 하다. 이때 그 통화 내용을 어쩔 수 없이 들어야 하는 사람들은 민망하고 불편하다, 관음의 쾌감이 아무리 쏠쏠하다 하더라도 말이다.

'누가 물어보지도 않았는데도 불쑥 들이미는 개인의 내밀한 이야기, 심지어 유치하기까지 한 이야기가 얼마나 뜬금없을까?'

초고를 정리하고 나서 그런 생각을 했다. 그래서 시험 삼아 가까이 있는 어떤 친구에게 한번 읽어봐 달라고 했다. 이 친구가 다 읽은 뒤에 이랬다.

"사람들이 좋아할까?"

"왜?"

"이거 전부 네 자랑인데, 눈꼴시잖아."

"자랑이라고? 이게?"

"그럼."

"평생 빌빌거리며 살아온 내 모습이?"

"생각해봐라, 비록 어릴 때는 고생을 좀 했지만 원하던 대학교에 들어갔지, 물론 나이 들어서도 고생을 하긴 했지만 남 밑에서 눈칫밥 먹으며 일한 적 없지, 평생 자기 하고 싶은 거 하면서 살았지, 아이들 다 탈 없이 컸지, 정년이 없는 직업이라 남들 은퇴할 나이에도 일하지, 몸 건강하지 아직은... 더 얘기해 줘?"

"..."

"적어도 청년 세대는 기분이 나빠서 책을 안 볼 것 같다. 우리 세대는 비록 초년에는 고생을 했어도 그 뒤로는 대체로 잘 먹고 잘 살아왔는데, 지금도 그렇고... 이런 삶을 보여주면서 청년들에게 '인생이 이러니까 너희도 희망을 가지고 살아봐' 하고 말하면 잘난 척밖에 더 되겠어? 요즘 청년들의 미래는 우리 때의 미래와는 다르잖아, 어쩐지 암울하고... 그래서 미래를 준비하기보다는 현실을 최대한 즐기려고... 아니 현실에 충실하려고 하는데."

뒤통수를 한 대 맞은 기분이었다.

애초에 이 책을 머릿속에 들여놓을 때 나는 청년 세대를 염두에 뒀었다. 그들에게 충고를 해 준다기보다는, 이렇게 살거나 저렇게 살거나 적어도 인생은 살 만한 가치가 있음을 보여주고 싶었다. 그저 평범한 삶의 이런저런 모습을 담은 내용이지만, 그래도 혹시 어떤 청년이 이 책을 읽고서 "이렇게도 살았구나. 이렇게도 다 사는구나." 하고 느낄 수 있다면, 베이비부머 세대의 한 사람이 살아온 삶의 흔적들이 이 청년에게 위로와 당부가 될 수 있다면, 그것만으로도 힘이 되지 않을까 하는 바람이 있었던 것이다. 그리고 덧붙여서, 같은 시대를 살아온 내 또래의 누군가가 "그래, 우리 이렇게 살았지, 이렇게 다들 살았지." 하고 공감하는 것만으로도 그에게 위로가 되지 않을까 하는 바람도 함께 가졌다. 그래서 빛바랜 옛날 공책과 편지를 뒤적였다. 그리고 또 가만히 생각해보면, 지금까지 '우예 우예' 살아온 나 자신을 위로하고 격려하고 싶다는 바람도 마음 한 구석에 있었던 것 같다.

그런데 뒤통수를 맞았다.

'진짜로, 자랑일까? 온몸을 명품으로 치장한 여자가 (혹은 남자가) 조용한 기차 객실에서 자식 결혼식 비용만으로 2억 원을 썼다면서 깔깔 웃어가면서 시끄럽게 전화 통화를 하는 그런 꼴인가?'

그럴 수도 있겠다 싶었다.

그러나 다시 생각해보면, 적어도 우리 세대가 어떻게 그리고 어떤 생각을 하면서 지난 40년의 세월을 살아 왔는지 들려주는 게 아무런 의미가 없을 리 없다. 그렇지 않은가? 현재를 잘 살기 위해서 수백 년 전의 역사도 배우는데 수십 년 전의 정서가 어땠는지 알 필요가 없을 리 없다. 하물며 우리 세대와 지금의 청년 세대는 같은 시공간에서 앞으로도 꽤 오랫동안 함께 부대끼면서 살아가야 하는데... 젊은 세대가 공감의 눈빛은 아니더라도 적어도 연민의 눈빛으로라도 우리 세대가 살아왔던 모습을 보아주면 좋겠다는 게 내가 내린 결론이고, 옛날 일기장과 편지를 뒤적여서 가려낸 '유치한' 글들을 책으로 펴내면서 내가 의도하는 목적이다. 그렇게 해서 젊은 세대가 아주 조금이라도 지혜를 더 얻을 수 있으면 좋겠다. 또 그렇게 해서, 우리 사회에 만연한 매섭고 섬뜩한 세대 간의 눈흘김이 조금이라도 줄어들 수 있으면 좋겠다.

(사족) 그런데 다행스럽게도, 내용이 아무리 '눈꼴 시린 자랑질'이라고 하더라도 이 책은 기차 객실에서 떠드는 전화 통화와는 다르다. 기차 객실의 시끄러운 통화는 누구든 선택의 여지없이 감수해야 하지만 이 책을 읽을지 말지는 독자가 선택할 수 있으니까 말이다. 독자의 현명한 (혹은, 현명하지 못한) 선택을 기대한다.

지난 40년을 어찌어찌 살아온 나 자신을 위로하고 격려하고 싶다는 바람이 원고를 정리하는 동안 내내 마음 한 구석에 분명히 있었다. 솔직하게 말하면, "지난 40년을 어찌어찌 살아왔기에 이 상을 수여함"이라는 내용의 상을 받고 싶다. 어쩌면 이게 이 책을 내면서 마음에 담았던 보다 더 근원적인 바람일지도 모른다. 나를 포함한 우리 세대가 살아온 지난 40년 세월의 '아름답거나 아름답지 못한 혹은 소중하거나 시답잖은 그 모든 것'의 가치를 세상뿐만 아니라 나 스스로가 또 부끄러운 내 이야기 속에 나오는 모든 사람들이 그리고 또 바라건대 1960년생 주변의 우리 세대 전체가 인정할 수 있다면 얼마나 좋을까, 청춘의 얼굴로 수줍은 미소를 지을 수 있다면 얼마나 좋을까? 이 작은 바람이 뒤통수 맞을 걸 각오하면서도 기어코 이 책을 내는 이유이자 목적이다.

　마지막으로, 많은 사람에게 고마움을 전하고 싶다. 그 사람들은 내가 굳이 뭐라고 말을 하지 않더라도 내가 자기에게 얼마나 고마워하는지 잘 알 것이다. 모두 고맙다.

2019년 여름, 이경식

    오래된 흑백 사진이 한 장 있다. 모자(母子)의 사진이다. 배경으로는 커다란 장독이 줄지어 늘어선 장독대가 보이고 그 뒤로 기와를 인 높다란 담장이 있고, 그 담장 뒤로 산이 있는 걸로 봐서는 옛날 시골집 마당이다. 이십대의 젊은 어머니는 밝은 색 저고리에 짙은 색 치마를 입었고 2대 8 가르마를 타서 얌전하게 양옆으로 빗은 풍성한 머리카락을 귀 뒤로 모아서 쓸어 넘겼다. 그래서 갸름한 얼굴에 훤한 이마 그리고 뚜렷한 이목구비가 더욱 돋보인다. 가는 목을 둘러싼 저고리 동정은 풀을 먹어 빳빳하다. 어머니는 왼쪽 무릎은 앞으로 눕히고 오른쪽 무릎은 세운 자세로 쪼그리고 앉아 오른손으로는 아이의 엉덩이께를 감싸고 왼손은 다소곳하게 접어서 무릎 위에 올려두었는데 아이의 옷에 가려서 보이지 않는다. 아이는 점퍼를 입고 있는데, 점퍼에는 단추가 여러 개 달려 있지만 맨 위의 단추만 채웠다. 단정하게 깎은 상고머리에 얼굴이 통통한 아이는 두 손을 점퍼 주머니에 푹 찔러 넣고서 엄마 쪽으로 몸을 살짝 기울인 채로 서서 카메라를 바라본다. 점퍼 안에는 가로로 커다란 줄무늬가 하나 나 있는 스웨터를 입고 있다. 아이의 선키는 어머니의 앉은키보다 조금 작고, 그렇게 모자는 얼굴을 가까이 대고 있다. 모자의 눈높이에 있음직한 카메라를 바라보는 어머니의 눈빛은 처연할 정도로 얌전하고 아이의 눈빛에는 장난기가 철철 흐른다. 아닌 게 아니라 아이는 금방이라도 터져 나올 것 같은 웃음을 참는 듯 벌린 입 그대로 두 입술만 안으로 억지로 오므리고 있다. 무엇이 그리 재미있을까?

아이의 나이가 네 살쯤 되어 보이니, 아마도 1963년인 것 같다. 그리고 아이의 점퍼 차림과 목을 훤히 드러낸 어머니의 가벼운 차림으로 보건대 봄인 것 같다. 아마도 이 모자는 군대 간 남편에게 또 아버지에게 자기들을 보여주고 싶었던 모양이다. 그렇게 어머니는 턱을 아이 쪽으로 최대한 내밀어 아이의 뺨에 자기 얼굴을 가까이 붙이고 아이는 어머니에게 비스듬하게 기댄 자세로, 어머니는 어머니대로 아이는 아이대로 카메라를 바라보며 제각기 남편과 아버지를 상상했을 것이다. 어머니는 잘생긴 아들이 자랑스러운 마음에 아이를 앞에 세웠을 테고, 아이는 추억이 많지 않은 아버지를 상상하니 겸연쩍었을 테다. 젊은 나이에 청상이 된 아이의 증조할머니는, 대대로 손이 귀한 집이므로 (당신 시어머니가 그랬던 것처럼) 어떻게든 빨리 큰손자를 결혼시켜서 대를 이을 아이를 낳아야 한다고 성화를 했고, 손자는 그 성화를 이기지 못하고 고등학생 때 결혼을 했고 얼마 뒤에 아이를 낳았고 또 얼마 뒤에 입대해 멀리 의정부에서 군복무를 하고 있었다. 남편이자 아버지인 이 남자는 이 모자의 사진을 보고 얼마나 반가워했을까?

...그리고 이 어머니와 아들이 그 뒤로도 오래오래 행복하게 살면 참 좋겠다.

1부

청춘아, 아픔아

"...어머니께서는 오늘도 리어카를 끌고 일하러 나가셨다. 리어카 높이에다 그 높이의 4분의 3 정도나 되는 높이까지 더 달걀을 싣고 나가셨다.

알록달록 헐직한* 가을 옷과 노란 색깔 모자의 어머니 뒷모습은 정말 여신이었다."

입주 가정교사

1977. 7. 18. 월요일. 맑았다가 흐림

오늘이 7월 18일이다. 오늘은 제헌절 이튿날로서의 가치나 의의도 없고 월요일이라는 의의도, 새로 맞춘 교련복을 두 번째로 입었다는 사실도 중요하지 않다. 억지로 오늘의 의의를 말하라면 오랜만에, 실로 오랜만에, 내일이면 일기라는 단어조차도 잊어버릴 만큼 오랜만에 일기를 쓰는 날이요, 글을 쓰는 내가 어색하게 보일 만큼 오랜만에 만년필로 소위 작문을 하고 있는 날이다.

장마철이라 그런지 후텁지근하고 모기까지 공습경보를 울려대며 마구 날아대니 홑이불이라고 해도 땀이 차는 이불 속으로 모기를 피해 다리를 넣고 있으니 온몸이 근질근질하고 등에는 어느새 땀이 채어 끈적끈적해졌다.

내가 처음 상준이네 집(내가 지금 누워 있는 집)에서 잔 날은 (그

16

날이 5월 25일이었으니까 지금까지 정확하게 58일이 지났나?) 낮에는 더웠지만 밤에는 잠옷을 입고 잤는데, 지금은 속옷 하나만 내 몸을 가리고 있다.

……

휴우, 내가 상준이 집에 온 것은, 올해 중학교 3학년인 상준이가 12월에 있을 연합고사를 잘 치르도록 도움을 주기 위해서, 즉 상준이의 소위 가정교사 자격으로 일정한 금액을 받기로 약속하고 채용되었기 때문이다. 그런데 나의 이 가정교사 역할은 '가정교사'라는 말의 어감 자체와 나의 본체와의 적어도 당장은 메워질 수 없는 간격 때문에, 상준이네 집에 대한 식충이의 역할로 전락했다고 생각할 만큼 나 자신을 비겁하고 소극적인 인간으로 보기도 했으나, 시간이 지남에 따라 이제는 그런 생각도 점점 사라지고 일종의 의무감 같은 것이 작용하는지 상준이에게뿐만 아니라 이 집에 대한 애착심, 즉 내가 앉는 의자와 책상, 주전자, 세숫대야 등에도 범어동 우리 집에 있는 의자, 책상, 주전자, 세숫대야처럼 친근감이 들고, 내가 처음 왔던 날 느꼈던, 영원히 지워지지 않을 것 같던 이질감도 어느 사이에 점점 사라지고 있음을 매일 아침 5시에 일어나 세수를 하면서 똑똑히 느낀다.

우리 조상은 모두 경상도 사람이라 경상도 사람 특허 성질인 무뚝뚝함을 잘 이어받아서 그런지, 아니면 그런 무뚝뚝함 중에서도 상대방만 명랑하고 쾌활하게 대화의 실마리를 끌어낸다면 얼마든지 거기에 맞장구치고 같이 웃으며 재미있게 대화를 지속할 수 있는 나의 능력이 발휘될 기회를 주지 않는 이 집 사람들의 탓인지 활기찬 대화는 나와 같은 방을 쓰는, 나보다 두 살 위이고 이 집에서는 '아재'로 불리는 상준이 외삼촌 해길이 형과 상준이 외에는 잘, 아니 거의 오고가지 않는다. 이런 사실은, 풀려가는 이질감 속에서도 여전히 나의 허파를 쥐고 있는 것 같이 느껴져, 되도록 빨리 없어지도록 내 스스로 노력해야겠다.

오늘 학교에서 재호(우리 반 실장)가 학기말 성적표를 우송할 편지 봉투를 돌려주며 보호자 이름을 쓰라고 하였다. 편지 겉봉은 다음과 같이 씌어 있었다.

— 대구시 동구 .... 805-256 (박태순 씨 방) 이경식

박태순 씨는 우리가 세들어 있는 집 주인이다.

재호는, 성적표를 본인에게 직접 주지 않고 우송하는 목적이 있는 만큼 내 이름 대신 보호자 이름을 쓰라고 했으나, 살아계신 아버지 존함 대신에 어머니 존함을 써야 한다는 생각보다, 반 아이들이 셋방살이를 하면서 아버지 없는 아이라고 생각할까 봐 끝까지 우겨 내 뜻대로 했는데, 과연 나쁜 짓일까? 나는 그렇게 생각하지 않는다. 작은 자존심을 지키겠다는데 누가 뭐라고 하겠는가?

1977. 7. 19. 화요일. 흐리고 맑음

창문 밖으로 희미하게 빛나던 맞은편 집의 형광등도 이제 꺼지고,

멀리 갈 길을 서두르는 자동차 엔진 소리만이 이따금씩 들리는 자정 가까운 시각, 이름 모를 벌레가 우는 소리는 똑딱거리는 벽시계의 음향과 어우러져 야릇한 기분을 안겨준다.

> 밤, 깊은 밤 바람이 뒤설레며
> 문풍지가 운다
> 방 - 텅 비인 방 안에는
> 등잔불의 기름 조는 소리뿐...
>
> (심훈, "밤"의 1연)

매일 아침 겪어야 하는 고초는 등굣길의 버스에서 시작된다. 내가 타는 곳은 버스 종점에서 가까워 탈 때를 놓치거나 차장의 세찬 손길에 떠밀리는 일 없이 수월하게 차에 올라선다. 자리도 제일 뒷좌석 아니면 그 다음 좌석이다. 가방을 무릎 위에 올리고 여유 있게 앉아 가긴 하지만 내릴 때면 4~5킬로그램의 가방을 쥐고 엉거주춤 내려야 하기 때문에 (물론 사람들 사이를 요리조리 빠져서), 내리고 나면 우선 팔에 힘이 쏙 빠진다. 그리고 거기에서 10분쯤 걸어서 학교 정문에 도착, 다시 3분쯤 뒤에는 교실에 들어가 드디어 인생 토론을 하는(?) 무리에게 끼어 말참견을 한다. 그런데 가방을 책상 위에 얹어두고 가쁜 숨을 가라앉히며 앉아 있자니, ○○이라는 놈이 하는 말이.

"아! 나는 어제 9시에 자서 오늘 아침 6시 반에 일어났다."

하면서 그래도 잠이 모자란다는 듯 눈을 껌벅거려 보이며 히죽히죽 웃는데, 거기에 질세라 ○○이가,

"아 정말 요새 공부하기 싫어 미치겠다. 어제는 밥 먹고 TV 보고 나니 11시 반이더라, 참..."

라고 맞장구치니 다른 애들도 덩달아 한 마디씩 던졌다.

"공부가 인생의 전부가 뭐?"

"세월이 좀 먹나 공부는 됐다가 천천히 하지 뭐."

이런 말들은 시험공부를 하는 우리들 사이에 흔히 있는 상투적인 말이지만 나는 이런 말들, 아니 이런 말을 한 사람들을 수긍할 수 없는 점이 있다.

그들이 공부라는 사실에 부정적인 뜻을 가지고 회피하려고 하나 그것은 어디까지나 그렇게 되면 좋겠다는 (결과적으로 보면 좋은 아니지만, 일시적으로) 현실에서는 실현 가능성이 희박한 한낱 공상에 지나지 않는 것이니만큼, 기왕 받아들여야 할 현실을 미적미적 뒷걸음질 치며 마지못해 받아들이니, 희망적으로, 총명한 눈동자를 반짝이며 이들을 받아들이는 것이, 자기는 해야 한다는 것을 알고 있으면서도 그리고 어떤 때는 그것을 성성하게 이행하면서도 말로는 그렇지 않은 척 꾸물거리며 빈정대는 자기기만이나 이중적 인격에 빠지지 않는 길이 아닐까 한다.

(...)

우리는 자기 주변을 너무 의식하여 자기 자신을 기만한다. 마땅히 받아들여야 할 현실을 회피하려고 하는 경향을, 주변의 의식을 자

기 자신의 의식으로 돌려서, 제거하는 게 옳다.“

선생과 학생의 관계.

'君師父一體'라 하여 학문을 배우는 위치에 있는 학생은 절대적으로 선생에게 복종하고 선생을 존경해야 한다는 생각이 조선시대에는 철저하게 지켜졌다. 하지만 기계문명이 고도로 발달한 지금은 이런 것들에 반비례해서 선생의 위치가 점점 추락하고 있지 않나 하는 생각이 든다.

오늘 아침 담임선생님으로부터 기말 사무처리 관계상 오전수업만 한다는 전달을 듣고는 애들은 늘 그러하듯이 박수를 치면서 좋아했다. 그러면서도 5시간 중에, 제일 지겨운 과목을 꼽으라면 세 손가락에 아니 첫째로 꼽히는 수학과 하품만 나는 영어가 들어 있기 때문에 (게다가 영어는 두 시간씩이나) '말을 타면 견마 잡히고 싶다'는 사람 심리가 작용해서, 그것들이 빠졌으면 하는 아쉬움이 아이들 각자의 마음과 얼굴에 나타났다.

다행스럽게도 수학 시간은 선생님이 갑자기 설사가 나서 자습을 하게 되었는데 아이들은 모두 좋아라 하며 체육복으로 갈아입고 (7교시가 체육이라서 체육복이 준비되어 있었다) 운동장으로 나가서 축구를 하였다. 선생님이 갑자기 설사가 났다는 사실이 원인이 되어 한 시간을 놀게 되었다고 아이들이 기뻐하니, 그것이 곧 선생님이 갑자기 설사가 나서 기뻐하는 것인 아닌가 하고 생각해보니 어쩐지 좀 우스웠다. 그러나 언제까지나 웃을 일만은 아니라는 생각이 들었다.

그건 그렇다 치더라도 그 다음이 더 문제였다. 열심히 공을 차느라 땀이 빠작빠작 날 때쯤 해서 수업시간 마침을 알리는 종소리가 났다. 그러나 아이들은 땀을 씻고 다음 시간인 영어 수업을 받을 준비를 하기는커녕 계속 공만 차는 것이었다. 이윽고 수업 시작을 알리는 종이 울렸으나 교실에는 절반뿐이었고 나머지는 모두 운동장에서 여전히 축구를 하고 있었다. 실장은 선생님이 올라오기 전에, 운동장에 있는 애들을 교실로 불러들이기보다는 교실에 있는 애들을 모두 운동장으로 나가게 하는 게 더 낫겠다고 판단하고 그렇게 했다. 하얀 교복만 책상 위에 무질서하게 얹혀 있는 텅 빈 교실에 쑥 들어선 선생님은 아연했다. 앞서 있었던 영어 시간에 다음 영어 시간에는 체육을 하면 좋겠다는 의견이 나왔지만 그 의견을 묵살했던 터라, 우리 반 아이들이 어떤 마음을 가지고 있는지 잘 알고 있던 선생님은 운동장에 있는 한 무리를 흘낏 보고 실장에게 "애들 전부 모아." 하셨다. 그러나 실장도 자기주장을 내세웠다.

"애들 분위기가 다가오는 방학 때문에 들떠 있는 데다가, 또 제가 모두 나가라고 해서 다시 들어오라고 하면 잘 안 들어올 뿐 아니라 수업도 잘 안 될 텐데요?"

"말이 많아, 지금이 영어 시간이지 체육 시간이야?"

"저, 그래도..."

"빨리!"

"…"

선생님은 한참을 아무 말씀도 하지 않고 출석부만 만지시다가,

"나도 학급 사무가 있어… 영어 수업은 그만두지."

하시며 교무실로 걸어가셨다. 그러면 결론적으로 학생이 선생을 이긴 건가? 이겼지. 임금이고 아버지인 선생님이 학생들에게 분명히 진 거지. 출석부를 흔들면서 교무실로 돌아가시는 선생님의 마음은 아마 회심의 미소를 띠며 돌아서서 자랑하는 실장의 기쁨보다 몇 배 몇 십 대 더 쓰라린 패배감, 배신감으로 무거웠을 것이다.

선생님에게 절대 복종한다는 것은 봉건적인 생각이며 군국주의 피지배에 따른 결과이며 자유로운 분위기를 방해한다고 생각하는 사람들도 만일 이런 모욕을 받을 경우엔 따뜻한 이해심으로 "응, 응." 하지는 않을 것이다.

진리를 탐구하는 신성한 학교에서는 이런 기풍이나 풍조를 일소할 어떤 사건이나 동기가 있어야 할 것 같다.

7월 24일 일요일. 맑음

오늘도 어제에 이어서 섭씨 37도. 옴폭한 대구 분지에 사는 덕택에 여름이면 더위를 밥 먹듯 먹어가며 17년을 살아온 나지만 사족에 힘이 빠지고 이마엔 땀이 송송 맺히고 등허리가 끈적끈적해지는 데에는 별 수 없이 끙끙 앓는 수밖에 없다. 돌아서면 금방 땀이 흐

를 것이라서 등목도 체념한 지 오래다.

아침에 어머니께서 사오신 수박으로 점심을 때우고 오후 6시까지 할 일 없이 근수 집(근수 집은 高地에 있어서 참 시원했다)과 승열이 형 집에서 무료하게 보낸 뒤(*근수와 승열이는 나보다 각각 한 살 그리고 네 살이 많은 동네 형이었다) 노원동 상준이 집으로 왔다. 대문을 밀고 들어오니까, 마루에 앉아서 하모니카를 불던 해길이 형이 빙글거리며 말한다.

"이때까지 놀다가 오나?"

참! 어제 놀러 갔지. 잘 놀았던가?

8시 20분, 노원동 집을 나서서 팔달시장 앞 버스 정류장에서 버스를 탔다. 대부분의 학교가 어제(23일) 종업식을 해서 식이 한창 진행되던 시각이어서 그런지 차 안에 학생은 거의 없었다. 차는 만평로터리를 거쳐 북부정류장까지 갔다가 다시 성당주차장으로 향했는데, 직경 30미터 정도의 만평로터리 분수대가 뿜어 올리는 물줄기가 하얗게 부서지며 무지개를 피웠다. 답답하던 마음이 시원해지는 느낌이었다. 성당주차장으로 가는 길이 초행이라 그랬던지 차창 밖의 거리와 한참 뒤의 산 풍경들 덕분에 30분이라는 시간이 길게 느껴지지 않았다.

약속했던 9시 30분보다 7분 이른 9시 23분에 문둥이원유회 회원이 모두 모였다. 최대희, 기타맨 한동근, 고래 하웅백, 한상훈, 김원형, 신현구, 그리고 나 이렇게 일곱 명은 부근의 슈퍼마켓에서 환타

4병, 맥주 5병, 애플 와인 1병, 비스켓, 식빵, 맛동산 등을 사서 하양 행 71번에 몸을 실었다. 하양까지 가던 약 1시간도 낄낄거리며 나누는 잡담으로 길게 느껴지지 않았다.

11시에 하양 도착. 그리고 지난번 시화전 반성회 장소로 한 번 와 본 경험이 있는 나와 웅백이의 안내로 목적지를 향한 행군이 시작되었다. 마른 논에 물을 대는 경운기 옆에 서 있던 농부 한 사람을 제외하고는 사람이라곤 보이지 않는 들길을, 팝송을 들으며 걸어갔다. 곧 매미 울음소리가 고막을 찢어버릴 듯 요란했고, 과수원 길이 나오고, 또 조금 더 걸어들어가니 금호강의 지류가 시원하게 흘러가고 있었고, 그 안에서는 벌거숭이 소년 대여섯 명이 장난을 치면서 놀고 있었다. 내가 수영 좀 하다가 가자고 했으나, 내려오는 길에 하자는 의견에 묵살되었다.

목적지에 도착한 뒤에 점심을 먹고 술을 마시고 환타를 마시고 민가에서 빌린 물통으로 물을 길어 마시며 재미있게 놀았다. 올 때쯤해서는 우리의 목소리를 녹음기에 담았다. 현구가 가져온 필름 40장도 모조리 박았다.

다섯 시에 하산했다. 그러나 취중이라서 수영은 하지 못하고 남은 돈 1,000원으로 뭘 할까 옥신각신하다가 결국 대구에서 라면을 사먹자는 의견에 일치를 보아 71번 버스를 타고 대구로 들어왔다. 올 때는 갈 때보다 승객이 더 많아 답답했다.

1학기 동안 쌓였던 체증을 확 풀어버린 하루였다.

지금은 밤 11시. 이제 이 일기를 다 쓰면 잔다. 내일부터 내 계획대로 귀중한 방학 하루하루가 되기를 빌고 싶다.

서울대 사회계열

7월 28일 목요일. 맑음

바라는 비는 오지 않고 수은주만 37도를 오르내리니 이거야 원 살 겠나. 더워 죽는다기보다 논이 갈라져서 사람들 굶어죽겠다.

어머니는 오늘도 장사하러 나가셨겠지. 리어카에 계란을 천 개 가까이나 싣고 하루 종일 뙤약볕 아래 끌고 다니시니... 오직 나와 동생들 교육을 위해서. 지금이 오후 일곱 시니 아직 조금 더 있어야 집에 들어가시겠지. 그리고 모기에 시달리며 잠깐 눈을 붙였다가 새벽이면 또 똑같이 힘든 하루를 보내시겠고. 거기에 비하면 내 처지는 얼마나 편하고 안락한가. 동생 화진이도 이제 중학교 1학년밖에 되지 않았으면서도 가사의 3분의 1 정도를 맡아서 하니 얼마나 고될까? 그래서 지난번 학기말 고사 성적표를 보고 꾸짖지도 못했다. 하지만 고진감래라는 말이 있다. 어머님, 제가 성공할 때까지는 참아주십시오. 화진아, 동생들 잘 살피고 어머니 가사일 잘 덜어드 려라. 우리가 편하게 살 때까진 말이다. 물론 편한 게 인생의 목표 는 아니지만 말이다.

오늘 오후엔 하도 답답해서 소설책 한 권 들고 학교에 어슬렁거리 며 가보았더니 3학년들은 물론이고 2학년도, 특히 우리 반 애들이 많이 와서 37도까지 올라가는 열기 속에 이마의 땀을 닦으며 공부 를 하고 있었다. 폼으로 들고 온 소설책이 어색할 정도로 그들은 공 부를 하고 있었다. '사람은 모름지기 독서를 통해서 마음을 깊고 넓 게 닦아야지, 암!'이라는 마음으로 자위를 하며 태연한 척 했으나, 지금 곰곰이 생각해보니 무력하고 자만에 빠져 있는 내 입에서 나 온 한낱 헛소리였다.

내 목표는 서울대 사회계열. 어떻게든 노력하여 꼭 이루고야 말겠 다. 신이여, 제발 이 결심이 1년 반만 지속하도록 저에게 힘을 주소서.

오늘부터 〈1200제〉 들어갔다.

8월 4일 목요일. 비

아침부터 비가 올 것처럼 선선한 기운이 들고 검은 구름이 바쁘게 움직인다 싶더니, 정오쯤 굵은 빗방울이 후두둑 후두둑 땅을 세차 게 두들기기 시작했다. 먼지가 폭삭거리며 일어날 정도로 세찼다.

상준이란 놈이 수학을 원체 못해서 (어제는 수학 교과서를 풀어주는데 얼마나 신경질이 나던지 콱 엎어버리고 싶은 충동도 느꼈다) 난감하다. 수학에서 점수를 많이 따두면 수월할 텐데 말이다.

오늘은 상준이 교과서 진도를 짰다. 이 시간표대로만 된다면야 문제가 없겠지만, 좀 빡빡한 편이라 상준이에게 벅찰지도 모르겠다는 생각이 든다. 하지만 어떻게든 힘껏 해 볼 생각이다.

상준이네 집에서 오늘 세 번째로 용돈 3천 원을 받았다. 상준이 어머님이 내어주시는 돈이 왜 그렇게도 떨떠름하고 씁쓰름한지... 지난번처럼 아무 소리도 하지 않고 그냥 받았다.

8월 7일 일요일. 비

오늘 아침에 잠결에 후두둑거리는 소리를 들었는데 깨어 보니 창문이 축축하게 젖어 있었다. 밤사이에 비가 왔다.

(...)

화진이가, 내가 지난 번 일요일에 공부할 목표까지 세워 주었는데도, 공부를 통 하지 않았다는 말을 듣고는 한 대 쥐어박고 싶은 충동이 일 정도로 안타까웠다. (자기 동생도 변변히 잘 가르치지도 못하는 주제에 남의 집 동생을 가르쳐야 하는 내가 한심하다.) 화진이에게 네가 공부를 못하면 공장에 다녀야 한다는 말로 자극을 주었다. 화진이는 나에게 그런 말을 들을 때마다 늘 그랬듯이 고개를 푹

숙이고 모기만한 소리로 "공부 잘할게."라고 말했다. 그 모습 그 말에 나는 오히려 화가 났다.

8월 11일 목요일. 맑음

1학년 때 한 번 읽은 적이 있는 괴테의 〈젊은 베르테르의 슬픔〉을 한 번 더 읽었다. 알베르트의 약혼녀인 로테를 열렬히 사랑하지만 끝내 고귀한 사랑을 영원히 간직하기 위해 자살을 선택하는 베르테르의 심적 변화를 1인칭으로 쓴 소설이다.

베르테르가 했던 열렬한 사랑을 생각해보았다. 이 세상에 한 번 태어나서 오직 한 사람만을, 자기의 모든 것을 받쳐서 사랑한다는 것은, 비록 그것이 결실을 이루지 못하고 짝사랑으로 끝나버린다 하더라도 사람이 가질 수 있는 최고의 사랑이 아닐까 한다.

일전에 이런 이야기를 들은 적이 있다.

어떤 사람이 한 여인을 매우 사랑했으나 자기의 코가 다른 사람보다 컸기 때문에 그 여인게 사랑을 고백하지 못하고 망설이는 동안 다른 남자가 그 여인에게 사랑을 고백하고 사랑을 결합시킨다. 그러자 그 사람은 자기가 사랑하는 사람을 잊어버리지 못하고 계속 마음속으로만 사랑을 하면서 독신으로 산다. 그러다가 그 여자의 남편이 죽고 여자는 수녀원으로 들어간다. 수녀원에 들어간 여자는 가끔 들러주는 그 남자(자기를 사랑할 줄 모르는 여자를 열렬히 사랑하는 그 남자)가 들려주는 세상 이야기와 신앙에만 전신을 쏟고 몸을 바친다. 그러던 어느 날 남자가 여느 때와 마찬가지로 수녀원으로 가는 도중 그의 정적에게 중상을 입었다. 그러나 남자는 여느 때와 다름없이 자기가 사랑하는 여자에게 세상 이야기를 들려주고 (그때까지 여자는 남자의 상처를 알아보지 못했다) 마침내 숨을 거두기 직전에야 여자에게 사랑을 고백하고 죽어간다.

나는 이 이야기를 읽고 나도 이 사람과 같은 열렬한 사랑을 하면 좋겠다고 생각했다.

무릇 사랑에서뿐만 아니라 세상을 살아가면서 치러야 하는 모든 일에 이런 정열을 쏟으면 그것이 바로 삶의 보람이 아닐까.

8월 15일 일요일. 비

기차 기적소리에 눈을 떴다. 철커덕철커덕, 철로 울리는 소리와 바퀴 구르는 소리가 주기적으로 들리다가 점점 희미하게 잦아들었다. 마당 구석에서 보릿짚 태우는 소리가 '탁탁'거리며 들려왔다. (둘째) 외할머니께서 아침을 짓는 소리였다. 눈을 치뜨고, 머리 쪽으로 열려 있는 문 밖을 보니 푸른색이 감돌면서 흰했다. 대구에서는 보지 못한 영묘한 기운이 감도는 푸른색이었다. 옆에서는 영래 아재(외삼촌이지만 나보다는 두 살 아래다. 이유는 좀 복잡하고 길다.)가 코를 골고 자고 있었다. 에라 모르겠다, 더 누워 자자. 어제 마신 포도주가 과했던지 오른쪽 머리가 띵해서도 그냥 일어날 수는 없었다.

어제 어머니께서 외할머니 제사에 다녀오라고 하셔서 짐을 (짐이라고 해야 가방 하나지만) 들고 나서는데 화진이가 자기는 이때까지 외갓집에 한 번밖에 가보지 않았다면서 떼를 쓰는 바람에, "오늘 갔다가 내일 오는 건데 뭘 따라오느냐? 외갓집에 가도 널 좋아하는 사람은 아무도 없다."고 했다. 솔직히 말하면 거추장스러운 짐을 벗어버리려고 한 말이지만, 이 작전이 통하지 않아서 어쩔 수 없이 화진이를 데리고 갔다.

오래간만에 타는 기차라서 기분이 아주 상쾌했다. 벌써 여러 번 지나간 길이지만 다시 새롭게 보이는 차창 밖에 과수원, 산 그리고 옹기종기 모여 있는 농가들은 늦여름의 햇살을 인상 깊게 반사시켰다. 10시 12분에 동대구역을 출발한 기차는 12시가 거의 다 되어서 모량역에 도착했다. 표를 받는 역무원의 모습도 낯익은 얼굴이었고, 개찰구 앞의 향나무와 그 옆으로 잘 가꾸어져서 둥근 탑 모양을 한 측백나무인지 히말라야시다인지 죽 늘어서 있어서 내 마음은 아주 상쾌해 그 근방의 신선한 공기를 모두 한 입에 삼켜버릴 정도였다. 저만치 앞에서 깡충깡충 뛰어가는 화진이를 따라가려고 발을 빨리 놀렸다. 사실은 조금이라도 빨리 외갓집 삽짝(*대문)을 들어서고 싶은 마음에서였다.

우리 남매를 본 외할머니의 눈은 둥그렇게 되고 이이 입이 커다랗게 벌어졌다.

"아이구, 세상에 경식이하고... 야는, 옥진이가 화진이가? 아이고 화진이구나! 세상에 이렇게나 키가 컸구나. 집에는 모두 편하제? 자, 자, 여기 앉아라."

외할머니는 우리가 말할 틈을 주지 않고 계속 말씀하셨다. 그런데 평상에 앉아서 가만히 보니 제삿날 같은 분위기가 아니길래.

"오늘 제사 아임니까?"

하고 물었다.

"너거들도 제사라고 왔나? 허허 딸들이 모두 짰나? 정서방 댁은 하루 먼저 오고 이서방 아들은 하루 늦게 오고... 그래도 큰딸이 제일 낫구나."

"제사 지냈나요?"

"그래 제사 지내고 니 이모하고 용이, 아경이... 가들 전부 다 오늘 아침에 갔다."

아뿔싸! 이거 큰 잘못을 했구나.

점심을 먹고 외할아버지와 외삼촌이 물을 퍼 올리는 곳에 갔다. 외갓집 논은 가뭄으로 입은 피해가 별로 없다고 말씀하시는 외할아버지의 얼굴에는 자랑과 손자에 대한 애정으로 가득 차 있었다. 얼마 뒤에 아화(*외할아버지 육촌동생의 과수원이 있는 곳의 지명)에 가서 사과를 먹으면서 놀다가 다시 금척으로 오니 6시였다. 곧 저녁을 먹고 소설책을 읽고 포도주를 마신 뒤 11시 반쯤 되어서 잤다.

아침밥을 먹기가 바쁘게 일어나서, 외갓집에서 하는 조그마한 사과밭에 약을 치러 가는 외삼촌을 따라나서서 약을 치는 것을 거들었다. 거든다고 해봐야 기껏 경운기의 연료 콕을 열었다가 닫았다

가 하는 것이었다. 조금 있으려니 외숙모께서 참을 가지고 오셔서,

"약 치러 온 사람이 일은 안 하고 참에만 정신이 있는가베?"

하며 웃으셨다. 약을 다 치니 12시였고 점심을 먹고 나니 40분이었다. 5시 12분 기차를 타고 가기라 마음을 먹고 있던 터인지라 남는 시간을 소설을 읽으면서 보냈다.

나와 화진이는 외갓집에서 주는 마늘과 사과 등을 담아들고 대대적으로 환송을 받은 뒤에 모량역으로 갔다. 기차에서 앉아서 가겠거니 생각했지만 오산이었다. 기차는 사람들로 빽빽했다. 대부분 놀러 갔다 오는 청년들과 중노인들이었는데, 이들은 기차 바닥에 주저앉아서 술도 마시고 노래도 하고 노름도 하고 심지어 누워 자는 사람도 있었다.

그런데 그런 중에 어떤 소녀가 눈에 들어왔다. 두 갈래로 묶은 머리를 숙이고 책을 보고 있길래 다가가서 떨리는 목소리로 말을 걸었다.

"책 참 열심히 읽네요."

(...)

대구역에서 내린다는, 구두를 신고 청바지를 입고 위에는 정구 라켓이 두 개 교차된 사이에 스마일이 그려져 있고 또 견장까지 달린 티셔츠를 입은 그 아이는 줄곧 내 이야기를 재미있게 들어주었다. 자기는 외동딸이라고 했던 그 아이는 지금 생각해보니 좀 귀여운 얼굴이다. 그 아이에 대해선 왠지 더 쓰고 싶지 않다.

집에 도착하니 8시였다. 곧 라면을 끓여 달래서 먹고 상준이네 집

으로 달려왔다. 지금 이 일기는 상준이네 집에서 쓰고 있다.

8월 21일 일요일. 맑음

아침부터 남의 집을 기웃거리는 사람이 있기에 누구를 찾느냐고 물었더니 집을 사려 한다며 집 보러 왔다고 했다. 그 사람이 둘러보고 간 뒤에 할머니께서는 그 사람 외에도 벌써 여러 명이 집을 보러 왔다고 하시면서, 아마도 집이 팔릴 모양이라고 덧붙이셨다. 집이 팔리면 우리는 철새가 철 따라 거류지를 바꾸듯이 이사를 해야 한다. 도지대금(*전세보증금) 50만 원을 들고 낯선 사람에게 가서 낮은 자세로 그것도 수월찮게 계약을 맺어 전세방을 얻는다. 말이 '얻는다'라는 한 마디지만 사실상 어머니의 하루벌이가 며칠 끊기리라고 생각하면 '얻는다'라는 말에 혐오감이 든다. 게다가 40도를 오르내리는 무더위에도, 입김의 수분 때문에 마스크가 얼어붙는 겨울에도 구멍 난 양말 몇 켤레 덧신고 날마다 장사 하러 나가시는 어머니에겐 하루 벌이가 며칠씩 끊긴다는 것은 물질적인 문제에서뿐만 아니라 정신적인 문제에서도 커다란 타격이 될 것임은 두 말 할 것도 없다. "아이고..." 하시는 할머니의 신음 비슷한 한숨 소리에 내 마음을 더욱 무거워졌다.(*그리고 3년쯤 뒤에 서울에서 대학교에 다니던 나는 어머니가 작은 마당에 화단이 있고 또 대문 위에 장독대까지 있는 집을 샀다는 소식을 들었다. 나중에 보니까 중학교 때 친구 녀석의 집이어서 놀러가기도 했던 바로 그 집이었다.)

화진이는 외갓집에 가기 전까지는 꼬박꼬박 공부를 했는데 (최소한 그렇게 들었다) 이번에 와 보니 전혀 하지 않았다. 정말 기가 찰 노릇이었다. 제가 공부를 안 하면 어떻게 되는 줄도 모르고... 남들처럼 집이 부자라서 시집을 잘 가나... (뭐 꼭 집이 부자라야 시집을 잘 간다는 건 아니지만 대체로 보면 그런 경우가 많은 것 같아서) 화진이는 밥 짓는 것부터 설거지까지 방 청소는 물론이고, 빨래와 같은 것을 제외하곤 거의 모든 가사를 돌보니까 공부할 틈을 내기가 사실상 어렵겠지만, 그럴수록 자기가 더욱 애를 써야 할 것이 아닌가? 오늘도 밀가루 찌짐(*부침개)을 부치는 지금까지 책이라곤 아침에 방학책밖에 들여다보지 않고, 그래도 좋다고 히죽이 웃으면서 찌짐을 뒤집는 화진이 모습이란...

세 시 반쯤에 집에서 나와 노원동에 오니 거의 네 시가 다 되어 있었다. 상준이는 TV를 보고 있었다. 토요일에 내가 가고 난 뒤로 책이라곤 거의 들여다보지 않았다고, 자야 누나가 내게 귀띔했다.(*자야 누나는 가사 일을 돕던 상준이의 먼 친척 누나였다) 나는 가방을 내려놓으며 상준이에게 공부할 준비를 하라고 했다. 그런데 TV에서 엘비스 프레슬린가 뭔가 하는 작자의 무슨 특집인가를 할 거라고 그걸 함께 보자고 했다.(*엘비스 프레슬리의 사망일은 닷새 전인 8월 16일이었다) 오냐 그래 실컷 봐라. 눈에 새큼한 눈물이 날 때까지 보자. 저녁 먹은 뒤에는 내일 치는 시험에 대비해서 영어 11과를 해 주마고 했으나 점잖게 사양하길래 나도 점잖게 그러라고 했다. 그랬더니 갑자기 마음이 바뀌었는지 수학책을 들고 와서 원주각을 공부하자고 했다. 시험 범위까지 해 줬다. 그러나 그 뒤로 계속 공부를 더 하지 않고서 마당과 마루를 왔다 갔다 하면서 시간을 보냈다. 하도 답답해서 공부하라고 했더니 묵묵부답, 그러고는 뭐라고 중얼중얼... 아무래도 내 말에 위엄을 싣기 위해서는 적당한 기회에 구실을 찾아내어 상준이를 좀 때리기라도 해야겠다. 부단히 동요하는 상준이를 위해서뿐만 아니라 흔들리고 있는 나 자신에게 채찍을 가하기 위해서도 말이다.

서울대 사회계열, 이것이 내 목표다. 어쩌면 이 목표를 향해서 지금 이 일기를 쓰는지도 모른다. 서울대 문제를 죽 훑어보니 (특히 국어를) 내가 생각하던 것보다는 훨씬 깊이가 있었다. 그래서 지금 보고 있는 영어 1,200제는 빨리 끝을 맺어버리고 3학년 올라가기 전에 국어 특히 고문 부분을 집중적으로 파고들 생각이다.

내일부터 정식 개학이다. 종업식 날에 세운 계획 중에 이루지 못한 부분이 이룬 부분보다 더 많아서 안타깝다. 항상 변화를 좋아하고 또 바라는 나는 지금 개학을 하고 난 뒤에는 더 충실하고 건실한 하루하루를 보내리라 다짐한다.

옆에서는 지금 해길이 형이 공부를 하고 있다. 내년에는 꼭 대학교에 들어가면 좋겠다.

지금 시각 12시 5분 전.

태동기

1977년 8월 31일 수요일. 맑음

왜 그런지 모르겠지만 몸 어느 구석을 누군가가 날카로운 것으로 쿡쿡 쑤시는 느낌이었다. 학교에 가려고 신발을 신는데 상준이 어머님이 마루로 나오며 말씀하셨다.

"공납금 빨리 내야 되제? 내 며칠 뒤에 줄게, 미숙이 것과 같이."(*미숙이는 상준이 누나였고 나와 같은 학년 여학생이었다)

"예."

"그래, 어서 학교에 가거라."

오늘이 교련 검열 받는 날이었다.

(…)

　검열이 끝난 뒤에 우리 반과 2반이 야구 시합을 했다. (내 포지션은 캐처였다.) 2반의 타력이 우리 반보다 월등했지만 점수는 동점이었다. 그런데 시합 도중에 ○○녀석이 선수 포지션을 독단적으로 바꾸는 것을 보고 상당히 기분이 나빴다. (이 녀석은 체육 시간이면 늘 그런 식이다.) 우리가 자기를 주장으로 임명한 것도 아닌데… 나라면 그렇게 하지 않을 것이다. 애들의 기분을 상하지 않게 하고 자존심을 깎지 않는 범위에서 어떤 일을 할 것이다. ○○의 그런 버릇을 적당히 충고해서 바로잡는 것이 옳은 일이겠지만 그냥 콱 한 번 해버리든가 다른 어떤 수를 쓸 것 같다.

1977.9. 4. 일. 맑음
막내 동생 원진이의 머리 스타일이 커트 형으로 바뀌었다.

1977.9. 5. 월. 맑음
(…)

　상준이도 문제지만 나도 문제가 크다. 방학이 끝나고 난 뒤에 치른 국영수 세 과목 실력고사를 형편없이 봤다. 문과 180명 중에서 19등으로 떨어졌다. (이게 진정한 내 실력인지 모르지만 그렇게 생각하고 싶지는 않다.) 나를 바라보는 반 애들, 또 1학년 때 급우들도 이상하다는 듯이 묻는다.

"이번에 와 이렇게 떨어졌노?"

정말 괴롭다. 중학교 동창이기도 한 수근이는 "니는 다음 번 시험에 1등 못 하면 정말 내한테… 정말, 정말, 응?" 하면서 주먹을 흔들어 보인다.

9월 18일 일요일. 맑음

오랜만에 일기를 쓴다. 지나가는 하루하루가 만족스럽지 않아, 그런 것들을 일기장에 적으려니 마음이 내키지 않아서 일기장을 피했다.

날씨가 아침저녁으로 제법 쌀쌀해지고 해도 무척 짧아졌다. 그래서 그런지는 몰라도 요사이는 10시쯤 자기가 일쑤다. 아래(금요일)는 책상에 엎어져서 자는 나를 상준이가 깨웠고, 그 전날에는 밥하는 자야 누나가 또 나를 깨워서 요를 깔아 주었다. 요즘의 내 생활을 한 마디로 표현하면, 한여름에 혓바닥을 축 늘어뜨리고 눈을 껌벅거리는 개다. 사실 상준이 공부 가르치는 것도 이번에 친 시험을 기화로 이번 주일은 거의 빼먹었다. 그래서 아침 등교할 때 가방을 들고 상준이 어머님께 학교 다녀오겠노라고 인사할 때는 불안하고 미안한 마음을 감출 수가 없었다. 말이 나왔으니까 하는 말이지만 정말 나는 상준이 집에서 내 멋대로, 나의 뜻대로 할 수 있다. 그것이 식구들이 눈살을 찌푸리는 정도가 되면 나와버리면 되기 때문이다. 이젠 이런 배짱도 생겨 마음이 두둑하다. 아니 어쩌면 내가 일부러 이런 배짱을 가장하는지도 모르겠다. 하지만 그런 건 어째도 좋다. 일단 내 마음에 배짱이 생겼다는 데만 의의가 있는 것이다.

그건 그렇고, 이번 한 주 동안 나와 재익이가 함께 주번을 맡았는데 크게 느낀 게 하나 있다. 그것은 사람됨에 대한 가치 판단의 기준에 관한 나 나름대로의 깨달음이다.

어떤 풍채 좋은 사람이 좋은 인상을 하고서 여유 있게 웃으면서 여러 사람을 상대로 말을 할 때, 혹은 옷을 단정하게 입은 사람이 눈을 초롱초롱하게 뜨고 조리 있는 말을 할 때 (특히 자기의 종교적 · 윤리적 우월성 아니 그보다도 '양심'이니 '도덕'이니 하는 단어를 입에 올릴 때), 그 사람이 매우 이상적인 민주시민이고 우리는 모두 그 사람에게서 인생을 살아가는 태도를 배우는 게 옳다고 단정 짓는 경우가 흔하다. 적어도 내가 경험한 바로는 그렇다.

그러나 이번에 주번을 맡아서 청소를 총괄하며 감독할 기회를 가진 뒤에는 이런 생각이 잘못된 것임을 알았다.

새로 부임하신 교장선생님의 교육 방침이 주변 환경을 가장 중요시하는 것이어서 매일 청소하는 당번의 수가 예전보다 배로 늘어나 20명이나 된다. 그 20명이 특별구역, 교실, 복도, 유리창을 깨끗하게 닦고 쓸고 치워야 하는 것이다. 그런데 주번이 되어서 청소당번보다 더 깊은 주의를 기울여서 관찰한 결과, 이 20명이라는 표본이 여러 가지 다른 성질을 가진다는 것을 깨달았다. 말없이 자기가 맡은 임무를 다 하는 애들이 있는가 하면, 노골적으로 청소를 거부하는 애들이 있고 또 장난기로 청소를 거부하다가도 나중에는 다른 애들보다 훨씬 많은 일을 하는 애가 있나 하면, 친구인 나의 비위에 거슬리지 않게 살살 웃으면서도 청소를 하는 둥 마는 둥 하는 애, 괜히 왔다 갔다 하면서 잔소리를 하고 신경질만 내는 애, 자기는 청소를 하지 않으면서도 교실 바닥을 쓸 때 나는 먼지가 자기에게 날아오기라도 하면 참을 수 없는 인권 유린을 당한 듯 오만상을 찡그리면서 투덜거리는 애 등, 짜증보다도 흥미가 날 정도로 온갖 인물이 다 있었다. 물론 이들 표본을 인기 있는 애들, 공부 잘 하는 애들, 운동 잘하는 애들, 기타를 잘 치는 애들 등으로 분류할 수도 있다. 그런데 우리는 눈에 잘 띄고 생각하기에 편리한 후자의 분류 기준으로 날마다 만나는 사람들을 판단하는 데 너무 익숙해져 있어서, 한 단계 더 높고 또 그렇기 때문에 한 번 더 생각해야 하는 전자의 분류 기준을 거의 생각하지도 않은 채, '저 사람은 좋은 사람이다' '저 사람은 나쁜 사람이다'라고 단정적인 판단을 내렸다가 나중에 가서는 '저 사람이 그런 사람일 줄은 꿈에도 생각 못 했다'거나 '그 사람이 그 정도 사람밖에 되지 않는 걸 진작 알았다면 처음부터 사귀지 말 걸' 하고 후회하는 경우가 허다하다.

(...)

어머니께서는 오늘도 리어카를 끌고 일하러 나가셨다. 리어카 높이에다 그 높이의 4분의 3 정도나 되는 높이까지 더 달걀을 싣고 나가셨다. 알록달록 헐직한(*값싼) 가을 옷과 노란 색깔 모자의 어머니 뒷모습은 정말 여신이었다.

이상하다. 정말 이상하다. 요사이 나의 생활이 이상했다. 6시에 일어나서 신문을 뒤적이다간 아침 먹으라는 소리를 듣고 (아니, 일어나서는 그때부터 아침을 기다린다) 밥을 먹고는 학교에 간다. 급우들의 허튼소리에 정신없이 웃고 떠들고 이야기한다. 한참 웃다가는 다른 아이들이 나를 이상하게 보는 것 같아서 계면쩍게 입을 다물어버리는 때가 한두 번이 아니다. 점심시간에는 마치 학교에 오는 목적이 도시락을 까먹는 것인 줄 착각할 정도이다. 그러다가 수업이 끝나면 가방을 들고 화랑으로 가서 죽치고 앉아 있는다. 작품 뭣 같은 것 하나 걸어놓고 잰 체하는 마음으로 뻐기고 앉았다가 두리번거리다가 하며 시간을 보내다가 8시쯤 되어서야 노원동으로 와서 일종의 강박관념 같은 것에 짓눌린 채 저녁을 먹고 앉아 〈죄와 벌〉을 읽는다. 하지만 20페이지 정도 지나면 어느새 꾸벅꾸벅 졸기 시작한다. 보다 못한 해길이 형이 자라고 한다. 그래, 자야지. 잠 오는데 뭣 하러 앉아 있나, 암 자야지. 10시쯤에 자리에 드러누워버린다. 상준이 가르치는 건 개코다. 자기 처신도 잘 하지 못하면서... 흠, 가만히 생각해보니 무심코 뱉어버린 이 말이 맞네, 맞아!

어제 종합전을 마치고 반성회를 가졌다. 타 부서들과의 마찰이나 알력이 작년보다 더 노골적으로 드러나서 싸움 직전까지 가기도 했으나 그냥 넘어갔다. 그런데 마지막에 작품을 모두 거두어들일 때

학생과장 선생님이 오지 않아서 일대 혼란이 일어났다. "택시를 불러라, 용달을 불러라!" "전화는 걸었나?" "모르겠습니다." "그럼 걸어라." "아 참, 아까 거는 것 같던데요." "학교에 말이가 용달차 회사에 말이가?" "글쎄요……." "한 번 더 걸어봐라." "어디 말입니까?" "두 군데 다 걸어보면 될 거 아니냐." 이런 식의 대화가 거의 한 시간 동안이나 이어졌다. 그러다가 어떻게 해서 작품은 모두 학교로 가고 우리 문예부원들은 따로 모여 반성회를 하기로 하여 萬順飯店으로 모였다.

선배들까지 모두 모이니 스물대여섯 정도나 되었다. 사실 1대(우리가 9대니까 8년 선배다) 선배이신 김상훈 형님을 위시하여 5대 류후기 형님, 6대 김영모 형님, 7대 김태홍 형님 등, 이런 나이 많은 선배님들과 같은 자리에 모여서 이야기하고 노래 부르고 술을 마시는 (나는 술이 체질에 맞지 않아 소주 두 잔에 얼굴에 달아올랐다) 분위기는 참으로 재미있고 신기했다.

만순반점에서 나올 때 시간이 밤 10시였다. 거친 엔진 소리를 내며 오가는 버스, 승용차, 트럭, 용달, 지프 등은 보란 듯이 라이트를 뿌리며 미친 듯이 달리다가 서고 또 달렸다. 자동차 불빛이 내 몸에 닿는 게 신경질이 날 정도로 싫었다. 밤거리의 차가운 공기는 달아오른 내 얼굴을 식혀주었다. 껌을 사 씹으며 버스를 기다리는데 버스는 왜 그렇게 오지 않는지…

집에 도착하니 11시였다. (집 시계는 표준보다 20분 빠르다.)

저녁 먹었느냐는 미숙이에게 도시락을 내주면서 먹었다고 대답했다. 아마 내 얼굴에서 술을 보았으리라. 보았으면 어때, 제가 어쩔 거야?

상준이에게 미안하다. 짜아식 참, 공부는 열심히 하려고 하는데… 사실 3학년이 되어서, 이제 시험을 70일 앞두고, 개인교습을 받는 것은 자습하는 것보다 오히려 비능률적인 것 같은데…

지금 시각 11시 20분이다. 오늘 토요일은 우리 학교에서 재수생 체력 검사가 있어서 하루 휴일이 되어 지금 일기를 쓰는 것이다.

10. 5. 수요일 아침 6시 50분

오늘은 아침 일찍 일어났다. 상준이가 4시에 일어나서 세수하러 나갔다 들어오는 소리에 잠이 깬 것이다.

아침 공기는 확실히 상쾌해졌다. 몸을 크게 틀며 허리 운동을 하고 배트를 한 번 휘둘러보았다. 이제는 가을이 완연함을 피부로 느낄 수 있어 시간이 흐름에 새삼스럽게 경이로움을 느낀다. 멀리 개 짓는 소리를 들으며 푸는 수학 문제는 떠들썩한 교실에서와 달리 잘 풀렸다. 그러나 여전히 수학이 문제다. 이번 시험에도 수학을 다른 애들보다 못 쳐서 3등밖에 하지 못했지만…

문예부 1학년들이 세 명이나 백일장에서 상을 탔다. 이 아이들은 이번을 계기로 더욱 더 열심히 시를 쓰겠지, 상을 의식하는 마음이 열등감으로 느껴질 때까지는… 이런 점은 우리 문예부의 진짜 의미를 말살하는 요인이라 지양되어야 하겠지만 그렇게 될 것 같지가 않다.

　상준이 녀석 5시에 다시 잠들더니 7시인 이제야 다시 깨서 뭐라고 이야기를 해댄다. 내가 어제도 그만큼이나 주의를 주고 감동이 가도록 자기 상황과 처지를 이야기해 주었는데, 가만 보니 그것도 그때 잠시뿐이었다.

10월 11일 화요일 저녁

　(...)

　수업 마치고 효성여고 시화전에 갔더니만 대뜸 하는 소리가 "우리는 '태동기' 시화전 때 얼마나 많은 도움을 줬는데 마지막 날인 이제야 털레털레 오느냐?"면서 마구 다그쳤다. 내가 무슨 죄를 지었다고? 한 사람의 국민으로서, 시민으로서 내 할 일을 잘하고 있는데...(*'태동기'는 대구대건고등학교 문예반의 이름이다.)

　작품을 다 보고 난 뒤에 방명록에다가 "태동기는 모두 그런 사람들의 집단이다."라고 적어두고 나오는데, 웃으면서 잘못했다고 하고 농담이었다고 하는 말을 등 뒤로 흘리며 혼자 중얼거려보았다.

　이용했다면서? 이용...?

　어감이 이상해서 다시 되뇌어 보았다.

　이용하다? 누구를? 여학생들을?

　으하하하...

어제 오전이었다. 4교시 마친 후였던가... 갑자기 교내가 술렁대면서 방송실로 연결된 스피커에서 뭐라고 하는 소리가 나왔다. 아이들 웅성거리는 소리, 책걸상 부딪는 소리, 발자국 소리 때문에 잘 들리지 않았지만, 분명한 건 운동장에 모이라는 소리였다.

때마침 바람이 불어 먼지가 연기처럼 날리는 운동장에서는 아이들 사이에서 이상한 소문이 빠르게 돌았다. 교장선생님이 그동안 앓으시다가 돌아가셨다나... 그 말이 그럴듯한 게 모든 선생님들이 교무실을 들락거리고, 게다가 수업시간임에도 운동장에 모이라니...

하지만 예상은 빗나갔다. 학생과 선생님들이 눈을 부라리고 고함을 질러 아이들이 정렬하고 조용해지자 음악 선생님이 나오셔서 "지금부터 바이올린 연주회가 시작되는데..."로 시작되는 말씀을 하셨다. 수업을 안 하고 웬 연주회? 선생님 말씀의 요지는 이랬다.

"지금 여기 앞에 서 있는 사람은 보기에는 정상인 것 같지만 사실은 태어날 때부터 듣지도 말하지도 못하는 사람이다. 그러나 어릴 때부터 바이올린을 배우기 시작했는데, 같은 높이의 소리를 내는 놋그릇의 진동을 손가락 끝으로 느끼면서 음정을 구별하는 것부터 시작했다. 이것은 기적이 아닐 수 없다."

정말 기적이다. 어릴 때 소리라는 것을 조금이라도 들어보았다면 그래도 어렴풋이 짐작은 하겠으나 아무 것도 모르는 소리라는 것을 다만 손가락에 전달되는 현의 진동만으로 익히며 불가능을 가능으로 바꾼 그의 의지와 결과는 인간의 엄숙한 승리와 인간의 무한한 능력을 증명한 것이다.

그 사람이 연주한 곡 가운데 특히 장일남 곡의 '기다리는 마음'이 연주될 때는 따뜻한 가을 햇살에 반짝이는 먼지조차 엄숙하게 보였고, '기다려도~ 기~다려도'의 높은 음은 내 가슴을 쿡쿡 쑤셨다.

그 사람의 의지에 다만 머리를 숙이고 나를 살펴볼 뿐이다.

1978년 1월 어느 날...

상준이란 놈 연합고사에 합격했다!

1978년 4월 18일 23시 15분

근수의 형인 일수 형이 오늘 장가갔다. (또 하나의 불행이 시작된 거지.) 덕분에 오늘 근수네 지하실에서 술을 좀 마셨다. 그래서 지금 골이 좀 지끈지끈하다.

3학년이 된 지 벌써 한 달 하고도 반이나 지나가버렸다. 3월은 시화전 준비로 ('2학년이 잘 못하니까' 하는 무의식적인 변명을 항상 하면서) 그저 그렇게 보내버리고 4월도 평균 70점도 되지 않는 점수를 받은 채 반이 지나가버린 것이다.

내가 왜 이러는지 모르겠다. 서울대학교 사회계열이 발아래 보이는데도 S란 놈이 나보고 어려우니 더 해야 한단다. 하긴... ○○○, ○○○, ○○○, ○○○ 등 서울대학교를 바라보고 공부하는 아이들에 대면 나는 정말 농땡이니까 말이다.

나는 처음 문예반에서 연 시화전 반성회 때 들었던 말을 굳게 믿는다. 무슨 말이고 하니, 그때 3학년 형들과 2학년 형들 사이로 거리낌 없이 왔다 갔다 하는 술잔이며 담배에 놀란 눈을 한 채 멈칫거리던 우리 1학년들에게, 누군지 기억이 나지 않지만 3학년 형님 한 분이 썩 일어서더니 하시는 말씀,

"너희들 그런 멋없는 폼 집어치워라. 너희들 눈에 우리가 이상하게 보이겠지만 절대로 그렇지 않다. 왜냐하면 우리는, 아니 최소한 나는, 술에 끌려 술을 마시는 게 아니라 내가 필요해서 마신다. 이런 한 술은 내게 언제든지 플러스 알파가 될 수 있단 말이다. 세상 일이란 게 그런 거야. 자기가 끌려들어가는 것과 자기가 스스로 들어가라는 것은 천지차이니까 말이야. 정통(*'정통종합영어')에 보면 이런 말이 나오지, '유혹이 없는 사회보다 유혹이 있는 사회가 더 바람직하다. 왜냐하면 유혹에 단련되지 않은 구성원은 유혹에 단련된 구성원보다 훨씬 약골이니까'라는 말 말이다. 너희들, 이 말을 명심해라."

아, 이제 생각났다. 서정윤 형이다. 이 형이 비록 첫 번째 시험에는 낙방해서 재수를 한 다음에야 대학교에 들어갔다 할지라도 이 형의 목적에서 공부와 시의 비율을 찾아보면 4:6, 아니 3:7 정도이니 이 형의 의지는 결실을 보았다는 말이다. 그동안 신춘문예에서

최종심사까지 올라갔고……. 하지만 나는 시험과 기타의 비율을 9:1로 두고 공부하고 있으니까, 나의 이런 노력도 중간에 단절되지 않는 한 결실을 얻을 것이다.

어떤 인간상

재호가 오늘 나보고 미안하단다. 하지만 그따위로 하는 미안하단 소리는 백 번 해 봐야 소용없다.

요즘 학교 남아서 공부를 좀 하다가 집에 오다 보니 저녁을 식당에서 라면 한 개로 때워야 하는데, 그 절차가 문제라 항상 이 시간만 되면 인상이 찌푸려지고 기분이 나빠진다. 차례를 기다리는 줄에 질서가 없기 때문이다. 식권 한 장을 산 다음에, 자기가 아는 애가 줄을 서 있기라도 하면 그 아이에게 자기 표를 맡기고, 그러면 그 뒤에 서 있던 아이가 저만큼 앞에 있는 친구에게 자기 표를 맡기고, 또 맡기고... 맡기고... 이러다 보면 나중에는 줄을 선 사람은 얼마 되지 않지만 모두 보통 식권 10장식은 쥐고 있게 된다. 이래서야 소위 고등교육을 받고 장래 우리나라를 짊어질 주역이라고 할 수 있나 말이다.

그래서 어제는 내가 라면을 받을 차례가 다 되었을 때 ○○이가 와서 아무 말도 안 하고 식권을 쑥 내밀기에 뒤에 가서 줄 서라고 하니 줄을 서서 언제 먹느냐면서 자꾸 맡기기에 아예 외면을 했더니, 짜식이 토라져버렸다. 미안하긴 했지만 그래도 무질서가 계속 무질서를 낳고 있는데 어떻게 방조를 한다 말인가, 아무리 친구의 정이 어쩌니 저쩌니 해도…

오늘도 종회를 늦게 해서 식당에 가니 벌써 다른 반 애들이 와서 줄을 서 있었다. 줄 맨 뒤에 붙어서 있으려니까 재호, 건정이, ○○, ○○ 등이 와서 제각기 식권을 한 장씩 내면서 맡기는 게 아닌가? (건정이는 나중에 줄을 섰다.) 어제도, 아래(*그저께)도 식당 질서에 대해서 '적당히, 나 하나쯤'이라는 사고방식이 잘못된 것임을 그 친구들과 토론을 해서 내 딴에는 설득시켰다고 생각했건만… 나는 한 마디로 거절하고 일부러 다른 사람들이 들으라고 큰 소리로 말했다.

"야 인마, 뒤로 가서 줄 한 번 서 봐라. 너거들은 도대체 뭐고?"

그제야 아이들은 겸연쩍게 물러갔다. 그러나 제 버릇 개 줄까 보냐는 듯이 나보다 앞에 있는 용희에게 가서 모두 맡겼다. 야, 이거 정말… 결국 그 아이들이 먼저 라면을 받아간 다음에 내가 라면을 받았다.

다 먹고 일어서려는데 재호가 먼저 먹고 나오면서 "야, 경식아, 미안하다." 하고 어깨를 툭 친다. 이거 정말 미치겠구나. 우리 학교 부연대장이나 되는 친구가… 내 비록 재호를 미워하는 건 아니지만,

내 눈에 그릇되게 비치는 건 끝까지 갈봐야(*맞서서 따져야) 한다고 생각하고 가시가 돋친 말을 날렸다.

"그렇게 먹으면 더 맛있나?"

그러자 재호는 뭐 그렇게 꼬치꼬치 캐들어 오냐면서 다시 한 번 더 내 어깨를 툭 치고는 그 큰 키를 건들거리면서 먼저 나갔다.

저런 엘리트 의식이 도대체 어디에서 생겼을까? '다른 애들은 줄을 서서 한참 기다린 뒤에 밥을 먹어도 나는 다른 애들과 다르다'는 식의 사고방식. 그리고 또 그렇게 해서 다른 사람보다 먼저 일을 마치거나 식사를 한 뒤에는 아직도 줄을 서 있는 선한 아이들을 융통성이 없는 불쌍한 아이들이라고 오만한 눈으로 내려다보는 태도...

이런 것들의 원인은 궁극적으로 인간 사회에서 불가피한 계급의 차이에서 오는 생활환경의 차이, 그리고 그 환경에서 자라나고 성숙되는 사고방식의 차이(항상 군림하는 엘리트의 사상과 항상 짓눌리는 노예적인 사고방식의 차이)에서 오는 것이리라.

(...)

물론 어른 먼저 귀하신 분 먼저라는 말도 일리가 있으나, 그것은 어디까지나 봉건적 잔재에 지나지 않고, 사회적으로 귀하신 분들이 자기를 위해서 덜 귀한 사람들에게 강요하는 것에 지나지 않으니, 사람과 사람이라는 인격체의 단위로 볼 때는 어디까지나 모두에게 정당하도록 그리고 누구에게도 해가 되지 않도록 해야 한다.

사실 나란 인간도 정말 모진 모양이다. 친구를 이렇게까지 욕하다니. 미안하다 재호야.

1978년 4월 29일 토요일. 비

(…)

썩 기분 좋은 주말을 원하지는 않았지만 그래도 기분이 나쁘고 화가 나는 주말을 기대하지는 않았다. 그러나 집에 왔을 때는 사정이 달랐다. 며칠 전부터 홍역 증세를 보이던 원진이가 본격적으로 홍역을 치르고 있었다. 얼굴에 벌건 두드러기가 나고 눈이 붓고 기침을 하고…

오늘 아침에는 할머니도 누구 환갑잔치에 가셔서 돌아오시지 않은 상태이고 해서 어머니께서 장사하러 가시려면 누군가 한 사람이 집에서 원진이를 보살펴야 했기에 때문에 옥진이가 조퇴를 하고 집에 있었다.

나도 초등학교 시절에 저학년 때는 결석의 의미도 모르고 몇 번 결석했지만 중간 학년쯤 되어서는 결석을 하지 않기로 어린 마음에 다짐을 한 적이 있다. 그런데 내 힘으로는 어쩔 수 없이 결석한 일이 있어서 그때 그 안타까운 마음 때문에 그때 일을 아직도 기억하고 있다. 아버지께서 파동에서 다른 살림을 차리고 계셨고, 나는 자주 거기에 돈 받으러 갔었다. 그렇지만 거기도 돈에 쪼들리긴 마찬가지였다. 한창 나쁠 때는 밥을 굶기가 일쑤였으니 거길 간다고 해서 돈을 받아오는 것은 아니었다. 아직도 죽지 않고 살아 있다는 것을 보여주는 것밖에는 되지 않았다. 언젠가도 한 번은 여느 때처럼 갔다가 너무 늦는 바람에 수성들판을 혼자 걸어오는 것은 무리고 해서 그날은 거기에서 자고 다음날 집으로 돌아와야 했고, 그 바람에 결석을 하고 말았다. 그때는 아버지가 얼마나 밉고 또 아버지에게 가라고 등을 떠미신 어머니가 또 얼마나 원망스러웠던지… 아마 원진이 때문에 조퇴를 한 옥진이도 그런 마음이겠지. 어린 마음에 상처를 받지 않으면 좋겠다.

그런데 또 한 가지 마음이 아픈 일이 있다. 화진이가 저번 시험에 약속한 대로 일정한 등수 안에 못 들었기 때문에 내가 종아리를 좀 때렸다. 엄포로 종아리를 때리겠다고 했는데, 이제 와서 그렇게 하지 않으면 나중에라도 내 말이 먹히지 않을 것 같아서 속으로 눈물을 흘리면서 여학생 티가 완연히 나는 화진이를 때렸다. 어머니께서는 내가 동생들을 (자주 때리는 것은 아니지만 그래도 어쩌다가) 때릴라치면 "내가 가만히 있는데 네가 어째 나서서 때리느냐?"고 꾸짖으시지만, 아버지에 집에 안 계시는데 다른 아이들과 조금이라도 비슷한 환경을 만들려면 집에 무서운 사람이 있어야 한다고 판단하기 때문에 (이게 틀린 판단인지도 모르지만) 무섭게 굴 때는 무섭게 굴었고 또 오빠로서 그렇게 나쁜 오빠는 아니었다고 자부한다. 사실 오늘 화진이를 때린 것은 이성에 따른 것이라기보다는 감정이 앞선 행동이었던 것 같다. 첫째, 할머니께서 원진이가 아픈데도 잔치가 가서서 어제나 오늘아침까지 오시지 않은 바람에 옥진이가 조퇴까지 해야 했던 것. 둘째, 원진이의 얼굴이 나를 더욱 슬프게 하였고, 또…

아무튼 이런 것들 때문이었던 것 같으나, 내가 잘못했다, 너무 잘못했다고 생각한다. 잔치에 가서서 오랜만에 반갑게 만난 사람이 붙잡는데 어떻게 그날 당일치기로 돌아오실 수 있었겠나. 그리고 또 내 사고방식에는 이미 '부정적 반응'이 상당한 부분을 차지하고 있어서 그런지 모든 기성세력을 불신하는 버릇이 나도 모르게 들어 있어서, '할머니가 뭔데, 돈도 안 벌어 주고 딴 살림을 차리고 사는 아버지가 뭔데' 하는 등의 생각이 자주 든다. 하지만 할머니는 너무 고운 환경에서 성장하셨고 아버지는 지금 나와 똑같은 나이의 고등학생으로 집안 어른들에게 등이 떠밀려 원하지도 않은 결혼을 한 바람에 어머니와의 사이가 벌어지고 바깥으로 눈을 돌린 것도 어떻게 보면 당연한 일이고... 그렇지만 이런 건 모두 집에 돈이 조금 있어서 경제적인 면이 충족된다면 어느 정도 없어지고, 우리 가정도 지금보다 더 화목해지지 않겠나 하는 생각이 든다. 다만 그렇게 생각이 들 뿐이다.

1978년 5월 10일 수요일 아침

요즘에는 해가 길어져서 눈을 떴다 하면 벌써 푸르스름한 여명의 빛이 문에 어리고, 교련 검열 연습 때문에 고단한 몸을 꿈틀거리다가 일어나서 시계를 보면 6시 전후이다. 우리 집 시계는 거의 믿을 것이 못 된다. 어떤 때는 10분씩이나 빨리 가서 천천히 가도록 조정해 놓으면 또 더 늦게 가고, 또 빨리 가도록 하면 더 빨리 가고... 나중에는 어떻게 했는지조차 모르게 되고, 결국은 '어제 10분 빨랐으니까 오늘도 10분 늦춰서 보면 ○시 ○분이군' 하는 식이다.

어머니께서는 지금 부엌에서 아침 준비를 하느라고 덜거덕거리는 소리를 내고 계시고, 화진이는 가방에 책을 넣고 있다. 홍역을 앓은 뒤인 원진이는 어제 저녁에 보니까 속이 안 좋은지 먹은 것을 내해 내고 머리가 아프다더니 지금은 가만히 누워서 자고 있다. 또 지금 옥진이는 밖에서 달걀을 팔고 있는 모양이다.

"이것 얼마냐?"

"한 개 40원입니다."

"그래… 아이쿠, 이거 한 개 깨어버렸네, 우짜노?"

우리 집의 일상적인 아침 풍경이다.

어제 둘째 시간은 공업이었다. 그런데 선생님이 들어오는데 앞문이 잘 열리지 않았고, 선생님은 바깥에서 덜거덕거리면서 문을 열려고 애를 쓰셨다. 평소에 코미디언처럼 항상 우리를 웃겨 주는 분인지라, 반 애 중에 누가 "문 열지 마라, 문 열지 마라!"라고 말했다. 그때는 늘 그런 것처럼 아이들은 시끄럽게 떠들고 있었고 사실 나는 그 말을 듣지도 못했다. 선생님께서는 교실에 들어서면서 화를 벌컥 내고는 그 말을 한 사람이 누군지 일어서라고 하셨다. 아무도 일어나지 않았다. 나는 선생님께서 잘못 들으신 줄 알았다.

끝내 아무도 나서지 않자 선생님은 책을 교탁에 탁 던지고는 "모두 운동장으로!" 하셨다. 우리는 투덜거리면서 운동장으로 나갔다.

'그런 소리 한 사람 아무도 없는데, 에이 참 내!'

운동장에 나가서도 범인은 나서지 않았다. 아무도 그런 말을 한 사람이 없는 게 분명하다, 하고 나는 생각했다. 우리는 토끼뜀뛰기로 운동장을 한 바퀴 돌았다. 그러고는 교실로 돌아갔다.

불칼 같은 성격의 선생님은 한참 만에 마음을 진정하고는 두서없는 말을 열정적으로 하셨다, 다음과 같이…

———— 너희들은 청년답지 못하다. 나이는 청년이어도 늙어빠진 노인이야. 얍삽하고 비겁하고, 군중심리에 쏠리는 그런 비겁한 족속이야. 내가 나오라고 했을 때 왜 "선생님 제가 실수했습니다. 한 번만 용서해 주십시오." 하고 나오지 않았나 말이다. 그러면 내가 뭐라고 말을 하겠나 말이다. 너희들 가운데에는 이렇게 생각하는 사람도 있겠지.

"선생님, 그렇게 사소한 걸 가지고 뭐 그리 대단하게 생각하십니까?" 하고 말이야. 아니야. 나는 너희들이 피가 나도록 때리고 맞고 싸우는 거는 이해해. 청년시절에는 당연히 그러니까 말이야.

그렇지만 내가 최고로 싫어하는 것은, 청소당번이면서 자기 일을 남에게 미루는 거, 책임을 전가하는 것, 바로 이런 것이야. 청년이 청년답지 않게 야비하고 비겁한 행동을 하는 것은 나라를 망칠 일이야. 이런 것이 나중에 모이면 나랏돈 빼돌리는 걸 예사로 생각하고, 돈 버는 것을 돈 줍는 것보다 더 쉽게 생각하고 행동하며, 자기 자식까지 버려놓는 짓이 된단 말이야. 너희들이 이 모양인데, 어떻게 장차 우리나라가 잘될 거라고 장담하겠느냐는 말이다!

너희들은 어떻게 보는지 모르지만, 나는 정말 성심을 다해서 내 생활을 하고 있다. 어떤 대통령이 나에게 와서 나쁜 일을 시킨다 하더라도 나는 안 할 거야. '에이, 그래도 속으로는...'이라고 생각하는 애들도 있겠지만, 속으로도 아니다. 그리고 내가 50이 넘도록 교직에 남아 있지만, 아직 결근 한 번 안 했다.

그리고 내가 이렇게 선생질을 하고 있지만 나는 내 생활에 만족하고, 언제든지 정의를 위해서 죽을 준비가 되어 있다. 아니 갈망하고 있는지도 모른다.

너희들은 내가 왜 이 나이에도 젊고 항상 웃을 수 있는지 아는가? 그것은 내가 성심껏 내 생활을 하고 다른 사람에게 폐를 안 끼치고 살기 때문이야.

지금 제군들 같은 정신으로 나처럼 될 줄 아는가? 천만에! 지금 그런 생각 고치지 않으면, 그 고약한 생각이 점점 더 커져서 나라까지 팔아먹을 정신이 되고 만다. 부정 수단으로 돈을 긁어모아 외국으로 도망을 안 가나, 원조 받는 나라의 국민이 세계적인 부자도 잘 안 흔드는 그 무슨 종인가, 금종인가를 치지 않나.

이건 모두 다, 어릴 때부터 자기는 다른 사람들보다 우월하다는 의식을 가지고 자라났기 때문이다 .... ———

오늘 나는 어떤 인간상을 확실히 보았다.(*'저, 마...'라는 군말을 말의 서두에 늘 달고 다녀서 '쩜마'라는 별명으로 불리던 이 선생님의 성함은 여규흠이

다. 1975년 4월에 이른바 '인혁당재건위 사건'으로 서른한 살의 나이로 사형을 집
행당한 사람들 가운데 한 명이던 여정남이 이 분의 동생임은 그로부터 제법 많은
세월이 흐른 뒤에야 알았다.)

~~~

■■에 소풍가서 실컷 놀았다. 12년 동안의 마지막 소풍이라서. 문화시민 운운하는 것은
개소리다. 재미있게 놀고 스트레스 해소하는데, 그런 게 뭐 필요 있겠나?

1978년 5월 11일 목요일

오늘은 기분이 매우 나쁘다. 학교에서 생각지도 않았던 일이 있었
기 때문이다. 넷째시간 마치고 휴식시간, 변소에 가려고 복도로 나
가니 ○○이 저만치 앞에서 가고 있었다. 교련복이 아니라 교복 차
림이었다. 그래서 좇아가서 장난스럽게 "인마, 너 또 교복 입고 왔
나?"라고 했다. 이 말에는 '너 또 교련 연습 빠지려고 그러지?'라는
의미가 담겨 있었다. 그렇게 말하고 나는 녀석의 등을 툭 치고 계단
을 내려가는데, 느낌이 이상해서 뒤를 돌아보니 ○○이 인상을 쓰고
서 뭐라고 지껄여댔다. 같이 오던 영철이가 어색해서 어쩔 줄 몰라
했고, 사태를 판단한 나는 미안하다고 했고, ○○은 투덜거리면서 갔
다. 그런데 아무래도 느낌이 이상했다. 짜아식, 어제 소풍 같이 안
가서 애들 보기 무안해서 그런가? 아니면, 내 인격이 그 정도밖에

되지 않을까? 더 쓰고 싶지도 않다. 교련 연습 때는 하늘이 멍들어
보였다.

요즘에는 교련 검열 연습으로 하루 세 시간씩 수업을 빼먹으면서
까지 운동장에서 보낸다. 안 그래도 5월이라 피곤한데 세 시간씩이
나 먼지를 마시자니 보통 고된 일이 아니다.

어제는 10시 10분이 되어서 학교에서 나왔고, 집에 도착하니 10시
40분이었다. 그런데 어머니께서는 빨래를 하고 계셨다. 보통 때라
면 저녁을 드신 뒤에 외상값을 장부에 옮겨 적느라고, 늘 하듯이 한
자 쓰곤 꾸벅꾸벅 졸다가 또 번뜩 정신을 차려 게슴츠레 한 눈을 반
쯤 뜨고 글자를 쓰려 하지만, 글자가 아니라 줄만 꾸불꾸불하게 그
으며 다시 졸거나 아니면 그러다가 잠자리에 누워 계실 시간인데...
오늘은 또 더 해야 할 일이 있구나 하고 생각하며 방에 들어왔는데,
아직 저녁 전이었던 모양인지 이제야 저녁을 들여놓고 있었다. 수
제비 다섯 그릇(내 것까지 포함해서)이 덩그러니 상 위에 놓이고 나
서 할머께서 건너오셨다. 연탄불이 꺼져서 저녁이 이렇게나 늦
었다고 했다. 화진이가 불을 갈아넣어 놓고 필 때까지 기다린다는
것이 그만 어머니가 오실 때까지 잠이 들어버렸다고 했다. 화진이
도 요즘에는 카드섹션 연습 때문에 상당히 피곤한 모양이다.

그리고 수제비를 먹고 있자니 반상회에 나갔던 주인아주머니가

빨래비누 한 장을 주면서 대의원 누구를 찍어 달라더라고 하셨다. 개새끼들이다. 그런 놈들이 무슨 대통령을 선출할 자격을 가질 수 있고 국민의 총의가 어떻게 그런 인간들에 의해 반영될 수 있을까? 주는 사람이나 받는 사람이나 그게 그거고 모두 같은 인간들이다. 아직도 진짜 유신은 요원한 모양이다.(*1972년에 국민투표로 확정된 유신 헌법은 통일주체국민회의 대의원이 무기명 투표로 대통령을 선출하기로 되어 있었고, 제2기 통일주체국민회의 대의원 선거가 1978년 5월 18일에 있었다)

속물

5월 20일 토요일 22시 30분

오늘은 왜 이렇게 신경질이 나는지 모르겠다.

이젠 신경질이 안 난다. 지금 시각 0시 30분이다. 〈형사 콜롬보〉
와 KBS 명화극장 마지막 장면 그리고 AFKN의 무슨 소린지 모르는
말까지 다 듣고 일기를 다시 쓴다.

(…)

어머니께서 방금 곤히 주무시다가 벌떡 일어났다. 꿈을 꾸신 모양
이다. 지금껏 멋 한 번 내보지 못하고, 내가 초등학교 1학년이던 때
부터 벌써 12년 동안이나 달걀 장사를 하느라고 늘 고단해 하시며

또... 너무나 거룩하고 고마운 분이다. 나는 나중에 또 나중에 누구의 마누라처럼 시어머니를 구박하는 마누라는 당장 죽여버리지는 못하겠지만 최소한 내쫓아버릴 것이다. 그리고 쓸데없이 사치를 부리는 마누라는 돈을 일전도 주지 않을 것이다. 그리고... 아니, 내가 왜 이러지?

나는 바보가 되어버리면 좋겠다. 아무 것도 모르고 공부만 하는 그런 바보가 되면 좋겠다. 이것이 단순한 가정이나 소망에 그치지 않고 강한 신념으로 내 가슴에 박혀서, 1초도 쉬지 않고 내 골의 모든 신경을 자극해주면 좋겠다.

지금 이 밤도 하느님에게 빌어본다. 나에게 역경을 주시고 그리고 그것을 이길 수 있는 힘을 찾을 열쇠도 함께 주시길...

내일은 상준이 집에 한 번 가볼까 싶다. 지금 시각 1시 10분이다.

5월 31일 수요일 맑음

요즈음은 답답해서 미칠 것만 같다. 낮에는 교실에서 몇 분 남았느냐고 묻기를 한 시간에 서너 번씩이나 하고, 밤이 되면 모기가 설쳐대니까 공부할 맛이 안 난다. 게다가 시험 결과조차 시원찮으니 말이다.

학교에서 교문을 나설 때 10시 5분 전이란 소리를 들었다. 버스 정류장에서는 빌어먹을 눈이 난시라서 버스 번호가 두 겹으로 겹쳐서 보이니 정말 환장할 노릇이다. 16번이 왔다 싶어 쫓아가보면 아니고, 또 아니고... 따지고 보면 창피할 일도 아닌데 괜히 무안하게 돌아서는 꼬락서니란... 즐거워야 할 고등학교 시절을 어이하여 이 따위로 보내야 하는가. 지금의 이 마음은 후일에도 짐작할 수 있으리라.

제각기 눈을 벌겋게 충혈시켜서는 지나가는 여자들을 아래위로 훑어보는 것들, 괜히 곁눈질하는 계집애들, 또 어디에서 맞췄는지 모르지만 해괴한 옷에다가 해도 없는 밤중에 선글라스를 낀 것들은 모두 다 동물원에 든 동물들이다. 너 나 할 것 없이 모두 서로를 구경하면서 비웃는다. 자기 역시 또 구경당하고 비웃음을 당하고 있음을 아는 인간은 도대체 몇이나 될까?

금테 안경을 낀 여학생을 따라다니면서 항상 금테 안경이 멋있다고 히죽거리던 놈은 계집애 덕분에 백동화 한 개를 주웠다고 자랑한다. 그러고는 조금 있다가 중앙이 볼록한 백동화는 언제나 주울 수 있고 편리하게 사용할 수 있다고도 말한다. 그것도 싫증이 나면 자기는 비가 오는 언덕 위로 나팔을 불면서 올라가고, 그러다 입이 아프면 물이 질펀한 곳에 앉아서 쉴 수도 있다고 한다. 재미있는 놈이다. 존경할 만한 도깨비 같은 놈이다.

충혈된 눈으로 두리번거리는 사람들로 가득 찬 버스에서 역시 눈이 충혈된 ○○을 보았다. 그녀는 역시 아름다웠다. 예전에는 늘 단발머리였는데 언제부터인지 모르지만 머리를 둘로 나누어 묶었다. 다른 계집애들이 두 가닥으로 묶은 머리는 묵은 볏짚 다발을 묶은

65

것처럼 보였지만, 그녀의 머리카락은 내가 항상 알고 있던 바로 그 아름다운 향기를 담은 윤기 있는 머리카락이었다. 게다가 그녀는 깨끗하게 빤 하얀 운동화를 예쁘게 접어 신고 있어서 그녀의 복숭아 같은 뒤꿈치는 둔탁한 재질의 양말에 싸여 있어도 내 가방을 받아준 여대생의 힐에 얹힌 벌건 나무토막과는 비교가 안 될 정도였다. 흠... 그러다가 갑자기 내가 그녀에게 죄를 짓고 있다는 생각이 들었다. '내가 감히 그녀의 성스러운 몸을 함부로 바라보다니...' 하지만 나는 곧 생각을 바꾸었다. 일종의 우월감 혹은 승리감을 느끼면서 계속 그녀를 관찰하였다. 가방은 좌석에 얹어두고 두 손으로는 좌석에 붙은 손잡이를 가볍게 쥐고, 가끔 한 번씩 오른쪽에 있는 승강구를 바라보지만, 계속 바깥만 쳐다보는 그녀의 옆모습과 차창에 비친 모습은 정말 멋있었다. 버스가 한 번씩 정차할 때마다 가볍게 몸을 흔들지만, 고개를 한 번 흔들어 얼굴로 흘러내리는 몇 가닥의 머리카락을 쓸어 넘기면서 몸의 균형을 잡고 전체적으로 행동의 조화를 만드는 그녀의 동작은 정말이지 영화 속의 어떤 여자보다도 훨씬 세련되었고, 내 눈을 황홀하게 만들었다.

어머니는 정말 고마우신 분이다. 내가 요 며칠 동안 기침을 하고 좀 아팠다고 영양제를 사오셨다. 공부를 안 해서 시험을 못 친 줄도 모르고 공부도 쉬어가면서 해야 한다며 잠을 많이 자라고 하시니 좀 바보스러운 데가 많은 분이다. 하지만 이 세상은 바보들의 세상이니까 특별할 것도 없고 당연한 일이다.

그녀도 바보다. 내가 그만큼 봤으면 내가 보고 있다는 것을 아니

최소한 어떤 사람이 자기를 주시하고 있다는 것을 알아차렸어야 하는데도 그렇게 못한 것을 보면 바보인 게 분명하다. 바보. 맞다, 여자는 바보라야 한다. 우리 어머니가 바보니까 역시 여자는 바보여야 한다. 그래야 나처럼 바보를 구별할 줄 아는 사람이 나중에 바보 마누라를 잘 다스리고 남자 체통을 세우지.

요번 일요일에는 존경할 만한 도깨비 같은 놈에게는 나팔을 하나 들리고 나는 징을 하나 메고서, 그리고 고기 잡을 반도나 하나 들고 금호강에 고기나 잡으러 갈까 보다. 그 녀석은 나팔을 불고 나는 징을 치고 놀다가, 울부짖다가 지치면 고기나 잡아서 구워먹고 (모래를 파서 거기에다 비늘을 벗기고 내장을 딴 고기를 집어넣고 모래를 덮은 다음 거기에 불을 지르면 된다), 그러다 보면 우리 같은 현인 무리가 있을 테니까 그들과 합세해서 징을 치고 나팔을 불면 (그러다가 동전을 주울 수도 있겠지) 다른 바보들은 하나 둘 우리를 알아보고 우리에게 절을 하겠지. "위대한 현인들이여!" 하고 외치면서... 그러면 나는 그들에게 다가가서 머리를 쓰다듬어 주리라.

6월 10일 아침

아침에 눈을 떠보고 놀랐다. 여긴 우리 집이 아닌데? 그렇지, 옆에서 주무시는 얼굴의 주인이 자형(*이종사촌 누나의 남편이다)임을 알고 정신이 돌아왔다. 그렇지 누나 집에 왔지, 어제. 어제 백일장은 2학년이 차상이 되고 모두 낙선했다. 경희대학교 구경만 잘했다.

나는 돌을 사랑한다. 이 세상의 무엇보다도 돌을 제일 사랑한다고 감히 장담한다. 내가 어릴 때 동사무소 앞을 지나던 투명한 개울물 속의 돌. 울산바위, 그 하나의 돌. 그리고 여기저기 구르는 모든 돌이 나에게 정감을 주기 때문이다. 또 아마 내가 국민학교 2학년 때였던 것 같다. 우리 집은 황청동에 있었고, 나는 파동에서 살고 있던 아버지를 찾아가서 돈을 조금 받아오던 길이었다.(*당시 '황청동'이던 지명은 어감이 좋지 않다는 주민의 민원으로 나중에 '황금동'으로 바뀐다) 집까지 가려면 수성들판을 가로질러서 걸어가야 했다. 무성하게 자란 5월의 보리는 두렁까지 침범했다. 희미한 달빛이었고, 나는 까닭모를 무서움에 쫓기며 겁에 질려 달음박질을 쳤다. 그러다가 조그만 돌을 걸려 넘어졌고, 넘어지면서 다시 큰 돌에 이마를 받았다. 그런 적이 있다. '나의 어린 시절을 그러했다'라는 구절은 항상 돌과 함께 연상되기 때문에 나는 돌에게서 다른 사람이 느끼지는 못하는 감정을 느낀다.

하지만 지금은 그 이야기가 아니다. 역사의 한 장이 넘어가는 이 시간에도 지하실의 새까만 '돌'들은 비몽사몽간을 헤매면서 혹은 해탈이라도 할 듯한 눈을 하고서 제각기 종잇조각을 들여다보고 줄을 치는 것을 보니 새삼스럽게 우스운 생각이 든다. 아니, 그런 아무래도 좋다. 지금 책상의 칸막이가 없으면 좋겠다. 당장 부숴버리고 싶다. 이 칸막이가 좁아지는 내 마음을 더 좁게 만드는 것 같다. 이 칸막이에 이젠 혐오감이 아니라 두려움을 느낀다.

어머니는 지금 주무시겠지. 나는 이미 많이 잤으니까 지금부터는 잠을 자지 않겠다. 이 말이 초조한 내 마음의 표현이 아니라 학구열을 향한 진실한 충동이기를 바란다. 미쳐버린 돌들을 생각하니 나도 미쳐버릴까 두렵기 때문이다.

8월 18일 금요일

속물... 이 말을 들을 때나 혹은 이 말이 퍼뜩 뇌리를 스칠 때마다 나는 이 단어가 가진 뜻에 대해서 어떤 가증스런 호기심이랄까 뭐 그런 종류의 감정을 느끼곤 했는데, 어제와 같은 경우에는 나 자신이 바로, 내가 무심중에 경멸해 왔던 그리고 정체를 분명하게 알고 싶어 했던 바로 그 속물이 아니었을까 싶다. 물론 나는 내가 절대로 속물이 아니기를 바라지만...

어제 수업 마치고 방학 전에 선생님께서 언급하신 야유회에 대해 구체적인 구상을 하자는 제안이 누군가에 의해 제출되었다. 그런데 이상한 것은 다들 야유회에 가고 싶지 않다는 표정이 얼굴에 역력한데도 서로 가자고 열을 내는 게 아닌가? (이 이상한 현상은 물론 표결을 붙여졌을 때 찬성한 사람의 팔이 얼마 되지 않았다는 사실로 입증되었다.) 이것에 슬그머니 화가 난 나는 (나 자신도 속물이다, 물론 나는 그게 아니기를 바라지만) 야유회 가기 싫은 사람은 집에 가고 야유회 가고 싶은 사람만 남으라고 하고 앞장서서 회의를 관장했다. 그런데 이건 또 뭔가? 가려면 가지 머뭇머뭇하는 것 말이다. 모두 다 심리가 뻔하게 들여다보였다. 학교에서 큰소리로 자기는 어제 10시간 자고 공부는 하도 하지 않았다는 얘기를 마치 자랑하듯이 지껄여대는 그런 심리였다. 나 자신도 어제 이런 심리가 작용해서 그렇게 떠들어 대고 또 여섯 시간이나 들여서 현지 답사를 하고 그랬던가?

속물. 나는 어제 속물들의 군상을 뚜렷하게 보았다. 표리가 일치하지 않는 것들은 모두 속물이다. 부자연스럽기 때문이다.

나 자신부터 다음부터 뚜렷한 내 주견대로 마음에 있는 것은 항상 행동으로 말로 표현하리라. 그렇게 하지 못하는 것은 주변을 의식하고 있다는 말이 되고, 이것은 결국 자기 자신을 신뢰하지 못한다는 증거이기 때문이다.

8월 20일 일요일. 6시 29분

어제저녁에는 왜 그랬는지 모르겠지만 하여튼 8시 40분쯤에 잠들었다. 그래서 그런지 오늘은 새벽 3시에 잠이 깼다. 깨어 있는 사람은 아무도 없었다. 나 혼자뿐이었다. 여기저기서 코 고는 소리, 그 외에는 아무도 소리도 들리지 않는다. 내 심장이 뛰는 소리와 허파가 불룩거리는 소리만이 그들 틈에 끼어서 '툭, 툭' '픽, 픽' 하는 것 같았다. 눈을 끔벅거리면서 지학책을 펴들고 앉았으나, 머릿속에는 수많은 얼굴이 저마다 독특한 인상으로 꼬리에 꼬리를 물고 지나간다. 쓸쓸하게 웃는 어머니 얼굴, 짜증을 내는 화진이 표정, 정신을 집중해서 책을 보느라고 초점이 또렷한 눈으로 무언가를 외우느라 입을 달싹거리는 친구의 얼굴, 계집애 꼬셔가지고 영남대학교에서 좀 주물러줬다는 무용담을 펼치는 친구의 침 튀기는 입, 라면 한 그릇과 노란 무 한 움큼을 기다리면서 히죽거리고 수작을 하는 군상, 맞장구 잘 치는 서점 주인의 눈웃음, 차장 아가씨의 신경질적이면서도 애처로운 목소리, 금테 안경 너머에서 반짝거리는 독서실 주인아저씨의 작은 눈, 내가 옥편 있느냐고 물었을 때 당황하던 내 옆에 앉은 계집애의 모습, 책을 왼손에 든 채로 비스듬히 왼팔을 베고 책상의 누워 자는 삼수생의 거친 머리카락, 이상한 눈을 해 가지고 나를 응시하던 계집애의 입술... 재미있다. 연상을 하면 할수록 점점 더 뚜렷하게 일어서는 모습들. 어쩌면 이럴 때가 고독한 때인지 모른다. 자기는 한 차원 떨어진 곳에서 아무런 관여도 하지 않은 채 어떤 것들을 바라볼 때가 말이다. 아무 거리낌이나 마음의 부담 없이 사물을 볼 수 있는 것은 아마 어떤 시련이 있은 뒤에야 얻을 수 있는 어떤 특혜와 같은 것이 아닐까? '곰보는 두 번 다시 천연두에 걸리지 않는다'와 같은 종류의... 6시 48분.

8월 30일 수요일

(...)

어머니께서는 어제 쉬셨다. 그리고 나에게 4천 원짜리 영양제를 사다 주셨다. 그 영양제는 보통 영양제가 아니라 어머니의 땀과 눈물을 섞어서 기도와 기원으로 결정화한 어머니 신체의 일부이다.

비가 온 뒤에 선보이는 첫가을의 하늘은 퍽이나 맑겠지.

8월 31일 목요일

어제 아래(*그저께) 학교 앞 빵집에서 라면을 먹은 죄로 네 명이 1주 정학을 당한 사건에 학생들은 분개했다. 학교에 남아서 공부하겠다는 열성으로, 학교 식당에선 라면을 팔지 않으므로, 출입금지 가게로 지정된 (흡연 장소라고 출입이 금지되었지만 여태까진 아무리 출입을 해도 아무 말이 없었다. 나도 수없이 드나들었다.) 빵집이지만 헐직한(*값싼) 라면 파는 데는 그곳뿐이어서 할 수 없이 출입했다가 그날 잡혔고, 본보기로 직원 조회 과정도 거치지 않고 교장 선생님 특명으로 정학을 당한 것이다.

교장 선생님이 갑작스럽게 직접 그들을 잡아서 정학을 시킨 이유는 지난번 조회 때 학생들이 보였던 반응 때문일지도 모른다. (물론 교장 선생님이 그렇게 마음이 좁은 사람이라고 생각하지는 않지만, 그래도 사람은 마음을 모른다.) 그렇다면, 하찮은 권위의식 때문에 죄 없는 학생들이 피해를 입어야 하나? (…) 이런 분개심은 후배들에게 대를 이어 전달될 것이고 우리가 어른이 되었을 때도 계속 아니 어쩌면 더 심하게 존재할 것이다.

(…)

지나간 9월 ○일이 음력으로 8월 ○일 내 생일이었다.

집에 가니 화진이가 방을 치우다 말고 벌떡 일어나더니 책상에서 무언가를 가지고 와서 내밀었다.

"오빠야, 생일 축하한다."

사실 난 그날이 내 생일인 줄 알고는 있었지만 화진이가 나에게 선물을 주리라고는 꿈에도 생각하지 못했다. 지금까지는 화진이가 나에게 생일선물 같은 것을 해준 적이 없었기 때문이다.

나는 너무 놀랍고 당황하고 기뻐서 고맙다는 말도 하지 못했다. 아, 내게도 정말 동생이 있구나, 나를 생각해주는 동생이. 정말 내가 외톨이가 아닌 게 고맙다. 조그마하게 포장한 정성과 사랑의 보석을 박아 만든 화진이의 선물에 보답할 내 선물로는 내년에 대학교에 입학하는 것이 가장 큰 선물일 것이다.

내 나이 이제 겨우 열아홉. 이런 나이에 인생이 어떠니 하고 지껄인다는 것은 낯간지러운 일이지만, 어쨌든 인생은 (최소한 내가 어제 간접적으로 경험한 것에 한한다면) 꽤 재미있는 것 같다.

"내 인생에 종지부를 찍었다!"

어떤 녀석이 몇 달을 두고 사랑의 마음을 품었던 여자에게 고백을 했다가 여지없이 깨지고 독서실로 돌아와서 큰소리로 외친 소리다. 이 고함 소리에 독서실에 있는 사람이 모두 깜짝 놀랐다. 소리가 컸기 때문이기도 했지만, 그 말에서 느낄 수 있는 위험한 정서상태 때문이었다.

그런데 이런 말을 하고도 부끄러움을 느끼지 않을 정도로 사랑했고 또 지금은 죽고 싶은 심정이라는 이 친구도 얼마 안 가서 "흥, 참, 그때는 지금 생각해도 낯이 뜨겁네, 내가 그깟 계집애 때문에, 참나!" 하고 천연덕스럽게 남의 이야기하듯 할 것이다. 이것을 보면 인간은 정말 변덕이 심하고 간사하기 짝이 없음을 알 수 있다. 아니, 그렇게 생각하는 것보다 만물의 영장인 인간이 다른 동물과는 달리 유독하게 천연덕스럽게 변덕이 심하고 간사하다는 사실 바로 그것이 오늘날의 만물의 영장 인간을 만들었다고 생각하는 것이 더 인간적인 말일 것이다. 똑같은 이유로, 세상을 살아가는 데도 더 간사한 사람이 성공을 더 빨리 하고, 또 간사하고 약삭빠른 사람은 뒷전에서 정의를 찾고 도덕을 부르짖는 소위 '君子'라는 위인보다 더 인간적이며 그런 의미에서 진실로 '君子'는 바로 이런 사람들을 가리키는 것이 된다.

9월 13일 수요일. 17.35.

정리를 잘하고 매사에 철두철미해야 한다는 말을 어머니에게서 많이 들었다. 내가 그렇지 못하기 때문이다. 물론 이렇게 하는 게 좋다는 것을 모르지 않고 또 그렇지 못하면 항상 크고 작은 실수와 후회가 뒤따른다는 것도 잘 알고 있다. 그런데 이것 참, 잘 알면서도 나는 왜 매사에 철두철미한 사람이 되지 못할까? 철두철미 정도까지는 못 가도 다른 사람이 보기에 좀 퍼석하다는 느낌이 들 정도만 아니면 좋겠다.

어제 체력장 시험 볼 때의 일이다. 천 미터를 제외한 모든 종목 중에서 턱걸이만 남겨두고 전부 수검을 마쳤다. 천 미터는 만점을 먹는 것이 확실했으므로 중간점수를 계산해보았다. 턱걸이를 열 개만 당겨 올리면 특급이었다. 그래서 별로 힘 안 들이고 열 개를 하고 그냥 내려왔다. 물론 특급이라는 기분에 그날의 피로를 잊어버리고 즐겁게 손을 씻고 교실로 들어갔다. 하늘도 무척이나 상쾌했다. 그러나 이 하늘은 곧 불쾌하게, 누렇게 변해버렸다. 점심을 먹으면서 점수를 다시 계산해 보니까 딱 1점이 모자라지 않는가! 계산 실수, 철두철미하지 않은 나의 버릇 때문에 예비고사 1점을 놓친 것이다.

나의 이런 면을 보여주는 것은 비단 이것뿐만이 아니다. 지금 퍼뜩 생각하는 것만 해도, 지난여름에 친구와 함께 풀장에 갔을 때다. 실컷 놀다가 집에 오려고 옷 바구니를 받아서 옷을 찾으니 빤스가 없었다. 이것 참, 누가 훔쳐갔을 리도 없고 내가 빤스를 입지 않고서 왔을 리는 더더욱 없고... 어디로 가버렸을까 내 빤쓰는? 그렇게 한 10분쯤 꿈지럭거리면서 찾다 보니까 다른 옷 바구니의 신발 위에 얹혀 있는 게 눈에 띄었다. 그때는 이미 옷을 다 입고 있었으므로 빤스를 가방에 넣고서 돌아왔다. 노팬티로.

이런 버릇은 고쳐야 하겠지만 포기한 지 오래다.

추석은 어느새 휙 지나가고 그 뒷모습만 허탈하게 남겼다. 올해 추석은 내가 수험생이라서 그런지 영 실감이 나지 않았다. 추석날 상규와 과음해서 고생한 것을 빼놓고는 말이다.

고생하시는 아버지. 이때까지 불행하신 어머니. 공부를 바라던 만큼 하지 못하신 삼촌들. 하지만 모두 다 태어나지 말았어야 할 사람은 아니고 다 천륜의 수레바퀴를 타고 이 세상의 어느 한 부분을 채울 사명으로 태어난 사람들이니 누구를 원망하고 누구를 미워한다는 것은 하늘을 미워하고 섭리를 미워하는 것이 되어 이 세상에 살아갈 자격이 없어진다. 다만 자기 할 일만 정성껏 다하면 그것으로써 충분하다. (미움 뒤에 찾아오는 허탈함과 공허함이 없어서 더욱 좋다.)

오늘도 보람 있는 하루가 되기를 빈다.

수학여행을 간 화진이는 지금쯤 일어나서 세수를 하고 있을 거야.

상쾌해지고 싶은 아침이다.

예비고사

9월 24일 無時

나는 외롭다. 내 시야를 가리는 50cm x 40cm의 황색 페인트칠 베니어판 석 장은 나의 마음을 칸막이로 수십 조각을 내어놓는다. 내 주변에는 내가 사랑하고 존경하는 사람도 없다. 오직 나를 두려워하고 내가 무서워하는 도깨비 같은 것들뿐이다. 내가 여기에서 이때까지 있어 온 것을 생각하면 내가 얼마나 의지가 강한 사람인지 놀라움을 금하지 못하겠지만, 앞으로도 계속 여기에서 생활해야 한다는 생각을 하면 정말 까마득하다. 지금쯤 사랑의 동산에서 꿈을 꾸는 친구도 더러는 있을 것이고 즐거움과 기쁨의 노란 주스를 만면에 웃음을 흘리면서 마시는 친구도 있을 것이다. 그런데 나는...? 외부로 통하는 창문이 하나라도 있다면 그걸 통하여 보이는 별(그럴 가능성이 거의 없겠지만 달이라면 더욱 좋겠다)에 비치는 그들

의 즐거운 모습을 보고 미래의 나를 생각하며 자위라도 할 수 있으
련만, 나의 방에서 외부로 통하는 건 도어 한 개와 환풍기뿐이다.
환풍기라도 없었다면 나는 아마 질식해 죽어버렸거나 상사병을 앓
는 것처럼 노랗게 떠서 시름시름 앓다가 지금쯤은 이미 지옥이냐
천당이냐 심판을 받고 있을 것이다.

10월 9일 수요일 00:24

(…)

　어머니께서 당신은 누구에게서도 따뜻한 정을 받아보지 못했다
고 하셨다. 외할머니께서 일찍 돌아가셨고, 어머니가 계시지 않을
때 아버지의 사랑이 자식에게는 보통 아버지 마음만큼 느껴지지 않
으므로, 당신은 외할아버지에게서도 따뜻한 정을 느끼지 못하셨나
보다. 게다가 남편에게서조차… 그리고 남은 것 자식. 나를, 화진이
를, 옥진이를, 원진이를 바라보고 계신다. 나 역시 아버지의 사랑을
모르고, 아니 아버지를 원망하면서 커 왔기에 어머니의 마음을 조
금은 이해할 것 같다. 모든 사람이 자기편이 아니고 자기를 노리고
달려드는 적이라는 느낌이 들 때가 때때로 생기고… 나는 나의 자
식이나 혹은 내가 알게 될, 나에게 영향을 받을 나의 후 세대에게는
우리 어머니처럼 또 나처럼 '애정 결핍증'이라는 병을 안겨주진 않
겠다.

~~~

오후에 원형이와 포항 송도에 갔다. 철 지난 바다의 해방감은 묵직한 고동 소리와 함께 다음번 바다를 찾을 때까지 남을 것이다.

도대체 내 주변에 있는 모든 것이 못마땅하다. 내가 좀 이상해진 걸까?

갈증을 달래려고 아픈 발을 끌면서 계곡 아래로 물을 찾으러 내려갔는데 황토뿐이더라고?

아무튼, 화진이가 이번 중간고사를 상당히 잘 친 모양인데 무엇을 선물로 해줄까?

빨랫줄에 뻣뻣하게 말라서 마치 종이처럼 흔들거리는 바둑무늬 손수건은 내 심장이다. 태곳적 우리 조상이 옳다고 믿었던 전부가 바로 빗자루다.

그래도 시간은 가고, 다만 내 하루하루 생활이 충실하길 바라며 또 노력할 뿐이다.

(…)

어머니께서는 "내가 장사하고 돌아다니는 것을 사진으로 한 장 찍어놔야 할 텐데, 그래야 이것들이 내가 얼마나 고생을 하는지 알지, 나중에 커서라도..."라고 하셨다. 아아, 당신의 모습은 언제나 내 머릿속에 영화 화면처럼 생생하게 살아 있습니다.

11월 6일 월요일 21:55

운명의 시각은 자꾸자꾸 다가온다. 오늘 밤이 지나면 내일 예비고사를 치른다.

막중한 무게를 어깨로 지탱하며, 나를 알고 나를 위해 주는 사람, 나를 동정하는 사람, 나를 미워하는 사람... 나를 아는 모든 사람의 시선을 느끼며 내일 시험을 본다. 내일 점수를 많이 따놔야 본고사에 유리하기 때문이다. 화진이는 오늘 방석을 다 짜서는 나에게 주면서 고사장에 가져가서 앉으라고 했다. 어머니께서는 정말 드물게도 오늘 소고기를 사오셨다.

(...)

신이여, 다만 나에게 실수하지 않을 힘을 주소서!

11월 18일 토요일 아침, 독서실

어제 학교 수업을 마치고 상준이네 집에 전화를 해보았다. 혹시 해길이 형이라고 있으면 얘기나 나누고 싶어서였다. 그러나 형은 학원에 나갔고 언제 들어올지 모른다고 자야 누나가 말했다. 반가

운 목소리였다. 생활을 함께한 사람들끼리는 이상한 힘에 의해서
서로 끌리는 모양이다.

(…)

1년 뒤에 나는 제법 익숙해진 대학 1년생의 역을 맡은 배우가 될
것이다. 곧 나는 군인 역을 맡아보련다. 될 수 있으면 운전병 역을.
재미있겠지. 연극이란 슬프거나 기쁘거나 하여튼 재미있는 것은
사실이니까. (…) 미래의 주역임을 그려보는 배우 초년생은 미명의
창밖으로 눈을 돌린다. 거기에 미래의 자기 모습이 있기라도 한 것
처럼.

11월 20일 월요일 7:40

오늘 아침은 제법 추웠다. 쌀쌀하다는 말과는 도수가 다르게 몸이
오그라질 정도로 추웠다. 이때까지 따뜻하다가 갑자기 날씨가 변
하니까 그렇게 느껴졌나 보다. 수업 마치고 시들시들한 사루비아
꽃이 줄지어 늘어선 화단 옆으로 난 보도를 따라 학교 정문을 향해
걸어가면서 본 하늘은 정말 푸르고 높은 가을 하늘, 바로 그것이었
다. (…) 예비고사를 치른 날 선배들과 술을 먹던 일이 어제 같고 여
름방학 때 독서실에서 걸상 늘어놓고 누워 자던 게 아래(*그저께) 같
은데, 본고사를 치를 날이 이제 60일도 남지 않았다.

문득 서울로 공부하러 간 친구들이 생각난다. 짜식들, 공부 잘하
고 있을까?

(…)

철형이가 "너는 조만간에 교회에 나가게 될 것 같다."고 말했다. 그렇게 보일지 모르겠지만 교회는 내 성미에 맞지 않다.

요즘 학원 보습반에 나가서 수업 마치고 집에서 와서 밥을 먹고 독서실에 오면 9시 30분, 그때 잠이 들면 4시쯤 되어 일어나고… 이렇듯 내 생활에서 공부하는 시간이 줄어드니 또 안정되었던 마음이 흔들린다. 학원에서 듣는 것은 전부 소용없는 것 같고, 보습반 나가기 전에 보던 책들은 시간이 없어서 진도를 나가지 못하고, 또 자연히 애들과 접촉하는 시간이 많아져서 놀기가 쉽고 게다가 고되기는 더하고… 이런저런 이유로 그러는 모양이다

어제 아래(*그저께) 저녁이었다. 학원에서 돌아와 저녁을 먹는데 어머니가 하시는 말씀, 그날 달걀을 가득 싣고 언덕을 올라가는데, 어째 발을 잘못 디디는 바람에 다리가 휘청거려 무릎을 땅에 세게 부딪었고 리어카의 손잡이가 가슴을 사정없이 쳐서 뒤로 나자빠졌다고 하셨다. (불행 중 다행이라면서 달걀은 하나도 깨뜨리지 않았다고 하셨다.) 그날 가슴이 답답한 게 이상하고 무릎은 발을 디딜 때마다 아파서, 조심해서 걷는다는 게 저절로 절뚝거려져서 남 보기 민망하더라고 하셨다. 어제는 그래도 덜 아프다고 하셔서 정말 다

행이다. 이렇게 고생하는 것을 다른 사람은 알고 있을까? 허영과 사치와 위신과 체면을 앞세우는 사람들은, 우리 어머니 같은 분의 이야기가 나중에 세상에 알려져 칭송을 받을 때 세상 사람들의 칭송을 받는다는 그 이유 하나로 칭송을 아끼지 않을 것이고, 이것은 또 다른 사람의 찬양을 유발할 것이다. 어차피 사람들은 속물이고 세상은 모순 덩어리. 사람들은 겉모양만 번드르르하게 꾸며놓은 채 제각기 서로의 마음을 알면서 겉으로는 '에헴!' '험, 험.' 해 가면서 모른 척 살고 있으니까.

12월 3일 일요일 아침

어제 외할아버지께서 오셨다. 주소 적은 종이 한 장만 들고 찾아오신 할아버지의 정을 무슨 말로 표현할 수 있을까? "내가 너거들 잘 살기 전에는 안 찾아올라고 했는데, 가만히 생각해보니 내가 죽어버리면 영영 못 찾아볼 것 아니냐?" 하시며 껄껄 웃으시는 할아버지를 보며 소리 없이 마주 웃어주는 어머니의 웃음엔 어째 조금 씁쓸한 느낌이 묻어났다. 친정에 다녀온 지 벌써 몇 년이나 되었는데... 할아버지께 죄송하기도 하겠지만 지금 상황이 부끄럽기도 하셨을 것이다. (...)

어제 상규 녀석에게 뭔가 이상한 일이 일어난 것 같다. 평소보다 늦게까지 모습을 보이지 않길래 오늘은 안 오나 했는데, 10시쯤 퉁퉁 부은 눈을 해 가지고 와서는 돈을 빌려달라고 했다. 내 돈 500

원과 긍재 돈 1,000원을 가지고 가면서, 왜 그러냐는 물음에는 말을 않는 게 좋겠다고만 하고... 그리고 나는 곧 잠이 들었나 본데, 상규는 곧 다시 들어왔는지 지금 독서실에서 자고 있다. 짜식, 뭘까?

일기를 쓸까 말까 망설이면서 잠시 누워 있다는 게 그만 깜박 잠이 든 모양이었다. 그랬다가 날카로운 걸상 소리에 벌떡 일어났다. 옆에 앉은 아이가 낸 소리였다. 아무래도 일기를 써야겠다.

오늘 도현이와 영덕이란 놈이 둘이서 '2인 시화전'을 연 첫날이다. 우리 선배들 중에서 고등학생 시절에 개인 시화전을 가진 예는 저 멀리 거슬러 올라가보면 1대에서 3대까지 활발했었지만 그건 모두 3학년 때였다. 게다가 이번에 이 두 아이가 하는 것은 같은 동인끼리가 아니라 다른 학교 아이와 함께한다는 점에서 선구자적인 의미가 있다. 그렇기에 이 사건은 우리 태동기 동인들의, 아니 무기력한 선배의 마음에 무한한 기대를 강하게 불어넣는 일이다. 도현이는 1학년 때부터 문학지를 사 보고 하더니 장족의 발전을 했다. 이런 아이들이 계속 나와야 할 텐데... 오늘 시험을 쳤다면서 일찍 와 있던 병조를 불러서, 얼마 안 되는 것이긴 하지만 제과점에서 과자를 사서 주었다. 수고했다고 마음속으로 열 번도 더 말하면서...

어머니께서 목에 가래가 자꾸 생기며 저번에 리어카에 받힌 가슴이 좀 이상하다고 하면서 자꾸만 손으로 그 부분을 만지신다. 제발 아무 탈이 없으면 좋겠다. 만약 하느님이 계신다면 어머니에게 병을 주지는 않을 거다. 어머니도 나도 동생들도 모두 손 모아 빌고 있으니까 말이다. 원진이는 "하느님, 어머니를 건강하게 해 주시고, 제가 무럭무럭 자라서 훌륭한 사람이 되도록 해 주십시오, 아멘!"이라고 가락을 붙여서 기도를 한다. 탁아소에서 매일 기도를 하니까 좀 익숙해진 솜씨로 아멘까지 제법 엄숙하다. (*막내 동생 원진이와 나는 열네 살 차이다) 그 순간 어머니께서는 콧날이 시큰해졌을 것이다. 내 경우에 비추어보더라도 그럴 때는 콧날이 시큰거리는데, 하물며 누구에게 따뜻한 위로를 받아보지 못했을 어머니는 더욱 그러셨을 것이다. 제발 우리 어머니에게 병이 없도록 해 주십시오. "내가 병들어 누우면 모두 다 굶어 죽는다."며 끄떡없다고 장담하시는 어머니의 말씀이 진실이 되도록 나는 손 모아 빌고 있다.

어제는 의의가 아주 깊은 날이었다. 내가 머리를 깎으러 갔는데 드라이까지 한 날이기 때문이다. 드라이라고는 중학교 2학년 때 우리 먼 친척 중에 한 사람이 (내가 그 집에 놀러갔을 때) 드라이하는 기계로 다른 사람 머리를 붙여 주고는 나에게도 "네 머리도 한 번 해보자." 하시면서 까까머리에 뜨거운 김을 불어 주던 그 기억밖에는 없는데, 어제는 의자에 번듯하게 앉아서 드라이를 했다. 어른들만 한다고 생각했던 드라이를 하고 있자니 왜 그런지 자꾸만 기분이 좋아지고 웃음이 나오는 바람에 참느라고 혼이 났다. 어른이 된다는 게 그렇게 좋은 모양이다. 이런 식으로 사람은 성장하나 보다.

인생의 기로는 지금 시기에는 거의 매일 나타난다. 하루라도 어찌한 번 잘못 생각하다가는 인생의 판도가 달라지기 십상인 때가 바로 지금이다. 현명한 사람이라면 좁은 길을 잘 골라서 갈 테지. 큰 길을 따라가는 사람은 재미있을 것이고...

12월 12일 21:20

오늘은 국민의 권리를 행사하는 투표일이다. 비록 나는 유권자가 아니지만 그래도 나대로는 판단을 해 본다. 무소속 입후보한 사람이 명함을 돌리는 것을 어떻게 알았는지 형사가 뒤쫓아 와서 잡아가고, 자유민주주의 실현이라는 구호를 내걸고 가가호호 돈을 돌리면서 한 표를 애원하는 자는 자유당 시절에 깡패 하던 자이고, 선거 공약이란 건 뻔하고... 누가 될지는 몰라도, 가난하고 정직한 사람이 권리를 쥐고 있어야 하지, 고생이라고는 한 번도 해 보지 않고 배가 고픈 것이 어떤 것인지 모르게 어떤 게 서러운 것인지 분한 것인지 구별할 줄도 모른 채 성장해서 권력을 가지는 한 서민들은 항상 고추 값 인상과 연탄 값 인상에 시달릴 것이다. 사실, 고추 값만 해도 그렇다. 우리나라 고추 한꺼번에 다 사들여서 재분배한다면 중간상인들의 농간이 없을 텐데...

~~~

오늘 구두를 맞췄다. 보통 때라면 턱도 없을 텐데 저금했다 받은 돈 8천 원을 어머니께 맡겨 두었던지라 다소 쉽게 허락을 받았다. 만 원인데 선금 2천 원을 주었다.

나는 나쁜 놈의 자식이다. 어머니께서는 그렇게 고생하는데 구두를 맞춘다고? 하지만 배수진. 나는 이때까지 그렇게 행동해 왔다. "짜식, 까불어대더니만 그럴 줄 알았다."라는 소리를 듣지 않기 위해서 "부전자전이구나."라는 소리를 듣지 않기 위해서, 나는 더욱더 열심히 공부를 해야 한다.

어머니는 나의 천사이시다.

12월 14일 아침

어제는 기분 좋은 날이었다.

저번에 친 아이템풀 모의고사 성적표가 나왔다.

9,772명 그룹 중에 3등이었다.

12월 17일 일요일 아침

어제 종업식을 했다. 요즘 늘 하듯이 아이들과 거친 장난으로 떠들고 했으나, 교문을 나서기 전에는 아쉬운 마음에 한 번 더 뒤를 돌아보게 되었다. 이 학교가 내가 3년 동안 한 번도 빠지지 않고 다녔던 학교다. 이 교문, 수위실, 철봉대, 식당, 운동장... 가지가지 사연이 머릿속에서 파노라마처럼 흐른다. 예비고사 공부할 때 저녁으로 라면 곱빼기를 사먹은 뒤엔 잠자리와 테니스를 곧잘 쳤지. 효석이와도 어쩌다가 한 번씩 쳤고... 언젠가 한 번은 효석이와 쳤는데 내가 약 올라 하니까, 효석이가 나를 더 약 올리려고 가방을 깜깜한 화장실에다 숨겨놓았었지. 또 저기 도서관 앞에 있는 화단가에 둘러놓은 벽돌담은 3학년 초에 데모를 해서 애들이 문초를 받고 있을 때 옹기종기 모여 앉아서 걱정하던 바로 그 자리다. 축구는 잘하지만 성 잘 내는 박걸, 공부만 하는 성봉이, 우리 반에서 제일 씩씩한 작은 재호, 야한 얘기와 웃기기만을 일삼는 물찬 돼지 변찬우, 그리고 백곰 백찬욱, 제일 잘 떠드는 영철이와 재익이, 종업식 하는날까지 지각을 한 지각대장 종대, 이 모든 이름 하나하나에 우리 고등학교 시절의 낭만과 꿈과 정이 아로새겨져 내 마음속 가득 담겨있으면서 언제나 나에게 아름다운 활기를 불어넣을 것이다. 마지막 수업을 하시는 선생님들의 목소리도 목이 메었고, 그 모습을 보니 콧등이 찡했다. 그것을 감추느라고 아이들은 수업이 끝난 뒤 서로들 그렇게 떠들어댔나 보다. 좋은 친구들이다. 모두. 졸업해서도 모두 한 데 뭉친다면 어떤 큰일이라도 해낼 수 있을 것이다. 영원히 변하지 말고 다정한 친구로 세상을 살아가야지. 이것은 우리 선생님이 하신 말씀이다.

12월 24일 일요일 저녁 맑음

오늘은 평범한 하루였다. 고정석 끊어 놓고 며칠 오지 않던 희수가 오후에 왔다는 사실과 희수와 탁구를 30분 쳤다는 것 외엔 특이한 게 없는 날이었다.

그런데 어제 하루는 정말 재미있는 날이었다.

보통 때처럼 8시 30분쯤에 독서실에 와서 공부를 하고 있으려니까 긍재가 침울한 표정으로 오더니 다짜고짜 이야기 좀 하자면서 끌고나갔다.

"미안하지만 독서실에 오늘하고 내일은 좀 오지 말아도(*다오)."

왜 그러냐고 물었더니 괴로운 듯 입맛을 다셨다.

"이제 집에 안 들어갈란다. 시험도 내년에 쳐야지. 에이 참... 독서실에 있으면 우리 엄마가 찾아와서 너 보고 뭐 묻고 하면 너도 공부를 못 할 테고, 나도 나의 안 좋은 모습 보이기 싫어서 그렇다."

그러고는 독서실에 들어가서 책을 싸서 상구 집에 갖다놓고 교회로 갔다.

"경식아, 혹시 우리 엄마 만나면 내 교회 갔다고 말하지 마라. 목사 멱살 잡힐지 모르니까."

"알았다."

"독서실에는 가지 마라, 알았제?"

허 참, 그럼 난 어디 가니? 에이 참, 할 수 없지, 국민역신고로 하러 가자. 이래서 난 우체국으로 가서 등기로 안강읍사무소로 등기 우편물을 보내고 원형이 집에 전화를 걸었다. 46-2467. 원형이 재중.

어머니는 자리를 비켜 주시고, 원형이와 이런저런 얘기를 하던 끝에, 학원에서 내가 좋아하는 계집애가 있고, 그 계집애와 친한 애가 웅백이와 같이 과외를 하는데 이 두 사람이 중개해서 내가 그 계집애를 만나게 될 것이라는 얘기까지 했다.

"이 자식, 돌았나? 앞으로 한 달 정도만 참으면 미팅은 지겹도록 할 수 있는데, 니 와카노? 성봉이는 아침에 독서실에 오면 밥 먹고 하루에 네 시간씩 자는 것 빼고 종일 공부한다. 성봉이뿐인 줄 아나? 서울대 칠 애들은 전부 다 그렇게 공부한다 아이가, 짜식이 이거 돌았구나."

맞다, 니 말이 맞다. 에이 참...

모든 게 학원에 나가면서 벌어진 일이다. 그래, 오늘까지만 학원에 가서 강의를 듣고 다음부턴 학원엘 나가지 말아야지. 선생이란 게 노상 헛소리나 하고 진도는 안 나가니, 시간이 너무 아까워...

원형이 집에서 점심을 먹고 나올 때 원형이가 하는 말...

"니 가고 나면 우리 엄마가 니 보고 뭐라고 하지 싶다. 아직 고등학생이 구두 신었다고..."

오늘은 이래저래 밟히는 날이구나.

"괜찮다, 뭐 내가 그런 데 신경 쓰는 사람이가?"

학원에 가는 길에, '걔는 이제 나와 상관없는 계집애다' 하고 다짐을 하면서도, 그래도 혹시 웅백이가 손을 써 놨다면 오늘은 공부 포기하고 내일부터 공부해야지 하는 마음을 한 구석에 품고 기대를 했다. 그런데 웅백이가 나타나지 않았다.

'에이 참, 짜슥, 약속을 해놓고 왜 안 지켜?'

차라리 잘되었다고 자위했지만, 수업은 지루했다.

(...)

동근이과 같이 SM 앞으로 가서 샤프펜슬 한 개를 샀다. 그리고 서문시장 앞으로 차를 타러 갔다. 동근이와 헤어져 조금 가려니까 어떤 사람이 "아재, 아재!"하면서 길을 막았다. 그리고는 품에서 두툼한 보자기를 꺼냈다.

"이거 양복인데, 남방 값으로 4,000원만 내소."

솔직히 주운 건데 싸게 준다고 했다.

"돈 없어요."

"얼마 있능교?"

"1,400원."

"시계 잡히소."

"농담 하능교, 이 시계가 어떤 시계인데."

아버지가 고등학교 입학 기념으로 사준 시계였다. 아버지에게서 받은 유일한 선물인데.

"오리엔트밖에 안 되구만."

"놓으소, 갈라구마."

그러니까 소매를 붙잡았다.

"아재, 진짜 1,400원밖에 없능교?"

그렇다니까 그거라도 달라고 했다.

"아재 오늘 진짜 돈 벌었다. 양복 한 벌에 1,400원이 뭔교?"

그래서 나는 돈을 주고 그걸 받았다. 버스를 타고 오는 동안 내내

서 있었지만 기분이 좋았다. 양복이라, 양복이라... 비록 장물이지만 그 사람 말마따나 횡재한 거다. 집에 와서 잔뜩 기대를 하고 펼쳐보았더니 바지 하나만 달랑 있었다. 게다가 메이커도 없었다. 야 이거 정말 죽겠네, 에라이 개새끼다. 정말 기분 나빠.

이게 어제의 내 역사다.

잔인한 크리스마스도 지나갔다. 하지만 지금의 마음이 크리스마스 전보다 더 침울한 것은, "예비고사 300점 이상 549명. 서울대 사회계열은 적어도 290점은 넘어야..."라는 충격적인 기사 때문이다. 나는 최고로 잡는 것이 290점이고 최하가 285점이다. 작년 사회계열 예시 평균점인 285점은 예시 석차 535등까지에 해당되었으니, 올해와 대충 비교하더라도 작년의 285점과 올해의 300점이 거의 같으니, 올해의 290점은 작년의 278점 정도밖에 되지 않는다는 얘긴데...

이경식은 그해 입시에 실패했고, 다음해에 대학교에 입학했다.

2부

청춘아, 사랑아

"...세월에 또 만남의 횟수에 서로를 규정짓지 말고 자연스럽게 둘이 하나임을 느끼고
싶습니다.
당신의 순수한 영혼을 사랑합니다."
...
누가 누구를 바꾸었을까?
누가 누구를 이끌었을까?
결국 두 사람은 무엇이 되었을까?
두 사람에게는 무엇이 남을까?

**대학교 4학년이던 남자와 3학년이던 여자가 만나 연애를 했다.
남자는 군대에도 가고 취직을 해야 할지, 아니면 대부분이 다 가는 그 길을 등지고 '운동'을 계속할지, 또 '운동'
을 한다면 어느 분야에서 어떻게 할지, 인생의 커다란 갈림길 앞에서 고민했고, 여자는 남자의 이런 고민을 옆
에서 지켜보다가 결국 남자의 고민 속에 휩쓸리고 만다. 두 사람이 1983년 12월부터 1987년 4월까지 나누었
던 편지들 가운데에서 뽑았다.

헤어지는 연습

감기 걸렸다. 어제 오후에야 내가 감기 걸렸음을 알았다. 여태까지 줄곧 비몽사몽간을 헤매다가 방금 약 사왔다. 편지 다 쓰고 나서 먹을 참이다. 쌍화탕 한 병, 아스피린 두 알. 진한 초록색 껍데기와 대조되는 하얀 알약이 섬뜩하게 느껴진다. 수술용 메스의 차가운 느낌이다. 또 희영이에게서 가끔 편린처럼 느꼈던 그 무엇인 것 같기도 하다. 날카롭고, 차갑고... 이것이 나와는 이질적인 것(때로는 선망의 빛을 띤 열등감을 불러일으키고, 또 때로는 거부감을 불러일으키는 것)이어서 섬뜩하게 느껴지는지도 모르겠다. 아주 자연적인 전체에 아주 인공적인 부분이 공존할 때, 예를 들어 아무도 밟지 않은 설원에 한 조각 쇠붙이, 칼이나 또 기차 레일 토막 같은 것이 던져져 있을 때 느껴지는 기분 같은 거, 희영이도 상상할 수 있을 거야.

지금부터 희영이의 '그것'에 대해서 이야기할 건데, 희영이도 다른 사람에게서 그런 걸 이미 느껴 보았는지도 모르겠다.

개인주의적인 것 (이기적인 것과 구별해서).

사실 나도 개인주의적인 게 뭐고 이기주의적인 게 뭔지 분명하게 구분을 못 하겠다. 이랬다가도 저러면 저게 옳은 것 같기도 하다.

희영이가 말했지. 보통 객관적으로도 분명히 이타적인 사람이라도 궁극적으로는 자기 자신 그렇게 이타적인 행동을 함으로써 즐거움을 찾으니까 이기적인 사람이라고. 나도 이것에 전적으로 동의한다. 그러나 내가 희영이의 태도에서 문제 삼으려고 하는 것은, '조건 지어진' 이타주의 = 이기주의 → 개인주의로 결론지어지는 부분의 '조건 지어진'이다. 내가 좋아서 나 아닌 누구에게 어떤 객관적으로 좋은 일을 한다면, 내가 좋아하지 않을 때는 어떻게 될까? 어떤 행동을 하는 것이 내게는 너무 고통스러울 때는, 그렇지만 그런 행동인 인간관계에서 (사회관계) 필연적으로 요구될 때는 어떡할까?

다시 한 번 더 말하지만, 물론 나는 위의 희영이 태도에 기본적으로 동의한다. 그렇지만 그 다음 단계, 실천의 단계에서는 문제가 생긴다. 예를 한 번 들어볼까. 희영이가 가끔씩 그러나 진정으로 하는 얘기 중에서,

"인간은 결국 혼자인 걸 뭐."

"그건 내 일이니까 내가 해야지."

나는 희영이가 이런 말을 할 때는 싫더라. 물론 내 행동 중에서, 내가 하는 말 중에서 이런 태도가 없지 않겠지만, 나로서는 이런 말이 나를 향해서 던져질 때는 싫더라. 왜냐고? 인간관계를 철저하게 거부하는 말이기 때문이다. 현상적으로 분명히 희영이와 내가 만나고, 서로 이해하려 하고 또 가능한 대로 돕고자 하는데. 내 태도에서도 이런 것들이 없지 않을 거라고 했는데, 이제 내 이야기 해볼게.

나는 아마 너보다 더 실존주의적일 거야. 어릴 때부터 사람들을 믿지 않았으니까. 정말 사람끼리의 만남은 그냥 아주 우연적이며, 그렇게 우연적이듯이 서로 관계를 끊을 때도 만날 때처럼 그냥 그렇게 그렇겠지 하는 생각이, 구체적으로 몰라도 암암리에 내 심중에 자리잡혀 있었거든. 지금은, 내가 이랬다는 것을 아주 분명히 인식하고 있는 상태지만...

내가 앞에서 말한 것처럼 희영이의 그런 편린들에서 이질감, 거부감을 느꼈다는 것은 아마 그런 태도에서 내가 싫어하는 내 모습을 보고 민감하게 반응하는 모습인 것 같다. 그리고 쉽게 섞이지 않는 물 위의 기름방울처럼은 결코 되고 싶지 않은 마음에서일 거야.

물론 희영이나 나나 이런 실존적인 생각(좀 거창하긴 하지만)을 가진 것은 우리 개인적인 성격, 기질 때문만은 아닐 거야. 난 이런 기질이 사회에서 요구되기 때문이라고 생각한다. 모든 것이 소외되는 사회. 내가 만들고 내가 보냈던, 나의 정성이 담겼던 것들이 다시 내게로 돌아오지 않는 곳, 또 그런 것에 비관하여 자살하지 않고 견디는 사람만 사는 곳, 그러다 보니 그런 기질이 세대 간에 무의식적으로 교육되고... 하여튼 이런 기질을 진짜 거창하게 말해서 자본주의적 합리성 때문이라고 생각한다.

결국, 한 마디로 이렇다.

서로 인간관계를 거부하지 말자. 아니 이런 것은 무의식적인 것이므로 ~말도록 노력하자, 는 것이다. 서로 깨우쳐주고 말이다.

대충 이런 시가 있지 왜.

내가 너의 이름을 불러주지 않았을 때는

너는 아무 것도 아니었다

내가 너의 이름을 불렀을 때

너는 나에게로 와

꽃이 되었다

………

나는 너에게 너는 나에게

하나의 잊혀지지 않는

의미가 되고 싶다.

고등학교 때는 무슨 의미인지도 모르고 그냥 좋은 것 같았는데, 이제는 뜻을 알만하다. 안 그러나?

그만... 다음에 또 쓰지 뭐. 머리 열이 45도쯤 되는 것 같다. 이제 봉투에 주소만 쓰고 약 먹고 자야겠다. 자고 일어나면 밤이 되어 있을 것이다. 아스피린 두 알이 너무 많은 건지 모르겠다. 안녕

경식. (83년) 12월 8일

   희영이, 요 며칠 동안은 네 편지 기다리느라고 실없이 마음만 태웠다. 밖에 나갔다 들어올 때는 마당에 편지가 구르고 있지 않나 싶어 대문을 열고 뛰어 들어오고, 혹 마당에 구르던 편지를 아주머니가 주어 신발장 위에 올려놓았나 신발장을 살펴보고 그리고 마지막으로 아주머니가 방문 틈으로 편지를 밀어 넣었을지도 모른다고 조그마한 희망을 가지고 마치 도박꾼이 화투 패를 들고 긴장해서 졸아보듯이, 방문을 열고 네 편지를 찾아보곤 했지. 번번이 아무 것도 발견하지 못하면서.

   그리고 나선, 난 매일 똑같은 생각을 한참 동안 했다. 그러다가 잠이 들어버리기도 하고. 정말 바보같이.

   이런 생각이야. 왜 희영이는 나에게 편지를 하지 않을까 하는 것. 진짜 매번 똑같이 생각하고 똑같은 결론에 도달하지. 즉...

   희영이가 나에게 편지를 하지 않는 이유 :

   1. 헤어지는 연습, 혹은 헤어지는 것

   2. 떨어져 있는 훈련

   3. 외부의 아무런 충격이나 영향 없이 침잠된 마음으로 객관적으로 (아무리 그래봐야 절대 객관적일 수 없지) 이성적으로 (이건 희

영이 말이다) 관계를 검토해보는 시간을 가지겠다는 희영이의 생각

　4. 희영이의 단순하고 짓궂은 장난

　5. 희영이의 나에 대한 무관심, 신경 끊음

　6. 내가 대구로 갔을지도 모르기 때문에 편지해 봐야 내가 편지를 받지 못할 것이라는 희영이의 빗나간 추측

뭐 대충 이런 것이지.

　그런데 2의 경우 같은 것은 그래도 고무적이지만 아무래도 마음에 걸리는 게 1의 경우다. 언젠가 한 번 우리 이런 이야기 한 적 있지. 헤어질 때는 몇 달 뒤(아니, 한 달 뒤였는지도 모르겠다)에 꼭 한 번 만나기로 한다. 아니, 누군가 그렇게 하더라고 했던가? 이게 자꾸 생각난다. 그렇지 않은 줄 알면서도, 도무지 편지가 오지 않으니까, 분명히 희영이는 답장 한다고 했는데, 더욱 이런 생각이 들고, 또 그러니까 더더욱 편지가 기다려지고, 악순환이다. 4·5 같은 것은 그냥 생각이 난 것이고 그럴 가능성은 조금밖에 없어서 (완전 없다고는 말을 못하겠다) 무시할 수 있을 것 같다. 그런데 난 3에 대해서 이야기하려고 한다.

　한 마디로 웃긴다. 모든 문제, 복잡한 문제건 골치 아픈 문제건 간에 문제는 희영이하고 경식이하고 사이에 일어난 (어감이 좀 안 좋네) 것인데, 즉 문제는 상호관계와 불가분의 것인데 이걸 혼자서 생각한다거나 정리한다는 게 진짜 문제의 핵심을 벗어나고 문제를 회

피·기피하는 게 아니고 뭐냐는 것이다. 문제와 부닥칠 용기가 없는 건지 아니면 지금 기력이 없는 건지 모르지만 말이다.

위에 열거한 것 중에 서로 복합적으로 작용을 해서 희영이가 편지를 안 했겠지만 난 특히 희영이가 6이 그 이유라고 말할 것 같다. (90프로 확신.) 충분히 그럴 수가 있거든. 하지만 난 지금 아르바이트도 구했고 어쨌든 서울에 있다. 요는 희영이가 6이라고 믿으면서, 자기 스스로 그렇게 믿기를 강요하면서 은연중에 3과 결탁해서 문제를 기피·회피하려고 한다는 것이다. 이렇게 되면 나중의 결과는 신뢰도 99프로로 추정해도 필연적으로 5로 나타나게 되지. 마음속으로는 '진정한 인간관계·진짜 만남을 원했는데' 하고 자기암시를 하면서 말이지. 말이 너무 심했는지 모르지만, 지금 내 생각은 희영이가 3의 생각을 전적으로 믿고 실행하려고 한다면 이러리라고 확신한다. (그런데 내 편지가 희영이의 손에 들어가지 않았다면 내 주소를 모르니까 이야기는 처음부터 다시 해야 되겠지.)

하여튼 난 지금 다소 비정상적이다. 조울증 환자다. 네 편지를 목마르게 기다린다. 빈 봉투라도 좋으니 네게서 뭔가 받고 싶다. 진짜 비정상적이다. 물 같이 담담한 사랑, 난 이런 것을 원했는데, 진짜 관념 속에서인 것 같다. 아니면 내가 아직 인간이 덜 되었는지 모르겠지만. 그래 난 처음부터 한 달 동안 만나지 말자는 네 생각에 동의를 할 수가 없었다. 그 이유도 지금 썼다.

다음 주 금요일(20일) 만나자. 비엔나 4시. 희영이 네 생각이 다르다면 편지 해다오. 그 사이에 내 편지가 네게 갔다가, 네 편지가 내게 충분히 전달될 수 있을 거니까.

　횡설수설해서 미안하다. 약간 흥분한 모양이다.

　흥분하면 글씨도 잘 써진다.

　안녕

경식 (84년) 1월 13일 밤

　(희영이에게 어떻게 하면 내 마음을 잘 보여줄 수 있을지... 그 방법을 통 모르겠다)

　경식씨내말좀들어봐글쎄집에와서거울을보고는어찌나놀랐는지그만누가볼까봐얼른입술을가려버렸어오른쪽아랫입술이퍼렇게변해있지않겠어?헛바닥도그렇고쬐꼼이아니라약간더진한색으로말야얼굴도못쳐들고손으로턱을고였다아래로얼굴을숙이고있다가그냥일찍찼어아침에도얼마나걱정이되던지도대체뭐라고변명을해야좋을지걱정만태산이었다구다행히어제저녁보다색이제법많이엷어지긴했지만어딘가어색하고입술에만신경이가고나만쳐다보는것같구하여튼신경이얼마나쓰이던지결국오후에추워서얼굴이파랗게질려있을때입술한쪽이아마유난히도이상하였던지누가하는말이입술이왜그러냐구그러나아무렇지도않은듯태연하게응차안에서조금부

딪혔어가슴이마구마구뛰고온몸에땀까지쫙나더라구식구들은아직
모르는모양인지아무말이없어너무너무불안해죽겠어아침에작은언
니가어제내분홍색옷을입겠다고걸치면서하는말이이웃에선왠휘발
유냄새야?밖에걸어놓고자는건데실수로그냥옷장속에넣었으니아
마언니가몰라서그렇지그것이소주냄새라는것을알았더라면집안이
시끄러웠을텐데말야계속가슴이콩콩콩콩뛰었어아무나죄짓고사는
것이아닌것같아나원!참경식씨우리는둘다이상한가봐아님둘중에
하나만?뭔가이상해그런생각이들었어내가생각한은은한향기가풍
기는그런만남이될수는없을까?현대의감각적인것이아닌거말야경
식씨는나를어떻게생각해?나를그대로두고휘적휘적가도좋겠지만
옆에서봐줘도괜찮을것같다어떻게생각해?지금친구가우리집에와
있는데자고가려고하는데친구에게미안해왜냐하면방이없어서친구
가불편할거야내방이라도있으면희정이언니가시집가면다시내방을
찾아야겠어잠을자더라도편안히자게지금도그렇지만친구는식구들
과20년이넘도록동거를했어도아직적응을못했는지속상해서나왔대
그래도들어가야되겠지만혼자서생각을해보고싶다구내일은기도원
에들어가겠대동생이너무똑똑해서언니로서그런가봐그러니남남이
만나면오죽하겠어?평생살아도또새록새록남남같겠지?TV에서일요
일밤의대행진을하고있어그냥보고있다재미도있고그럼다음에또쓰
지뭐건강한몸과마음으로다음에만나자잘있어. 일천구백팔십사년
일월하고도벌써이십이실이지난저녁에.

(84.1/22) 영

오빠 집에서 맞는 두 번째 밤이다. 라디오에서 흘러나오는 소리, 냉장고가 살아 움직이는 소리, 멀리서 지나가는 자동차 불빛의 투영, 가끔씩 들려오다 이제는 멈춘 듯한 살아 있다는 소리-위층에서 물 버리는 소리- 그리고 수도꼭지에서 한 방울씩 떨어지는 아주 무지하게 작은 소리. 이것들 외에는 도대체 이 공간에 존재하고 있는 것이라고는 아무 것도 없는 것 같다. 아 그리고 또 내가 무지무지하게 부러워하고 샘내고 질투하고 있는 것- 바로 모든 것 하나하나에 그들이 나눈 사랑의 속삭임이 스미어 있다는 것. TV 위의 크리스마스카드 '사랑하는 남편이'라고 씌어 있는, 자기들의 아이를 위하여 갈고 닦고 붙이고 박아서 만든 빨강과 하얀 색의 조화가 귀여운 작품. 모든 것이 서로의 사랑과 정성으로 이룩된 예술품이다. 그러나 지금 이 모든 것을 내가 차지하고 있다 혼자서. 하지만 나의 것은 아니니. 어제는 너무도 흥분한 나머지 괜히 왔다 갔다 갔다 왔다 켰다 껐다 껐다 켰다 틀고 잠그고 씻고 닦고 왔다 갔다 껐다 켰다 갔다 왔다 했었는데 오늘은 오히려 이 적막까지도 즐기고 있다. 약간의 두려움과 불안감으로 쬐끔 맴이 그렇기는 하여도. 아까 오빠가 와서 손수 쌀을 씻어 전기밥솥에 넣고는 세 종류의 반찬이면 되지 않겠느냐며 저녁에 만들어 주기로 한 약속을 어기고 그냥 가버렸다. 사실 나는 빵과 우유와 스프와 커피와 라면으로 끼니를 잇고 있었다. 아마 자취를 한다면 지금보다 훨씬 더 여위었을 것 같다. 아니면 빵과 과자 및 다른 군것질로 지방만 축적되고 영양실조에 걸려 있을지도 모르겠다. 아무래도 후자가 더 타당성이 있을 것 같군.

참, 중요한 이야기를 잊고 있었네. 어제 아침 7시 40분에 귀여운 '딸'이 세상 구경을 하러 왔다는 연락을 받았는데 엄마는 섭섭해서 서 계속 '섭섭'만 되풀이 하셨다. 3.6kg의 건장한 여자아이. 이상하다. 어감이. 손과 발. 얼굴 몸이 모두 다 나 어릴 때보다 크다고. 아빠 닮았으면 크겠지 뭐. 멋지고 매력 있고 개성 있는 한국 여자가 되기를! 친정 식구들을 비롯하여 오빠가 합리화한 생각이 그들의 그러한 외침을 더욱 쓸쓸하게 만들 뿐이다. 딸이 기르기 재미있다는군 귀엽고 재롱 많고. 나는 뭐 딸이라 울었단다 엄마가. 여자는 날 때부터 서러움을 당해야 하다니. 귀여운 내 조카 -아직 그렇게 실감이 나는 것은 아니지만- 얼굴의 반이 모두 코라 영락없이 우리 식구로군. 입술은 할아버지를 닮고 눈은 큰고모 코는 작은고모 발가락은 막내고모. 나는 아이를 별로 좋아하지 않는데 그 꼬마는 예쁘단 말이야. 나보고 웃었다고. 그런데 자꾸 자려고 해 계속 눈감고만 있으니. 귀여운 꼬마!

내가 경식 씨의 전화를 기다렸다면 쓸모없는 망상이었을까? 게다가 전화를 걸었다면 만나도 그렇고. 그냥 그렇게 만나는 것이 만난다는 것인지도 모르겠지만 지금은 그러한 것이 싫다. 올 겨울은 유난히도 춥고 유난히도 싫었다.

오늘 같은 날 'Spring is in the air'라고 해도 무방할 것 같다.

봄의 소리가 또 내음이 가까이서 아주아주 가까이 서 있는 것 같다.

그날 너무 고맙고 너무 미안했다고 다시는 그러한 일이 없을 것이라고 말하자.

요새 왜 내가 경식 씨에게 미안하다는 생각을 많이 하는지 모르겠군. 무엇이 미안하다는 것인지 그렇지? 아마 수요일까지 있을 것 같은데 잘하면 목요일쯤엔 서울이 아닌 다른 곳에 갔을 것 같기도 한데, 그렇게 되면 좋겠다.

나를 만나기 싫어하거나 혹은 귀찮아하는 경식 씨의 마음을 내가 눈치 없이 행동하고 있는 것은 아닌지 몰라? 그렇다면 우리 서로 솔직히 나타내 보입시다.

참 정말 빠르다 벌써 11시 59분이라니.

자야겠다 내일을 위하여.

안녕!

다음에 또 연락할게.

84.2/12. 영

희영아,

그날 헤어질 때엔 너무 어색하더라. 마치 낯선 사람 같이 느껴지기도 하고 나쁜 짓 하다 들켰을 때 같기도 하고, 하여튼 세상이 다르게 보였다. 집에 와서도 멍했으니까. 그때 무너지는 소리를 나는 들었다, 희영인 어땠는지 모르겠지만.

한 가지 꼭 고백해야 할 게 있다. 그게 뭐냐 하면, 내가 아무리 생각해봐도 내가 희영이를 좋아하고 있는지 아니면 그게 아닌지 모르겠다는 것이다. (언젠가 내가 한 말이 기억나는지 모르겠다만, 좋아한다는 것은 0이 아니면 100이다.) 더 노골적이고 구체적으로 이야기하면, 어쩌면 너도 눈치 챘을지도 모르겠다만, 난 용기가 없다. 그리고 싫다, 가까운 사람들에게 인정을 못 받는 게, 아니 인정을 받으려고 하는 과정과, 동정하는 듯한 그러나 언제나 거리를 두면서 혀라도 끌끌 차면서 나를 바라보는 그 사람들의 눈초리가 싫다. 나는 비위가 비교적 강한 편이지만 이런 류에는 정말 질색이다. 그런 것 때문에 내가 용기가 없다고 하는 건지도 모르겠다. 이런 걸 희영이가 이해할 수 있을지 모르겠지만… 그래서 내가 희영이더러 "나만 꼭 믿어라."라는 말도 못 해줬고 끊임없이 나를 쳐다보며 내게서 믿음을 찾으려고 하는 네 시선에 불안해했다.

급기야는 되지도 않을 모험을 시도해봤고, 여기에 대해선 희영이의 현명하고 똑똑한 행동에 또 판단에 경의를, 박수를 보낸다.

〈부모님이나 주위 사람들의 눈이 대체로 정확하다.〉

나는 또 혼자가 되었다, 라고 생각하니 마음이 홀가분하면서고 허전하고 외로워지네.

사랑은 믿는 거라고 항상 생각은 하면서도 행동으로 실천하지 못하니 난 정말 한심한 놈이다. 그것보다 어떤 후배 놈의 말처럼 가난한 촌놈은 구조적으로 연애를 못 하게 되어 있는 것 같다.

하여튼 종이 한 장으로 다 없었던 걸로 하긴 너무 억울하고 아깝지만 할 수 없다. 서로 잘 되기 위해선. 서로 잘 된다니까 더 우스워지네.

그리고 이건 꼭 말해야겠다. 우리 사이에서 본질적인 문제는 아니었지만, 암암리에 이성 둘을 동시에 사귀지 말라고. 지나간 이야기지만 난 충격이 꽤 컸었다.

그동안 고마웠다.

내가 사기 친 것 같은 생각이 자꾸 든다. 미안하다.

84. 3. 18. 경식

남자는 사랑 없이 성적 충동만 느낀다는데

약 7시간을 차 속에서 혼자 무사히 보내고, 대관령의 설경에 지루함도 모르고 - 어제 대관령엔 제법 눈이 왔었나 봐, 꽤 많은 눈이 온통 산을 하얗게 만들었다구 - 명순이네 집에 도착해서 점녁 먹고 무료하게 누워 있다가 집에 안부전화하고, 세수하고, 커피 두 잔을 마시고, 빵도 먹고 - 식빵 한 줄 -, 아 우린 너무 미련해, 지금은 모두 과포화 상태에서 서로 배를 만져 보면서, 내일의 홍분 때문에 눈만 멀뚱히 뜬 채 각자 자기 할 일을 했어. 명순이는 다리미질을, 인숙이는 〈레테의 연가〉를.

그런데 학교에서 우리들을 어떻게 해야 할지 모르겠는가 봐.

무슨 과목을, 어느 선생님에게, 언제부터 수업에 들어가야 하는, 등의 문제에 대해서 우린 아직 아무 것도 모르고, 토요일에 인사드

리러 갔더니 아직 결정을 못했다고 하더래. 아무래도, 지나친 호의로 오히려 불편해지는 그런 상태를 맞을 것 같은 불안감...

(...)

인숙이가 책을 읽으면서 주저리주저리 떠드는군.

      — 남성은 원래 사랑은 느끼지 않고 단지 성적 충동만을 느낀다고...

그래? 정말이야?

이문열이 그러는군, 〈레테의 연가〉에서 말야.

잘 자.

84. 4/2. 0:18 영

아마 2시가 넘어서 잠이 들었을 거야, '땡, 땡!' 소리를 들은 뒤에 기억이 전혀 없는 것을 보면. 그러고는 기특하게도 6시 쬠끔 넘어서 눈을 떴고. 그런데도 아직 별 피로는 못 느끼고 있어. 다만 약간의 긴장과 흥분 속에서 매서운 바닷바람에 덜덜덜 떨었을 뿐. 너무너무 추워서, 이렇게까지 바람이 심하고, 4월에 이렇게 떨어야 할 줄은 몰랐는데.

집에 오자마자 모두 아랫목에 다리를 쫙 뻗고서는 어머님이 주시는 상을 받고 커피도 한 잔 하고, 나는 한잠 자고 일어난 뒤에 세수하고, 이제는 약간 몸도 풀리고 정신도 상쾌하다. 점심을 어찌해야 좋을지 몰라서 그냥 갔더니, 외식 및 외출은 금지된 상태였고, 첫날인데 시켜먹을 수도 없고, 그렇다고 다른 선생님들 식사를 침 흘리면서 처다보고 있을 수도 없고, 그래서 무작정 교무실에서 나와서 이리저리 돌아다니다가 아무도 없을 것 같은 구석진 곳에서 여자 셋이 덜덜 떨면서 얼마간의 시간을 보낸 뒤에 다시 교무실로 돌아갔다구, 배는 고프다 못해 지친 상태구. 우리 자신이 불쌍하더군.

(…)

학습활동 시간에 잠깐 담임 반에 가서 아이들에게 인사했는데 1학년이라 얼마나 극성맞고 개구쟁이들인지. 종례 시간에는 선생님 말씀 도중에 갑자기 그게 아니라고 소리를 치는데 얼마나 놀랐던지, 우습기도 했지만. 내가 지나갈 때마다 '교생 지나간다!' '교생이야 교생!' '우와아!' 하고 고함을 지르는 통에 정신도 없고, 우찌해야 좋을지 모르겠고, 그냥 약간 고개만 숙이고 지나기로 했어. 담임 반에나 신경을 쓰고, 사랑은 하되 정은 주지 말라고 하더만. 꼭 우리를 창경원의 원숭이 구경하듯 해. 그래도 중학생들은 그냥 그저 좋아서 너무도 깊은 호기심에 찬 눈으로 - 여학생들은 나를 하나의 여자로서 주시하는 것 같아서 특히 옷에 신경이 쓰여, 감수성이 특히 민감할 때니까 조심해야지, 특별하지 않게 - 바라보는데, 고등학생들은 능구렁이들이라 친구들이 더욱 힘든가 봐. 인숙이는 여고 3학년 아이들이 적의에 찬 눈으로 대하니까 힘들고 속상한가 봐. 게다가 감기까지. 불쌍하게도 말이야.

그러나 시간이 지나 차츰 익숙해지면 재미있고 좋을 것 같아.

(…)

재미있는 것은 학생이나 교사나 모두 사투리를 쓴다는 것.

경식 씨의 말투에서 가끔 느꼈던 섭섭함과 반발감이 사실은 전적으로 나의 오해였음을 확인했다. 말투가 너무도 흡사해서 자꾸 생각나잖아.

옆에서 너무 약올린다, 할 말은 없지만 쓸 것은 많으냐고.

그래 자야지, 내일을 위해, 작업을 하려면.

안녕!

84. 4/2. 영

명순이와 인숙이는 옆에서 자고 있어.

밖에서는 비가 오고 있고.

제발 내일 오전 10시까지 계속해서 오면 좋겠다, 집에서 쉬게.

나는 잠이 별로 오지 않는다, 너무 피로해서 점심시간 뒤 5교시에 교무실에서 잠깐 동안 잠이 들었는데, 덕분에 피로가 많이 풀린 듯싶다.

그날 그때가 문득문득 생각이 난다, 오늘 지금도 그래, 토요일 말이야. 나를 만나면 뭘 하며, 더 이상 피곤해지 싫고, 나의 낭만적인 생각이 맘에 들지 않는다고 말하던 그때의 표정이 말이야. 사실 내 딴엔 그럴 마음은 추호도 없었는데 나를 만나면 피곤해진다는 말에 얼마나 놀랐는지 몰라. 왜 그러면 그때마다 - 직접 말하지는 못한다 하더라도 - 약간의 내색을 했어도 됐을 텐데, 또는 내가 모르고 있었는지도 모르겠다. 서로 거리감 두지 말고 솔직하면 싶다, 어렵더라도.

내가 경식 씨에게 진정으로 하고픈 말은 짐스런 귀찮은 존재가 되고 싶지 않다는 것, 그리고 경식 씨도 한 발 뒤로 물러설 줄 알았으면 좋겠다는 거, 나도 그렇고, 서로 도우며 지내자는 거야. 경식 씨는 나를, 나는 경식 씨를 옆에서 감싸주고 도와주고 위로하고, 즉 진정으로 서로를 이해하자는 것이지. 경식 씨가 나에게 좀 더 많은 관심을 보이면 좋겠다. 그러면 나도 더욱 든든하게 튼튼해질 것 같아. 경식 씨와 나의 일은 우리 공동의 일이잖아? 나만 혹은 경식 씨만의 문제는 절대 아니지? 그리고 서로에 관심을 갖고 함께 의논하고 풀어나가자고.

이제 3일 지났다.

명순이 어머님께서 너무 좋으시다, 꼭 우리 어머니 같은 느낌이야.

(...)

바닷바람에 거칠어진 사람들의 피부에서 사랑을 배운다. 아직은 그저 얼떨떨한 상태야. 다만 아이들이 너무도 천진하다는 생각뿐. 중학교 1학년 5반을 맡았거든. 도시의 하얀 비만증 아파트 같은 아이들이 없어 좋다.

(...)

그래도 모두 다 좋으시다, 잘해 주시고.

마음을 느긋하게 편하게 가지려고 하지만, 걱정스러움은 여전하
다.

한 번 해보지 뭐.

♥을 보낸다.

84. 4/5. 1:23 AM　영

보고 싶은 사람아,

오늘은 유난히 생각이 나는구나, 뭐 하노? 바쁘나?

2통의 편지를 받고, 한편으로는 너무 기쁘고 반가웠지만, 쓸쓸히
읽었단다, 욕심이 너무 컸는지도 모르겠지만.

(...)

첫날은 어색하고 얼떨떨했는데, 지금은 교무실 분위기에만 익숙
해져서 꽤 오랫동안 있은 것 같기도 하고, 꼭 진짜 선생님인 것 같
은 착각에 자주 빠지곤 해서, 내가 생각해봐도 우습단다. 그런데 위
치가 아리송해서, 선생님과 학생의 중간에서, 선생님의 현 상태를
고려해야 하고 학생들에게 너무 기울어져서도 안 되는 불편이 있

기는 해. 주번교사 실습을 하고 있는데 혼자 교실을 돌면서, 자기도 취에 빠져 괜히 기분이 으쓱해져서, 먼저 인사하고 웃고, 부탁하고. 다만 야단을 칠 수는 없지만.

수업 참관 때는 자꾸 아이들이 내 눈치를 보는 바람에 쑥스러워, 웃을 때도 뒤를 흘끔흘끔 쳐다보고, 가끔 괜히 뒤돌아보기도 하고. 그리고 나를 - 중학교 학생들은 유난히도 - 꼭 무슨 괴상한 동물을 신기하게 쳐다보듯이, 눈들이 호기심에 꽉 찬 진지한 눈동자를 굴리며 동시에 한꺼번에 주시하니까 당황해서 그야말로 어떻게 있어야 할지 모르겠어. 교실에 들어가서 맘 굳게 먹고 아이들을 쳐다보긴 하지만 얼굴들이 눈에 자세히 들어오지는 않아. 그냥 '얼굴'로밖에는.

새벽 6시 30분에 일어나 셋이서 부산하게 모양내고, 8시까지는 교무실에 도착해야 해, 집에서 15분 거리 정도에 학교가 있지만, 아침에 얼마나 바쁘게 서둘러야 하는지. 집에 오면 저녁 6시 30분 정도가 되었고. 저녁 먹고 씻고 얘기하고 군것질하고, 그러다 보면 12시 종소리에 놀라서 잔다. 다음 주부터는 더욱 정신없이 바빠질 거야. 아직은 시작도 안 했으니까.

(...)

선생님들께서 말씀해 주시기를, 여기는 생활환경이 무척 안 좋아서 문제아가 많단다. 가출 아이들이 꽤 돼. 한 집에 아이들이 5~6명은 되는데, 거의 배다른 형제란다. 어촌이라 남편이 실종되는 경우가 많고, 학력도 낮고, 그냥 만나면 쉽게 살림을 시작하고, 성 문제가 난잡한. 불쌍하고 안 된 아이들이 많아. 선생님들은 별 정열 없이 그냥 가르치고, 쬐끔 돌보다가 안 되면 그만이고. 원해서 여기를 온 것이 아니니까. 자취가 거의 대부분이야. 그래서 토요일이면 거의 대구로 내려간단다. 짧은 1달 동안에 내가 이들을 위해서 무엇을 할 수 있을까? 이런 건방진 생각도 해본단다. 별 수도 없으면서 말이야.

서울은 어떠니? 궁금하다. 집의 고양이와 우리 주연이가 보고 싶어. 한참 장난치고 귀여울 텐데. 주연이는 아직도 그렇게 새언니를 괴롭히고 있는지 모르겠어. 바람이 무척 불어서 날씨가 아직도 추워. 겨울 자켓을 벗을 수 없을 정도로.

곧 네 편지를 받아볼 수 있으려나? 5일 정도 걸리던데.

84.4/7. 영

희영이,

토박이 서울놈에게 시골 생활이 어떨지 모르겠네.

내가 상상하기엔, 시원한 바람과 맑은 공기, 구속이 없는 하루하루 생활 속에서 짜릿한 일종의 일탈적 쾌감 등등일 것 같은데... 그래서 부럽다, 한 마디로. 네가 내려가기 전에 얼큰한 안주에다 소주 한잔 사 주고 싶었는데 경제력이 없었다. 그 점 미안하고 아쉽다.

요즘에는 정말 질식할 것 같다. 꼴에 대학원 다닌다고 껍죽대는 꼴이 내가 보기도 한심한 것은 둘째 치고 우선 싫은 게 수업 들어가는 것이다. 빌어먹을 헛소리나 들으러, 헛소리나 강제로 지껄이기 위해서 쓰잘데기 없는 책을 읽어야 하는 것이 싫어 죽겠다. 그리고 번역 건도 지겹다, 언제 나올지도 모를 원고료를 생각하면서 매달려 있자니...

병신 같은 이야기지만 폼 잡고 사는 사람들이 전부 도둑놈 내지 절도 교사, 방관... 진짜 쪼다 같은 소리지만 대학원 다니면서 이런 것들에 대해 다시 한 번 더 느끼게 되었다. 우리 교회 사람 중 한 명이 이런 말을 한 적이 있었다.(*1983년 말부터 나는 '신명교회'라는 노동교회에서 노동자들이 자기 얘기들을 가지고서 만드는 연극을 지도 · 구성 · 연출했고, "나도 남들처럼"이라는 제목의 이 연극은 1984년 봄에 영등포도시산업선교회 성문밖교회에서 공연했고, 이 공연 수익금으로 교회는 그해 10월에 보다 넓고 '노동자들에게 보다 더 가깝기도 한' 영등포구 신길동으로 이전했고, 1986년에 10월에는 다시 가리봉3동(가산동)으로 이전했다.)

"지금 우리나라에선 편하게 사는 게 죄일지도 모르겠다."

물론 '편하게'라는 말에는 '물질적'이라는 말이 생략되어 있겠지만. 진짜 래디컬한 말이지만, 그 사람 논리는 '지금 우리나라에서 래디컬하지 않은 것은 죄다'로 뒤집어 말할 수도 있거든. 이 말을 요즈음 곰곰 생각해본다. 현실로 직접 다가오니까 자연스럽게 그렇게 되네. 물질적인 편안함에 대한 동경이 없는 것도 아니지만, 또 다른 한편으로는 마냥 그렇게만 사는 사람들을 보면 경멸을 금할 수 없거든. 물론 눈코 뜰 사이 없이 바쁘다면 이런 사치스런 고민을 할 필요도 없겠지만, 이게 과연 내가 온 힘과 정성을 들일 가치가 있는 것인가 하는 생각도 한다. 그러다가도 가끔 선배나 후배 만나면 또 에너지가 보충되고 그 힘으로 또 뛰고.... 반복이지 뭐. 생각을 정리하지 않아 놓으니 영 횡설수설이네.

(...)

4월 9일 쯤, 이지만 우표 살 돈이 없으니 언제 갈지 모르겠다. 하긴 이 편지를 네가 받으면 그때는 이미 가 있겠지만...

경식

야호! 신난다!

내일은 월례고사 및 가정방문으로 오전 수업만 한단다.

요즘 뭐 하노?

바쁘니까 내 생각은 안 나니? 생각은 나지만 생각하고 싶지 않아? 관심도 없어? 요즘의 이러한 생활에서 경식 씨의 그 어떤 것도 나에겐 커다란 힘이 되어줄 텐데 하는 생각이 든다. 집에 오면 컴컴한 저녁, 하루의 모든 시간을 학교에서 보내야 해, 모처럼의, 휴일은 궤도 작성 및 휴식 즉 잠자기로 시간을 보내고. 바닷가를 한번 걸어봤을 뿐이야. 봄인지도 모르게 봄을 건너뛰어야 하나 보다, 개나리도 못 보고. 거기는 개나리, 진달래, 벚꽃 모두 한창이겠지? 특히 경희대는 벚꽃으로 유명한데. 내 몫까지 보고 소식이나 전해 줘. 여기는 꽃이 없어. 시원하게 펼쳐진 막막한 바다뿐. 그래서 답답하기도 한, 마지막인 것 같은 절망감을 느끼게 하는 무심한 바다.

처음에는 아침저녁 출퇴근 때마다 맡을 수 있는 바다 냄새, 교실 창문 너머로 보이는 바다, 맑은 공기, 조용함에 감상적으로만 '좋다!' 했었는데, 이제는 그것이 얼마나 사치스럽고 허영에 찬 무심한 말인지 깨닫고 다시 생각해본단다. 내가 여기서 태어나서 평생을 이곳에서 살아야 할 때도 그렇게 생각했을까 하고, 아니 여기서 계속 살아야 할 때도. 솔직히 여기엔 별장이 있어서 가끔 휴식하러 오기에 좋은, 평생을 살기엔 답답한 것 같다. 특히 나처럼 도시에서 자란 아이는. 그래서 도시에서 보지 못한 자연에 경탄해 하면서 놀라워하는 감상적인 태도로. 그럼에도 이곳은 아직 오염되지 않은 자연 그대로이다. 형식적이나마 5일장도 열리고 할머니가 김을 채취하려고 막대기를 가지고 바닷가에 나와 계시는, 바닷바람에 거칠어진 피부를 가진, 유행을 아직은 모르는, 정치·경제·사회를 모르고 있는, 아니 그런 것엔 관심이 없어 보이는, 생활에 바쁜, 가족적인 분위기를 느낄 수 있는 곳이다. - 비록 나의 편견일지 모르지만 - 자연과 늘 같이 생활하는 곳.

아이들이 사랑스럽고 귀엽다, 애착이 간다.

그러나 어떻게, 어찌해야 좋을지 모르겠어. 교생의 한계랄까?

수업도 재밌고, 생활도 그래.

명순이는 여기 온 것을 후회한대. 아이들도 열등감에 우울해 보인다나? 내가 보기에는 생각보다 밝고 명랑하고 순진한 것 같던데. 중학생이라 그런가? 가정환경 나쁜 아이들이 무척 많음에도 불구하고 말이야. 편모 편부 계부 계모 슬하의 아이들이 한 반에 10여 명은 되고, 배다른 형제도 많고, 가출학생도 꽤 있는 것 같아. 나는 여기 온 것을 후회 안 해. 오히려 서울에 있지 않고 잘 왔다 싶어. 글쎄 어쩌면 철새처럼 잠깐 다녀가는 가벼운 마음이라 그런지 모르겠지만.

목소리라도 듣고 싶어서 전화를 하려고 했는데, 여기는 100원짜리 동전이 귀한가 봐. 잘 없어, 몇 십 개씩. 집에 한 번 하면 1,000원은 최소한 있어야 하거든. (...) 나에게 새로운 공기를 불어넣어 다오. 아무 것으로라도.

강요는 아니야, As you like it!

감기 조심해. 친구들은 그것으로 고생이란다.

84. 4/11 영

〈레테의 연가〉를 읽었다.

그로 인한 슬픔과 우울이 또 당신을 찾게 했는지도 모르겠다.

(...)

어제부터 까닭 모를 우울이 나를 괴롭힌다.

혼자 있고 싶다, 주위의 거추장스러운 모든 것들을 다 없애버리든지 아니면 내가 그들로부터 벗어나든지, 괜히 짜증스러운 나 때문에 친구들이 불편하지는 않은지 모르겠다. 슬슬 바이러스 균이 내 몸 속에 자리를 잡으려나 보다. 차라리 그리고 싶다, 지금은.

이 생활에 짜증이 난다. 긴장의 연속. 그들의 가면 속에 감추어진 본심을 읽어야 하는.

自由權! - 내가 요새 여섯 반을 다니면서 떠들던, 우리나라 헌법상의 기본권의 하나로, 인간이 자연으로부터 얻은 자유를 국가나 법률에 의해 구속받지 못하는 권리를 뜻한다. 타인으로부터의 구속금지.

이상하리만치 유난히도 어릴 적부터 갈구했던, 창공을 훨훨 날아다니는 새에 대한 열망. 그러나 지금 생각해보니 새장에 갇혀 있는 새가 되었다, 그 속에서 발버둥치는, 그래서 상처투성이인. 도덕, 윤리, 관습 따위에서 아직도 벗어나지 못하고 있는, 아니 어떠한 새로운 것으로 변화를 했다고 하더라도 그 전의 찌꺼기를 완전히 치우지 못하고 함께 공존하면서 갈등 속에서 혼란과 싸우고 있다. 아무 것도 완성하지 못한 채.

새장 속의 새! 날개가 있어 날 수는 있지만 새장 속에서뿐, 더 이상은 갈 수 없는 새. 누가 그 문을 열어준들 얼마나 날아갈 수 있을 것인가? 어쩌면 그 속에서만 있을지도 모르겠다. 두려움 때문에.

한 남자로부터 진실한 사랑을 받고 싶은 내 소박한 소망이 - 적어도 나는 아주 소박하다고 생각하는 이것이 어쩌면 전혀 반대의 성질인지도 모른다는 생각이 든다. 전에 "나는 아무 것도 바라지 않아. 친구 같고 연인 같고 오빠 같은 사람이면 돼." 하고 말했을 때 친구들은 그것이 가장 어렵고도 비현실적인 조건이라고 타일렀으니.

내가 경식 씨에게 편지를 몇 번 보냈는지 통 기억에 없다.

처음엔 흥분과 설렘 속에서, 지금은 담담하다.

13일이 지난 지금 이러한 상황을 어떻게 받아들여야 할지 모르겠다.

멀리 혼자 떨어져 있기 때문에 편지를 그리워한 것도 있겠지만, 매듭을 어렵게 풀어버리자마자 한 달이라는 공백기를 맞이했기 때문에 서로에게 더욱 충실해야 한다고 생각했는데, 경식 씨는 어쩌면 반대 생각을 하고 있는지도 모르겠다, 그동안 좀 더 깊이 생각해야 한다고 하는. 아니면 그 생각조차도 없는지 모르겠지만. 사실 이러한 말은 안 하려고 했어, 한다고 해도 나중에 서울에 가서 하려고 했었지, 여자의 마음이라 깊지도 못하고, 그렇구나.

여기까지 쓰고 나서 약간의 후회감이 든다. 그러나 속의 것을 다 내어놓음으로써 더 이상 지저분하고 싶지 않다는 생각에서 솔직했다. 결과가 어떻게 되더라도 후회는 없으리라.

25일쯤에 군대 가실 선생님이 시간이 있으면 내일 같이 바닷가에 가자고 해서 좋다고 대답은 했지만, 여기는 너무 좁다. 소문 때문에 걱정이 된다. 어떻게 일이 되어가려는지 모르겠지만, 그냥 어디든 가고 싶다. 슬슬 답답함을 느끼려는가 보다. 버스도 타보고 싶다.

객지 생활 14일 최고 기록인 것 같다.

처음으로 집 생각이 나기 시작한다. 중동 가는 오빠도 못 보고, 작은 언니는 잘 있는지. 그 외의 모든 식구들도.

요새는 감기가 유행인가 봐. 이런 것은 멀리 할수록 좋아.

84. 4/15 1:00AM 영

친구들이 옆에서 막 약을 올려.

뭐 그리 쓸 것이 많으냐고.

글씨가 쓸데없이 커서, 쓸 자리가 유난이 작아 그런 것도 모르고.

내일 또 그러겠지.

속상하게, 창피하게

희영이

네 편지 잘 받았다. 내가 상상한 대로 역시 재미있나 보구나. 다행이다. 이런 좋은 기회로 너하고는 다른 생활을 충분히 느끼길 (아이스크림이나 햄버거만 먹지 말고). 먹는다는 말을 하니 생각하는데, 1주일에 3kg씩 살이 붙으면 4주일이면 12kg이다. 이렇게 되면 진짜 곤란하다. 7kg까지는 봐줄 수 있지만 그 이상이만 안 만날 거다.

명순 씨와 인숙 씨도 잘 있겠지, 너처럼. 너보단 조금이겠지만 살도 찌면서.

내 이야기나 좀 해야겠다. 요즘은, 정말 정신없이 바쁜 것 같은 이상한 착각으로 하루하루를 보낸다. 그래서 바쁘다는 핑계로 빈둥거리며 수업 열두 시간을 빼먹었다. (열다섯 시간 중에서!) 서서히 옛날 버릇이 나타나는 모양이다. 제 버릇 개 주냐고 하더니만. 뭐가 그렇게 바쁜 것처럼 보이느냐 하면, 교회서 노동자 친구들을 데리고 하는 연극과 교회에서 하는 세미나(라고 하지만 그런 것도 아니고, 거서 얼굴 내밀고 술 마시는 것), 그리고 학교 수업 준비 등이다.

연극 1주일에 두 번, 한 번은 밤샘. 수업 준비, 연구논문 제출거리 두 개, 어휴! 게다가 군대 오라고 영장까지 날아드니 더욱 심란하다. "5월 2일 영천시 9시 열차, 4호차 44번" 좌석번호 참 좋다.

재학증명서는 오늘 신청했으니 내일 부쳐야겠다.

(...)

오늘 네 친구(이름을 모르겠다. 저번에 내가 편지에 쓴 친구)와 술을 마시기로 했는데, 돈이 모자라네... 어제 저녁까지만 해도 삼천삼백 원이 있었는데 (이것도 숫자 좋구나!), 찬욱이의 친구 녀석 둘이 (고등학교 동기들이다, 길호업과 정인락) 대구서 올라와서 찬욱이가 없어서 못 만나자 인천 간다면서 '가기 전에 시외전화를 해보고 가야지' 하면서 주인집 전화로 DDD를 걸고선 그냥 사라졌지. 그래서 천 원. 금방 담배 한 갑 330원, 재학증명서 수수료 300원. 나머지 1670원이 남았는데, 차비와 복사해야 할 것 열두어 장이 있으니, 결국 튀김만 놓고 마셔야겠다. 근데 이 친구가 왜 나더러 술을 마시자는지 모르겠네.

(…)

못 생긴 얼굴이지만 안 보니 보고 싶네, 4월이 빨리 갔으면 좋겠다.

참 요새 서울은 난리가 났다,고 하면 놀라겠지만 그 정도는 아니고 서서히 뭔가가 태동하는 것 같은 분위기다. (방점을 친 이유는 그냥 알맹이가 없는 분위기이기 때문. 알맹이가 없으면 감당할 수가 없어서 또 피 보는 거지, 한 번의 강력한 반동에 의해서)

한 방울의 물이 모여서 언제 그릇이 넘치겠냐?

그릇이 다 차면 마지막 한 방울 물로 넘치겠지, 그러나 아직은…

수업 마치고 나오는데 본부 앞에 서 있는 목련나무가 꽃을 활짝 피운 모습이 눈부시더라. 그래서 전부 탄성을 올리고 있는데, 하동서 매주 수요일 밤차 타고 올라오는 氏가 "하동엔 벌써 다 졌어요." 그러더라. 죽변은 어떤지 모르겠네. 하긴, 어떠면 어떠냐. 꽃하고 나하고 무슨 상관이며, 꽃하고 너하곤 또 무슨 상관이냐. 놀러 다닐 처지도 못 되는데.

다음에 보자.

84년 4월 16일 경식

18일의 체감온도 영하 7도!

치마를 입어서 밖으로 드러난 다리는 나무토막처럼 굳어버렸고, 비와 바람으로 인한 가혹한 아픔을 느끼면서, 초겨울을 생각했어. 도대체 '예년에 비해 높은 온도로 말미암아'라는 말은 도대체 어느 나라를 이야기하고 있는지, 27도가 무엇인지. 어제 새벽부터 구질구질하게 내리던 비는 아직까지도 계속이고. 그저께는 처음으로 훈풍이 불길래 '아, 여기도 이제야 봄이 오려는구나' 하고 생각했었는데 그 생각이 뭐 그리 잘못된 것이라고 금새 이렇게 변했는지, 아니지 그런 게 아니고 하느님께서 수도꼭지를 안 잠그셨나봐, 주무시느라고, 그래서 물이 넘치고 있는지도 모르겠네, 어쩐다지? 죽변의 의미를 알았어. 변덕이 죽 끓듯 한 날씨의 줄임말. 항상 불안해. 여기서 최대의 관심사는 하느님의 마음이고. 언제 어떻게 날씨가 변할지 전혀 종잡을 수가 없거든. 여기 오니 인간이 자연에 대해 얼마나 무력한 존재인지를 생각하게 되네. 다만 이 고비만 넘기면 아주 잔잔하고 평온한 하루를 맞을 수 있을지도 모른다는 희망, 그 하나로 살아가고 있어. 다른 것은 아무 의미가 없을 정도야. 18일 아침, 우산 들고 학교로 올라가면서 몇 번이나 제자리에서 바람과 싸워야 했는지 몰라. 여기 사정이 그래.

이 교무실에서 가장 키 크고 경상도 남자처럼 생기지 않은 - 아주 깨끗하게 생긴 - 남자와 가장 키 작은 여자가 연애결혼하고 신혼여행 갔다가 어제(18일) 교무실에 왔는데, 괜히 내가 어색한 거 있지,

흘끔흘끔 훔쳐보다가 몇 번 들켰어. 같은 곳에서 생활하니 불편할 거야, 남의 이목도 있고. 그런데 서로 모른 척 하고 얼굴도 안 마주치더라, 그러니까 더 이상해. 그 사람 건너 옆 옆에 부인이 앉아 있거든, 같은 방향으로. 점심시간엔 여자선생님은 도시락 들고 다른 선생님들과 잡수시던데, 남자 선생님은 통 안 보이시고.

재밌어. 고개 들고 이것저것 구경하고 있으며. 맨 뒤에서 모든 선생님들을 정면으로 볼 수 있는 자리에 앉은 덕분으로, 그러나 문 가까이 있기 때문에 추워. 먼저 고개를 왼쪽으로 20도 정도만 돌리면 친구들이 흠모하는 노 선생님이 보이고, 오른쪽으로 15도 정도만 돌리면 광부 아들처럼 털털하고 순박해서 내가 좋아하는 서 선생님이 언제나 일에 몰두가고 계시는 모습이, 정면에는 명순이 지도교사가 하얗고 깨끗한 얼굴색에 안경 끼고 아주 단정히 앉아서 '어떻게 하면 장난을 칠 수 있을까?' 하고 생각하는 것처럼 두리번거리는 모습이, 바로 그 뒤쪽에는 웃는 모습이 조용필과 흡사한, 그래서 교내에서 인기 있는 자그마하고 당돌하게 생긴 장 선생님이 앉아 계셔. 아참, 그리고 또 노 선생님 바로 오른편엔 오 선생님이 계신데 다음 주 화요일까지만 나오신다나 봐, 군에 입대하신대, 괜히 안 된 거 있지? 여기서 알고 있는 한에서의 총각은 오·장·서 선생님들. 다들 특색·개성 있는 재밌는 사람들이야. 젊어서 그런지 바쁘게 뛰어다니며 열심히 하고 계시는 것을 보니까 좋더라, 쓸데없는 말 안 하고. 아직까지는 교직에 대한 후회 내지는 회의적인 말은 안 했거든. 제발 안 하길 빈다. 교사하지 말라는 둥, 왜 이런 데까지 와서 고생하느냐는 등, 교사란 직업에 대해 부끄러움 내지는 후회하는 마음을 가지고 있는 사람들, 특히 그런 남자들을 보면 불쌍하다는 생각이 든다, 현재 자기에 대해 자신이 없는 사람을 보면.

그러나 이러한 것은 내면적인 것이고, 다들 열심이시다. 인간적이고. 여기는 모두 친근하고 따뜻하게 연결되어 있는 것 같아. 다들 형편이 어려우니까 아예 서울과 같은 치맛바람은 상상할 수도 없고. 교육의 그런 더러운 면이 없어서 더욱 그런가 봐, 애착 가는 것이. 인숙이는 아주 굳게 결심했단다. 더 많이 공부해서 꼭 교사가 되겠다고, 꿈과 희망이 모두 영원히 그러하길 바래, 그러나 명순이는 정반대의 결심, 절대로 교사는 안 되겠단다, 자기 적성에 맞지 않다고.

나는, 글쎄 나한테는 맞는 것 같아, 어떤 호기심에서 그런 것은 아니고, 했으면 하는 생각이 들긴 하지만, 내 지도교사를 보니 약간 회의적이다. 가정을 가진 특히 어린 아이가 있는 여자 교사를 보니까, 자기는 가정보다는 학교 일이 먼저라고 강조했지만, 글쎄 그 학교 일이라는 것이 무엇을 뜻하는지 모르겠어, 열정이 없어, 생활이 반으로 쪼개진 탓이겠지. 지금은 가정과 직장, 중요한 두 가지를 어떻게 잘 조화시켜야 할지 참으로 어렵다는 생각이 들어. 특히나 한창 성장하는 중학교 아이들에게는 빈번한 접촉으로 사랑을 심어주는 무작의적인 교육이 중요한 것 같더군, 그리고 선생님은 너희들과 항상 함께 같이 있다는 생각을 심어주는 것도. 그러기 위해선 끊임없이 다듬어주고 토닥거려주고 관심을 쏟는 정열이 있어야 하는데 말이야. 이래서 교사가 어려운가 봐. 단지 지식 전달이 목적이 아니니까, 추상적이고 비현실적인 목적이 되긴 하였지만 그래도 교육은 '인간 양성'에 있거든, 인간다운 인간.

서울에 '누님'이 안 계시다고 해서 설마 슬프다거나 삭막하다거나 하는 기분이 드는 것은 아니겠지? 멀리 떨어져 있어도 마음은 하나, 뭐 그런 거 있잖아.

— HeHe! 꿈이 너무 소박했나? —

84. 4/18 모두 잠이 든,

그러나 나는 아직도 눈을 뜨고 있음을 기뻐하는 날에

오늘은 아침부터 웬일인지 햇빛이 쨍 났다. 바람도 없고.

그래서 기분 내느라고 처음으로 모직 잠바, 모직 치마를 벗어버리고 기분 좀 냈지. 상쾌하다. 바다냄새도 나고. 감기는 벌써 잠재해 있으리라.

어제, 그러니까 4월19일, 집에 오니 세 통의 축전과 우편엽서, 그리고 편지 한 통이 나를 기다리는 걸 보고 얼마나 기뻤는지 알려나 모르겠네. 운이 좋았다고나 할까? 우연치고는. 바로 내 생일이었거든. 비록, 어쨌거나, 기분이 나쁘지는 않대. 서울 가서 기합 좀 주려고 했었는데.

명순이 어머님께서 백설기(포도를 박은)도 해 주시고 미역국, 팥밥(여기는 그런가 봐, 우리는 쌀밥인데), 돼지고기에 상추쌈 준비해 주시고.

서울에서는 아무 연락도 없길래 밤중에 DDD(*장거리 직통·전화) 걸고, 엄포 놓으려다가 돈이 모자라서 결국 아무 소리도 못하고 그냥 끊어졌고.

사실 기분이 좋더라. 타지에서 생일을 이렇게 신나게 맞이할 줄은 몰랐거든.

경선이와의 미팅은 재미있었고? 눈에 보이는 듯하다.

사실 지금 내 상태는 최악이라고 할 수 있다.

물이 안 맞아서 그런지 어쩐지, 나무에 필 꽃들이 죄다 내 얼굴로 이사 와서는 벌써 두 주 넘게 나를 괴롭혀. 집에서는 약을 보냈다는데 왜 이렇게 늦는지. 속상하게스리. 다른 사람도 걱정할 정도야. 홍역 앓느냐고 한다. 내 마음 이해하지?

그리고 경식씨도 집에만 있는 것 같은 것을 보니 기분 좋다. 꽃구경은 남의 집 떡이라구, 혼자만 하면 안 돼!

진달래 꽃을 보낸다.

지금은 1교시야, 다 수업 들어가고 없길래.

84. 4/20 영

희영이에게,

　인숙 씨와 명순 씨도 여전히 군것질 잘하면서 고생하고 있겠지. 감기는 다 나았는지.

　경희대에는 벚꽃, 목련, 개나리, 진달래가 한데 어울려 화냥년 속치마 같이 미치도록 흐드러지게 피어 있다. (이 표현 하나만 가지고 날 평가하지는 말 것!) 아마 길어야 열흘을 못 넘기고 다 시들어버릴 것들이...

　운동장에서 노는 아이들의 모습도 농구공만큼 탄력 있게 봄을 즐기고 있다.

　나는? 나는 시험 치고 나와서 히쭈구리하게 앉아 있고. 며칠 전에 술을 너무 많이 마시고, 그 마신 시간 수만큼 몸에 찰과상을 입었거든. (가장 큰 상처는 콘크리트를 박은 이마에 있고...) 그런 모습으로 몇 시간 빼먹은 수업을 처음 들어갔을 때 나를 바라보는 교수의 표정은... 그 선생이 강의하는 학부 시험을 오늘 치렀는데, 네 문제 중에 하나는 완전히 비웠다. 내가 강의도 들어가지 않고 읽지도 않은 소설에 대해서 비평하라니... 그 선생 표정이 떨떠름하더라. 그렇다, 생활이란 게.

　참, 잘하면 다음 주부터 아르바이트(영어 번역) 건이 생길지도 모르겠다. 건강하게 있어라. 어른 속 썩이지 말고 - 경식- 84년 4월 20일

나는 이 세상에서 아무도 믿지 않아

불안과 두려움으로 인한 조급함 때문에 괜히 걱정 끼쳐서 미안하다는 뒤늦은 후회를 합니다. 그렇지만 둘이서 어지럽게 꼬여 있는 실을 천천히 풀어가듯이 하나하나 어려운 일들을 해결해 가면서 나는 더욱 '우리'라는 어떤 연대감을 느낍니다. 그리고 험난한 이 세상일지라도 우리 둘이서라면 지혜롭게 잘 헤쳐나가면서, 서로 고민하고 걱정하고 아끼면서 잘 나아갈 수 있을 것이라는 낭만적인 생각을 바람에 띄워봅니다. 그리고 그때 우리가 나누었던 '지게와 지게 작대기' 이야기를 떠올리며 혼자 웃어봅니다. 나는 아직도 수양이 부족한가 봅니다. 당신을 사랑하는 것은 당신의 어떤 외면적인 것이 아니고 순수한 '당신'이라는 생각을 하고 또 하고 자꾸 하는 것을 보면 말입니다.

당신은 요새 어떤 생각을 생활을 하나요?

내가 어떤 것을 말하고 요구해서가 아닌 자발적인 당신의 생각에 의해서 당신이 나를 위해 어떤 것이든 하길 원한다면 너무 큰 욕심일까요?

누군가 그랬습니다. 어떤 것이든 입 밖으로 일단 나와버리면 그건 재가 되고, 그래서 그는 아무 것도 없는 빈껍데기가 되어버린다고. 그럼에도 나는 자꾸 이렇게 입 밖으로 뱉어내고 있으니, 아무래도 나는 수양이 부족한가 봅니다.

일구팔오년오월초아흐레

희영이가 보냅니다

경식 씨 오늘은 정말 창피했다.

질펀하게 앉아 있다가 친구들을 보았을 때는 너무 부끄러웠다. 그런데도 아무렇지도 않은 척 하던 나 자신이 혐오스럽기까지 했다. 부끄러워할 줄 모르는 사람이 제일 싫었는데. 사실 집에 들어오기도 싫다, 피곤할 뿐이니까. 그래서 자꾸 밖에서 돌려고 그런 것 같다.

내 요새 생활을 생각해보고, 야무지고 똑똑하게 살기로 결심했다.

너무 무분별했던 것 같아서 수양을 하기로 했지.

사실 지금 모든 것을 결정한다는 것 자체가 어리석은 짓일 거야, 천천히 생각해봐야지, 시간은 중요한 것이니까.

- 들떠 있는 것 같다, 어떤 오기 또는 반항심에서 -

그리고 나는 너무 무섭다, 경식 씨를 신뢰하지 못하기 때문이 아니고 人間이 무서운 거야, 항시 변하는 불완전한 존재이기 때문에.

이럴 때일수록 서로 자주 만나서 무엇인가를 만들어가야 한다는 생각에 그러려고 했는데 사실 만나고 그렇고 - 항시 주위에서만 겉돌게 되니까, 핵심도 없이 -, 우리는 서로 마음을 가라앉힐 필요가 있는 것 같다는 생각이 나를 지배한다.

(...)

1학년 때 어렵게 어렵게 서클로서는 몇 년 만에 처음으로 공연을 하고는 모두들 확 풀어져서 다른 것은 아무 것도 하지 않던, 그야말로 엉망진창 상태였던 일이 새삼 생각난다, 경식 씨를 보면 말야. 내가 지금 경식 씨의 계획이나 생활을 알지 못하고 이렇게 지껄여대는 게 건방지겠지만, 그렇다고. 기분 나빠 하지는 마, 나도 그런데, 둘 다 그러면 안 되잖아.

지금 나에게 가장 중요한 문제는 계량경제학 숙제, 학기말 고사, 졸업논문, 궁극적으로 가장 심각한 것은 취직 문제. 이리저리 다녀봐야겠어. 혹 또 알아, 어떤 정보라도 구할지.

'사실혼'이란 충격적인 단어가 나를 정신 차리게 했어. 그런 말은 겁나거든. 정신을 차려야지. 그럼 이문열의 〈레테의 연가〉 한 구절로 끝을 맺을게, 내 생각도 이래.

"우리는 연인, 부부, 친구, 혈연 또는 이념의 동지 같은 이름으로 종종 두 개의 존재가 하나로 결합했다는 표현을 하고 있소. 하지만 결국 그것은 일시적인 착각이거나 우리들의 외로움을 달래기 위해 지어낸 미신에 지나지 않음을 깨닫게 되오. 우리가 그 어떤 이름으로든 다른 사람과 가장 완벽하게 하나가 되었다고 믿는 순간에조차도 존재의 창은 굳게 닫혀 있는 것이오. 우리는 언제나 혼자이며, 기껏 우리가 연출할 수 있는 것은 공허한 객관적 조화뿐이오."

84. 5/23 1:45 A.M. 영

국화를 보고 문득 선물하고 싶다는 생각이 들어서. 가을을 선물하노라!

물은 하루에 한 번씩 갈아주면 돼.

기쁜 마음으로 하면 힘들지 않을 거야.

다음에 연락하지 뭐.

바쁜 줄은 알지만 바쁜가 보다.

전화해도 항상 없고 오늘도 역시 없네.

그 책은 우리 학교에 없더라.

84. 9/18. p.m.6:40 영

경식 씨가 1월에 나에게 했던 말 아직도 기억하는지 모르겠네. '나는 이 세상에서 아무도 믿지 않아, 엄마 외에는. 우리도 1년 뒤에 어떻게 될지 나도 알 수 없어, 나 때문일 수도 있고 너 때문일 수도 있지' 그날 둘이는 술을 마시고 (아마 내가 더 마셨을 거야) 한 달 간의 공백을 갖기로 했었지. 또 이런 말도 했었어. '너는 나를 못 믿는 것 같다. 왜 못 믿는지 모르겠다. 나도 너를 완전히 믿는 것은 아니지만 너만큼 그렇지는 아닐 거야'

지나간 1년이 생생하게 보이더군.

가슴 아프고 슬픈 추억들이 하나씩 눈앞에서 춤추고 나는 아직도 또 그렇게 감상적이고.

어떤 사실을 주관화해서 다시 그것을 객관화로 보면서 살아야, 아니 내가 하고자 하는 말은 어떤 객관적인 사실이 주관적인 것이 되었을 때 그것을 단지 그렇게만 보지 말고 다시 객관화하는 여유가 있어야 하는데 그렇지 못하니까 계속 우왕좌왕하고 있어, 내 꼴이 그렇다고.

그래, 친구를 옆에서 객관적으로 볼 때는 그렇구나 하고 약간의 긍정을 내포하면서 그를 - 그의 생활을 - 인정할 수 있었는데, 그것이 내 생활과 관련되니까 겁이 나더란 말이야. 사실 아무 것도 아니거든, 사는 방법이 다르니까 다르게 살듯이. 그래도 각자는 나름대로 생활해 가고 있잖아, 자기 생활 영역 안에서는 이상한 거나 두려움 없이 똑같이 살고 있거든. 그런데 이런 경우, 가령 칸막이 뒤에 어떤 물체를 놓고 칸막이 앞에 있는 사람에게 손을 집어넣어서 그것을 만져 보라고 하면 그 사람은 그만 겁이 덜컥 나고 두려워서 한참을 망설이든지 아니면 울면서 자기는 할 수 없다고 하소연할 거야, 그것이 맛있는 케이크일지라도, 왜냐하면 그게 무엇인지 모르기 때문이지. 칸막이 뒤에서 그것을 보는 사람들은 별 것 아닌 것 같고, 겁을 내는 사람에게 야유를 퍼붓겠지. 그러나 당사자에게는 심각한 문제지. 모르는 것에 대한 인간의 두려움은 굉장한 것이니까.

내 경우에도, 사실 나는 잘 모르겠어. 그래서 알아야 된다고 생각했지. 인간은 환경에 의해 다시 만들어지므로 상대방을 알려면 그가 하는 일, 일에 대한 주변 환경 즉 만나는 사람들, 그들과의 대화들을 알아야 한다고 막연히 생각하면서, 되도록 많이 경식 씨를 따라다니려고 했었어. 그래서 쫑파티에도 쫄레쫄레 따라갔던 것이고. 근데 경식 씨가 나에게 말하기를 '니는 다 알아야 된다는 생각을 버려라'고 했을 때 처음엔 무슨 소린가 했어. 만나는 사람마다 각각의 성질이 다르니까 각각 다르게 얘기하고, 그러니까 이 사람에겐 이것만, 저 사람에겐 저것만.

그때야 나는 알았어. 경식 씨 만날 때마다 경식 씨는 항상 나에게 약간의 공간을 두고 나를 대하곤 했었다. 벽이라고 하는 것 말이야. 그 이유를 이제야 알았어. 그래, 사람은 자기의 모든 것을 주고 만난다고 해도 자기 혼자만 간직하고픈 비밀이나 추억은 있기 마련이지. 그 때문에 완전히 투명하게 만나는 것은 아니야. 그러나 그런 내색은 해선 안 되는 거야. 상대방이 그것을 느낀다는 것은 그 사람 잘

못이야. 나는 주제넘게 '一心同體'로 착각하고 있었어. 말대로 경식 씨는 나에게 할 만한 얘기는 다 해 줬어. 그러나 내가 알고 싶은 것은 안 해 주고 항상 감추었지. 나를 못 믿는 때문인지 아니면 안 되는 것인지. 내가 보기엔 아무 것도 아닌 것 같던데. 그래서 항상 나는 허수아비 같다는 생각이 들었어. 나는 허수아비 같은 존재일 뿐!

감각을 잃어버렸어. 내가 가야 할 방향을, 키를 잡고 놀다가 잊어버린 꼴이야.

그래, 천천히 보려고 했지만, 내가 지금 어디에서 무엇 때문에 헤매고 있는지는 알아야지. 또 제대로 헤매기나 하는지.

가끔 이런 걸 느끼곤 했어. 경식 씨가 나를 부담스럽게 여긴다는... 만약 그렇다면, 내 생각은 경식 씨에게 부담을 주고 싶지 않다는 것이지. 그리고 내가 경식 씨와 이별을 생각할 때 그때는 내가 경식 씨로부터 '배신감'을 느낄 때뿐이야.

물론 우리 인간은 한치 앞도 내다볼 수 없는 무력한 존재이지만 한 단계 한 단계 정성을 쌓아나가면 튼튼한 (거센 바람에도 견디는) 건물을 지을 수 있지.

나는 종종 경식 씨를 미워하고 원망하고 심하면 온몸을 떨지만 경식 씨는 그래도 나의 소중한 사람이야.

나도 경식 씨에게 소중한 사람이 되려고 발버둥치지만 아직도 멀었나봐.

갑자기 그냥 막 정신없이 써서 전달이 잘 되었는가 모르겠네.

우리는 다가오는 미지의 날들을 두려워하고 하루하루 다르게 변하는 그 변화를 두려워하지. 그래서 서로를 못 믿는 거야.

그러나 우리 현실에 충실하고 자기감정에 솔직해 보자.

더욱 정답고 사랑스럽게 하루하루의 수를 아름답게 놓아 보자. '한 점 부끄럼 없는' 생활로써 감사하는 마음으로 '별을 끝까지 세지 않는 까닭은 아직 내 청춘이 다하지 않는 까닭'이나 희망(야망)을 가지고 살아보자.

우리 그렇게 살아보자.

84. 12/17 영

흔히들 사랑이란 슬프고 괴로운 것이라고 하지만 진정한 의미에서의 사랑이란 이러한 것을 기쁨과 아름다움으로 승화시킨 상태가 아닐까? 저급에서 고급으로 단계가 발전되어 나가면서 이러한 상태에 이르러야 하는데, 사람들은 대부분 자기 능력을 거의 제대로 발휘하지 못하고 목숨을 끝마치듯이 고급 단계에까지 이르지 못하고 저급에서 사랑 타령만 하다가 아쉬움을 남기고 혹은 서로를 저주한다. 고급 단계의 상태란 고린도전서에 나와 있듯이 온유하고 부드럽고 포근한, 다시 말해서 매우 안정되고 편안한 상태. 처음의 불같은 정열에서 차츰 안정과 편안함의 상태로 빠지게 되는 것이다. 이것은 서로의 강한 '믿음'에서 연유된다. ...라는 생각을 해봤어.

무의식적으로 상대방에게 씌워 놓은 베일이 시간이 지남에 따라 양파 껍질처럼 서서히 벗겨지면서 그 사람의 초라한 그러나 진실한 모습이 나타날 때 우리는 서로가 보잘것없는 그래서 서로 힘이 되어 줘야 할 인간임을 깨닫고 더욱 아껴 줘야 한다고. 그러나 실제로는 참 힘들어. 실제 반응을 보면 이 사람이 왜 이럴까. 이 정도밖에 안 되었었나. 이런 사람이 아닌데 하면서 과거의 자기가 깨닫지 못한 사실을 부인하고는 괴로워하게 되지. 수없이 실망을 하면서... 그런 것까지도 포용하면서 서로를 격려하고 서로 의지하고 믿으면 좋은데.

내가 쓸 데 없는 소리 지껄여 보려고 하는 것이 아니라 (지금까지는 그냥 갑자기 생각이 나길래 나는 대로 적어본 것이고) 경식 씨에게 섭섭한 것이 있어서 적어보려고.

'나는 이런 사람이니까, 너도 알다시피, 네가 알아서 해라'는 식의 경식 씨가 너무 밉다. 나는 그런 말 잘 못하잖아, 내가 너한테 얼마나 잘해 주고 있는지 아니?

혼자 그렇게 생각하고 있으면 뭘 해, 상대방은 모르는데. 내가 뭘 어떻게 하래? 내가 경식 씨 보고 입에 발린 형식적인 말 하라는 거 아니잖아. 하려는 노력도 없어. 전혀 못 느끼겠어.

물론 그동안은 경식 씨가 바쁘니까 하면서, 내가 모르고 만나나 하면서, 몇 번씩 고쳐 생각했었는데 지금은 그런 경식 씨가 너무도 미워.

사람이 성의가 없다는 거야. 내 생각은 안 해 주고. 바쁘다는 것은 알고 보면 다 핑계에 지나지 않아. 하다못해 편지도 못해? 나는 이런 사람이 아니지만 상대방이 원하면 하려고 하는 노력, 흉내도 못 내? 나도 나는 원래 이런 사람이야 하고 경식 씨에게만 이해를 요구한다고 해 봐. 이렇게 우리가 만나면 뭘 해, 서로 피곤하게.

내가 약간 정상이 아닌 상태에서 지껄이고 있다고 흘려버리지 말고 내가 왜 이러는지 생각해보고 나서 내 생각도 좀 해 주면 얼마나 좋아.

내가 별 얘기를 다 쓰네. 산다는 것이 요즘에는 유치한 것 같다, 창피한 것도 모르고.

경식 씨는, 사실, 남과 다른 특별한 사람이라는 생각에서 그동안 더욱 혼란을 일으켰던 것 같아. 그래 모든 건 현실에서 찾아야 하니까 그냥 평범한 사람으로 보면 경식 씨는 동양적인 봉건적 사고방식에 아직도 젖어 있는 남성우월 권위론자라고 해야 할 것 같아. 내가 가장 경멸하는. 슬프게도 아직 우리나라에 그런 생각을 갖고 있는 사람이 다수라는군. 현대식 교육을 받았으면서도, 부인과 의논하기를 꺼려하고 부인의 수고를 알면서도 그걸 표현하면 자기의 지위가 하락하는 양 무조건 그냥 덮어두고자 하는...

만남에도 '어떤 기술'이 요구된다는 말이 참 절실하게 들린다. 간사한 인간이라 그런가 봐.

더욱 더욱 더욱 경식 씨가 미운 것은 다 알면서 그냥 아는 척만 하고 있는 사실이지. 알면 실행을 해야지.

그만 쓸래.

이런 내가 싫어진다.

85. 2/7 영

　나비가 장독 위에서 두 발(손)을 십자로 포개놓고는 그 위에 자기 얼굴을 살포시 내려놓고 툇마루를 아주 천천히 그리고 평안한 시선으로 보고 있다. 전엔 없었던 그러나 요즈음에 들어서서 자주 보이는 나비의 저러한 모습. 바람도 없고 구름 한 점도 없는 따스한 오후다. 여리고 부드럽게 느껴지는 햇빛.
　어디선가 풋풋한 향내가 풍기는 듯하다.
　이러한 평화스러움 속에서 들려오는 삶의 소리, 생명의 소리.
　아 그러고 보니 오늘이 3월 19일이네.
　천천히, 조용히 그리고 찡하게 밀려오는 봄의 내음!
　집에만 있기는 아까운 하루하루다.

85.3.20. 영

우리의 관계를 생각해보았어요.

내가 당신과 당신의 삶을 얼마만큼이나 이해하며 신뢰하고 있는지, 또 내 삶으로서 얼마만큼 확신하고 있는지 말입니다.

많은 부분에서 당신이 지향하고 있는 삶과 내 생활은 이질적이었고, 늘 암묵적으로 흘러왔던 이러한 과정들은 오히려 당신과 나의 믿음 및 사랑을 불투명하게 하지 않았나 하는 생각이 들었습니다.

남녀가 서로 사랑한다 함이 감각적인 것이 아니라면, 그것은 서로의 삶에 대한 이해와 신뢰가 아닐까요? 그리고 그것은 서로의 허심탄회한 솔직성으로부터 하나하나 해결점들을 찾아서 쌓아가는 것이 아닐까 하는 생각이 들었습니다.

한때 당신의 개방성을 나의 '속 좁음'이라 탓하며 내 안에서 힘들어하며 삭이려 했었습니다. 그러나 지금 여전히 남아 있는 감정의 찌꺼기를 발견할 때 난 그러한 문제들이 단지 내 것만은 아니라는 생각이 들었습니다.

솔직히 나는 당신의 모든 것을 알고 싶습니다. 그러나 이런 마음은 당신을 사랑하기 때문에 나타나는 나의 욕심이지 (당신에게 조금이라도 도움이 될까 하는 욕심) 사생활 간섭이나 질투심에서 연유한 사심은 아니랍니다.

그렇지만 나의 욕심만으로 모든 것을 요구하는 어리석음은 갖지 않겠습니다.

당신과 나는 다른 조건과 과정 속에서 자랐고, 특히나 대학 4년을 그렇게 보내고 우리는 만났습니다. 그래서 나는 당신을 이해하기가 어려웠고, 당신 또한 나를 이해하기가 힘들었을 것입니다. 그러나 나는 가능한 한 당신을 이해하고자 노력했습니다. 맹목적인 이해였지요. 모든 것을 다 알 필요가 없다는 것 속에 얼마나 많은 문제가 사장되어 있었던지! 우리의 관계 속에서 연유된 문제들은 서로를 확인하는 과정 속에서 최소한 공통의 영역들을 만들어가야 하지 않겠습니까? 많은 부분을 내 입장과 관점 속에서 당신을 바라보며 섭섭해 했던 내가 새삼 부끄럽습니다.

나는 당신과 그렇게 많은 만남을 가지면서도 때론 공허함을 느끼곤 합니다.

당신이 나를 사랑하고 있다고 느끼면서도 순간순간 일들이 생길 때 당신을 믿지 못하고 혼자 괴로워하는 내 모습이 정말 싫습니다.

남자가 사회생활을 하면서 많은 사람을 만나고, 서로 주고받고 할 수 있는 일이지요, 특히 당신의 생활을 볼 때 이해할 수 있다고 생각합니다. (아닙니다. 사실은 이것은 나에겐 너무나 큰 아픔이며 고통입니다. 그럼에도 나는 이해할 수 있을 것입니다.) 그러나 당신이 나를 당신의 한 부분으로서 나를 조금만 생각하고 이해하고 사랑했다면 그것을 나에게 먼저 이야기했어야 했습니다. 아니 그것이 당신에겐 별로 대수롭지 않은 일이었다면 내가 물어보았을 때 적어도 전부 사실을 있는 그대로 얘기했어야 했습니다.

당신은 그때 나쁜 짓 하다 들킨 사람처럼 안절부절 못하고 불안해 하면서 그 일을 슬쩍 얼버무렸습니다. 물론 순간적인 생각에서 나왔던 행동일 수도 있었겠지요. 내가 진정 가슴이 아팠던 것은 나를 바라보는 당신에 대해서입니다. (후배 문제로 내가 기분 나빠한 것은 과거의 일이 아직도 당신 속에 구태의연하게 남아 있는 듯한, 그리고 그것을 솔직하게 내게 이야기하지 않는 듯한 당신의 모습 때문이었습니다.) '여자에게서 받았다면 네가 기분 나빠 할까 봐'라는, 그렇게 나를 바라보는 당신에 대해서입니다. 단지 그것 때문에 문제를 회피해 간다면 당신과 나, 우리는 왜 만남을 이어가고 있는 것인가요? 그럴수록 당신은 나를, 우리는 더욱 이해시키도록 노력했어야 합니다. 사실 지금 나는 그 여자가 왜 당신에게 그것을 선물했고, 당신은 또 왜 그것을 받았는지 알지 못한 상태에서 불쾌함에 마음만 상합니다. 당신은 내가 목도리를 선물했을 때 여자 것이라는 이유로 그것을 거절했었고, 여름 T를 샀을 때도 여자 것이라는 이유로, 그 소리를 1년 동안이나 들어야 했습니다. 이렇게 나에게 가혹한 당신이 그것을 선뜻(?) 받아가지고 다니니 나로선 참 이상하지 않을 수 없습니다.

당신 탓도 내 탓도 있겠지만, 중요한 것은 이러한 문제들을 극복해나갈 수 있는 서로의 솔직한 대화와 서로서로가 일치될 수 있도록 서로 요구하고 노력하는 과정들이 부족했던 탓이 아닌가 생각합니다.

모든 것을 묻지 않고 이야기하지 않고, 단지 당신을 바라보고 있는 것이 당신을 신뢰하고 사랑하는 것이라 생각하며 생활했었는데, 지금 생각해보니 그러한 생활들이었기에, 그러한 과정의 만남이었기에 오히려 사소한 문제마저 쉬이 넘겨버리지 못한 상황이 되어버리지 않았나 합니다. 지금 나는 우리의 만남이 건강한 만남 즉 사소한 문제가 불씨가 되어 서로에게 오해가 생기지 않도록 당신과 나, 서로의 대화로써 하나하나 풀어나가는 그런 만남이 되었으면 합니다.

그리고 당신의 앞일에 대해서 내가 요구했던 것은 불확실한 미래를 당신이 얼마나 설계하였는가 또는 설계하는가 내지 할 것인가에 대한 지금의 솔직한 당신 마음을 알고 싶어서였지 (거기에 나도 대처해야 하기에) 어떤 강박관념을 주기 위한 것은 아니었습니다. 더욱 애매하게 얼버무리려는 당신의 불성실한 태도를 보고자 함은 절대로 아닙니다.

두서없이 써내려 왔습니다만 결국 내가 하고 싶은 말은 난 당신을 오해하고 싶지 않고, 당신 또한 나를 오해하지 않는 진정으로 사랑하는 인간관계를 가지고 싶다는 것입니다.

시시콜콜하고 사소한 글이지만 이것이 당신을 더욱 이해하고 신뢰하는 계기가 될 것 같습니다.

마지막으로 부탁하고 싶은 것은 당신이 만나고 있는 사람들과의 관계에서 선을 분명히 지켜주면 좋겠다는 것입니다. 내가 오해하고 있다면 그것을 얼버무리려는 안이한 자세가 아니고 하나하나 이해시키면서, 서로 공감대를 형성할 수 있도록 나를 이끌어 주었으면 합니다.

제발 이러한 것들을 여자의 질투심에서 나오는 쓸데없는 잡소리라고는 생각지 말아주오.

나를 어떤 책임감이나 유희에서 만나고 있는 게 아니라면 당신도 이러한 문제에 대해서 진지하게 생각하고서 이야기해 주었으면 합니다.

아무리 좋은 기계라도 자주 기름칠을 하고 손을 보아주어야만 자기의 진가를 더욱 훌륭하게 나타내며 수명도 길어진다고 합니다. 우리는 상대방에게 완전한 것을 요구하지는 않습니다. 상대방이 얼마나 그것에 대해 진지하게 정성과 성실을 보이면서 노력하는가를 보고자 합니다.

그럼 당신의 이야기를 기다리겠습니다.

1985년 3월 28일 희영

'사랑하는 사람아 나의 말 좀 들어보렴'

경식 씨, 요새 힘도 빠지고 경식 씨가 밉기도 하다. 불만이 많아. 처음엔 그랬어, 그런 사람이구나 하면서 그런대로 이해(?)를 하려고 했었지. 근본적인 것, 즉 마음만 보면 된다고 말이야. 그런데 시간이 지나면서 이건 너무하다 싶어서 뭐 이런 사람이 다 있나 하는 생각이 들어. 나에게 너무너무 무관심해서 이 여름에 기운을 차릴 수가 없다고. 내가 경식 씨의 애완동물이나 인형이 아니라면 그냥 보고만 있거나 가끔 생각나고 시간 날 때만 나를 찾지는 않을 거라는. 그리고 나는 최소한 이 사람이 어떻게 하면 기뻐할까 하는 생각을 염두에 두고 (관심) 있는데 경식 씨는 이런저런 면에서 볼 때 아무 반응도 없다. 나한테 해주는 것도 그렇고. 손뼉도 쳐야 소리가 난다.

경식 씨가 나에게 문제가 생길 때마다 언제나 열심히 옆에서 힘이 되어주고 있음을 항상 기뻐하고는 있지만, 경식 씨가 하는 일이 힘들고 나름대로 복잡하고 어려움이 많이 있기는 하겠지만, 바라건대 경식 씨 나도 경식 씨에게 조금이라도 힘이 되어 주고 싶다. 각자 서로 일을 하고는 있지만 그래도 서로가 한길을 가고 있다는 생각을 가질 수 있어야 한다고 생각해. 그리고 나도 많이 힘들다고. 서로 같이하면 좋잖아. 기쁨ㆍ슬픔ㆍ고통 모두 말이야.

경식 씨만 보고 있는 내게 너무 힘을 빼 가지 말아다오. 나도 지쳐 쓰러질 수 있단 말이야.

오늘 불현듯 경식 씨가 보고 싶어 전화했더니 없단다.

지금 다 퇴근하고 없는데 혼자 남아 이렇게 두서없이 쓴다.

이번엔 제발 한 장의 폐휴지로 서랍 속에서 뒹굴고 있지 않기를 바라.

집에는 잘 다녀오고.

일천구백팔오년 유월 스무여드레에. 희영

안개 속을 걷는 기분, 그러나 우리는 젊으니까

희영

처음 만난 게 엊그제 같은데
벌써 이 년이 지났습니다.
앞으로도 우리 만남이
서로에게 무한한 발전과 기쁨의
만남이 되도록
함께 노력합시다.
1985년 10월 7일

경식 드림

당신에게 도움이고 싶었습니다.

당신에게 힘이고 싶었습니다.

그러나 나의 무지로 많이 당황하고 고통스러웠습니다.

무관심이란 이런 의미였지요, 이러한 나를 그대로 보고만 있다는 것.

맹목적인 이해는 싫었던 까닭입니다. 입장이 서로 다른 우리는 더욱 많은 대화가 끊임없이 오고가야 한다고 생각합니다. 서로에게 문제 제기를 하고 서로의 얘기에 귀 기울이는 일이 우리에겐 퍽이나 드물었던 것 같습니다. 머릿속의 생각만으로 진정한 노동자라고 할 수는 없습니다. 행동 즉 실천력이 있어야지요. 그럼 그것이 나의 경우와 무엇이 다릅니까?

참 많이 야속했고 참 많이 미웠고 참 많이 미안했습니다.

당신에게 별 도움도 주지 못하는 나의 무능력에 열등감을 느낍니다. 그래도 나는 참 많이 했다고 생각했는데 아닌가 봅니다. 당신에게 아직껏 어떤 확신도 주지 못하는 것을 보면.

요사이 갑자기 당신에게 하고 싶었던 나의 모든 말들에 겁이 납니다. 그것들이 내 몸 밖으로 나오는 순간 모두 다 타버려 재가 되어 없어질 것 같기 때문입니다. 수백 번 말하고 외친들 무슨 의미가 있겠습니까? 당신의 눈과 나의 눈이 서로에게 모아지고 (가 있고) 그것이 한 곳을 향하고 있으면 되는 것을.

근래 내게 큰 기쁨이 있었다면 그것은 어머니께 이쁘다는 말을 들은 까닭입니다. 그것으로 크게 걱정했던 탓에 계속 화장실 신세만

졌었는데 결과가 좋으니 더할 나위 없습니다. 나보고 이쁘다고, 이쁘단 말을 들어서 기쁜 것이 아니고 나를 그만큼 좋게 잘 보아주셨다는 의미에서 좋은 것이지요. 앞으로도 계속 이쁘다는 소릴 듣고 싶다는 욕심이 생깁니다.

말할 수 없습니다. 두렵습니다.

말이나 글은 나를 왜곡할 수 있기 때문입니다.

그러나 이것만은 전할 수 있어요, 변한 지금의 내 자신이 자랑스럽고 편안합니다. 나는 당신과 함께라면 그 어떤 고통·불안·두려움도 극복할 수 있습니다.

지금 나는 참 더 많이 배워야 합니다.

관심을 가져 주세요!

더 이상 지껄일 수가 없어요, 가슴속에 깊이깊이 간직하고 싶어요.

일천구백팔오년 섣달열하루에

희영이가 보냅니다.

영

23:30.

집이다. 아주 슬금슬금 옆에 와서 곁눈으로 보는 사람이 너무 많아서, 다른 어떤 것도 할 것이 없는데 이것마저 불가능하다니.

가슴에선 어떤 것이 뭉클 뭉클거리고 있는데 가늠할 수가 없어. 생각을 정리할 수가 없어. 잘 모르겠어. 답답해. 손엔 아무 것도 잡히지 않고. 무얼까? 무엇일까?

사실은 무서워, 겁이 나, 나 자신을 책임진다는 것, 책임! 선택한다는 것, 선택! 존재한다는 것은 선택한다는 것.

이 지구 위에 나 혼자만이 존재하는 것 같은, 나만이 다른 왜소한 느낌, 나는 아무 것도 아닌 그저 생명 있어 살아 있는 것, 눈이 왔다. 어쨌든지 하얗게 모든 것이 새하얗게 되었다. 잠시나마 보이는 것들이 눈에 새롭다. 잠시 가슴이 상쾌해진다. 미래는 불확실하다. 불확실성 시대에 우리는 살고 있다. 살기 위해 아니 살아야 한다. 산다는 것은 그런대로 행복이다. 행복은 자기 마음속에 있다. 부정하기 위해 부정하지 말고 부정을 부정할 줄 알자. 매일 단 1분 동안이라도 철저히 나를 생각해봐야겠다. 정리해야 한다. 입춘 추위가 왔다. 봄을 맞이하기 위한 아픔이다. 아픔! 그러기에 봄은 더욱 위대한지도 모른다. 아픔 뒤의 탄생.

어떤 것을 해야 한다는 당위성은 없다. 누구도 누구를 강제할 수 없다, 그 어떤 것에도. 그건 비극이다. 서로에게 비극이다.

내가 선택한 나의 생은 그동안 너무도 많은 고통과 아픔 속에서 탄생한 것이기 때문에 나에겐 값지고 귀한 것이다. 무조건적인 헌신은 없다. 우리는 존재한다, 사랑하고, 함께 숨 쉰다, 지금 나의 이 어려움은 나만의 어려움이 아니요 그대만의 어려움도 아니라. 언제나 그래왔듯이 우리 같이 손잡으면 미래도 그럴 것이라 생각한다. 봄 여름 가을 겨울, 시간은 흐른다. 세월은 간다. 이 모든 것은 조용히 천천히, 그리고 반드시 찾아온다. 아침은 소리 없이 반드시 찾아온다.

우리 각자 존재한다. 그리고 함께 숨 쉰다.

이렇듯 알지 못할 소리나마 보낼 곳이 있다는 건 정녕 기쁨이다.

그대 있음에 힘이 나오.

일구팔육년 이월초사흘 한밤중에 희영이가 띄웁니다.

영

*사진 동봉! -사진 부착 특별종이-

14:00

지금 이 시간이 제일 싫다.

점심 먹고 배부른 이 시각에도 또 다른 군것질 생각을 하며 창밖을 본다. 사실은 따뜻한 아랫목에 누워 있고픈 맘 간절하지만.

집에는 잘 다녀왔고, 일은 잘되었는지 진정 궁금타.

그래도 뭔가 다른 것이 더 좋은 방법이 있지 않을까 하여 생각해보고 또 생각해보고 하였지만 나로선 알 수가 없다. 그대를 따르기엔 무언가 석연치 않은 마음이지만(?) 또 달리 별 도리도 없는 것 같군. 그럴 경우 그대 걱정에 불안한 건 사실이고, 그렇지만 또 한편으로 잘될 듯도 해.

나는 다른 걱정은 별로 없는데 어머님께 죄송하다. 아무 것도 알지 못하는 분을 어쨌든 속이고 있으니. 그대로 믿고 걱정해 주시니,

지금 집에 함께 그나마 얘기할 사람은 나밖에 없고, 그것이 가슴을 아프게 해.

지금은 폭풍이 지나고 난 뒤의, 갈매기가 하늘 높이 평화스러운 바다, 편안해. 내 걱정은 말고, 잘해 나갈 수 있어, 그대가 내 곁에 있으면 (멀리 혹은 가까이에서) 힘이 난다.

만약의 경우, 내가 누구와 의논하면 되는지 알리고 가면 좋겠다. 내가 엉뚱한 일 저지르면 곤란하니까.

망중한!

바쁜 것 같으면서도 바쁘지 않고, 바쁘지 않은 것 같으면서도 바쁘다. 이럴 때일수록 가만히 생각을 해 보아야 할 텐데 머리는 온통 뒤죽박죽이다.

12시!

조금 있으면 점심을 먹는다. 그리고 커피를 마시겠지.

남들이 생각하는 것처럼 그렇지는 않다. 그런 생각을 했어. 지금 나만 이런 것이 아니라고, 경식 씨는 나보다 더 복잡할 것이라고. 우리 각자는 약하지만 우리는 함께 강하다고. 지금의 이 모든 것 우리 함께 나누리. 남들이 생각하고 있는 것만큼 우리는 그렇게 고통스럽지도, 힘들지도, 슬프지도 않아. 안개 속을 걷고 있는 기분이긴 하지만 우린 아직 젊으니까. 우리에겐 내일이 기다리고 있다고.

경식 씨, 우리 발은 힘차게 땅을 딛고 별을 쳐다보며 걸어갑시다.

우리의 내일을 위하여!

그 어느 것도 우리에게 제약이 될 수 없다오.

1986년 2월 12일

봄을 기다리는 희영이가 보내오.

영

나에게 온갖 희망 소망 기쁨인 동시에 두려움 고통을 주는 당신에게

울고 싶다. 실컷 눈물 좀 흘려봤으면 이 마음이 좀 풀리련만.

불안하다. 도대체 아무 것도 할 수가 없고 아무 것도 되지 않는다.

자신이 없다. 자신이 없어.

생각도 몸도 마음도 그 어느 것도 왔다 갔다 하고.

나조차 나를 이해할 수 없는 생각 · 행동들.

그래서 더욱 화가 난다.

경식 씨, 이러지 않으려고 했지만, 나 좀 잡아주오.

어떻게 해야 좋을지, 미칠 것만 같애.

너무 혼란스러워. 뭐가 뭔지 모르겠어.

경식 씨, 꿈과 희망을 심어주오. 나를 도와주오.

생생하게 살고 싶어. 행복하고 싶어. 가볍고 싶어. 기쁘고 싶어.
어머니를 편안하게 해드리고 싶어.

경식 씨.

내가 나를 포기하지 않도록 도와주오, 경식 씨.

- 나의 삶

(86년 4월 18일자 소인)

희영이에게

혼자 보기에 아까워서 부쳐 보낸다. 그리고 변함없는 사랑을 고백
한다.

믿음이 있으면 모든 게 아름답게 보이느니......

86년 4월 경식

"자신의 소원을 현실이라고 잘못 생각해서는 안 된다.

우선 사실을, 있는 그대로의 진정한 모습에 따라 모든 각도에서
검증하는 것이 필요하다. 주어진 정세에 따라서 결정을 하는 것, 그

리고 정세 변화에 따라 그에 적합한 결정을 하는 것이 존중되어야 한다. 성공을 위한 조건들이 충분히 검토되지 않은 경우에는 일단 물러나지 않으면 안 된다. 반대로, 서두를수록 성공 확률이 높아지고 목적 관철에 확신이 설 경우에는 시간을 허비하지 않고 단호하게 일에 직면하지 않으면 안 된다. 하나의 방식, 하나의 결정에 얽매여서는 안 된다." - 모리스·토레즈

당신에게 보이고픈 구절입니다.

1986. 5. 1.

비가 부슬부슬 내리는 오후, 영

그대 경식 씨,

햇볕이 제법 따갑다. 달력을 보니 내일모레면 6월이라, 조금 더 지나면 햇볕에 아픔을 느끼며 땀을 뻘뻘 흘리면서 보내겠지.

(...)

진짜로 할 얘기가 있었는데, 그래서 쓰기 시작한 것인데 흥분해 가지고 너저분하게 늘어놓는 사이에 그만 그것이 사라져버렸네. 통 생각이 안 나네, 좋은 말이었는데.

경식 씨와의 만남은 내게 신선한 충격이었어. 때 묻지 않은 그 순수한 정열을 눈동자에서 읽을 수 있었거든. 지금은? 솔직히 지금은

그때만 못해. 이유는 나도 잘 모르겠어, 생각중인데 잘 모르겠어. 나 때문에, 내가 공기를 흐려 놓았는지도 모르겠고, 그래, 좀 아쉽지.

새삼 쑥스럽게, 고마움을 느껴.

경식 씨의 행동에서 신뢰를 얻고 경식 씨의 격려에서 힘을 받고 경식 씨의 손에서 삶을 느낀다. 우리의 생활에 앞으로도 계속 사랑이 넘쳐흐르기를 기원하며, 서로에게 발전적인 에너지를 제공하는 동반자가 될 것을 믿는다.

사실 경식 씨가 곁에 있다는 것이 큰 힘이 된다. 그래서 지금 이렇게 버티고 있는 거야. (표현이 좀 그렇다, 그지?) 나는 이것저것 따져보는 똑똑한 사람이 못 돼. 이게 맞는 것 같아서 그냥 가보는 거야.

서로의 많은 실망과 고통과 두려움 속에서도 잡초처럼 우리는 다시 일어나 격려하고 포옹하리니 우리 서로 사랑하여라.

6월 6일(금) 현충일에 산에나 갔으면 하는데 의견이 어떤지? 친구에게 미안하겠지?

1986. 5. 31. 영

고백-희영 씨에게

내가 당신을 만난 건 필연입니다

내게 당신이 얼마나 소중한 사람인가, 문득문득 이런 생각이 나면

어릴 때 하늘이 그렇게 맑고 그렇게 넓다는 걸 맨 처음 느꼈을 때
처럼

가슴이 울렁거리고

혼자 눈물을 흘릴 만큼, 내 마음에는

거센 파도가 일렁입니다

폭우 속에 천둥번개가 칩니다, 천지창조의 순간처럼 혼돈입니다,
그러다가

(혼돈은 더욱 정연한 질서를 위해 존재하는 것)

당신을 향해

당신을 중심으로 나는

다시 새로워집니다

나는 힘차게 달음질하는 한 마리 사슴, 당신은 푸른 초원, 넓은 대
지입니다. 사슴은 당신의 푸른 풀을 먹고 당신이 만들어 놓은 아늑
한 동굴에서 잠을 잡니다. 맑고 깨끗한 꿈을 꾸면서, 나는 싱싱하게
헤엄치는 한 마리 물고기, 당신은 바다입니다. 물고기는 당신 속에
서 호흡하고 당신의 영양을 섭취합니다. 그리고 푸른 비늘을 당신
에게 자랑하며 힘차게 물살을 가릅니다.

(언젠가 사슴은 죽어 대지에 편안히 묻힐 테죠. 그러나 그 무덤 위
에는 또 다시 푸른 풀이 돋아날 겁니다. 또한 물고기도...)

나는 당신 속에서만 의미가 있습니다

내가 당신을 만난 건 우연이지만, 그건

천둥번개를 부르고

온 바다를 뒤흔들어놓는
무서운 필연이었습니다

1986년 6월 16일 이경식

내가 오늘이 300번째 만나는 날이라고 말했을 때 경식 씨는 우리가 한 번 만날 때마다 3,000원씩 썼다면 900,000원쯤 쓴 것이 됐다고 경영학도답게 얘기했지만 나는 어떤 것이, 모래성이 무너지는 느낌이 들었다.

그래서 이제는 세지 않기로 했어. 그동안 우리가 그렇게도 많이 만났건만 우리가 한 것은 무엇인가, 우리 사이에 이루어 놓은 것은 무엇인가, 우리 만남의 의미는 과연 무엇인가 라는 생각이 들었던 거야. 안개 낀 바다에서, 눈에 보이지는 않지만 멀리서 혹은 가까이서 들려오는 고동소리 같은 거. 산다는 것이 그런 것인가? 보이지도 잡히지도 않는 것을 찾아 헤매는, 소리가 나는 쪽으로, 이리저리. 아니 어쩌면 우리의 벽이 아직 허물어지지 않았다는 증거일 수도 있겠다.

그리고 오늘 문득 새삼스럽게 중요한 문제인 어떻게 살 것인가 하는 생각이 들었어. 우리는 우리 서로의 대화에 너무 인색했다는 강한 자극을 받은 거야. 어떻게 살 것인가? 그 생각을 하면서, 사실은 경식 씨 말대로 소설을 써 보겠다고 주제를 잡다가 그런 근본 문제에 부딪혔던 거지.

경식 씨는 지금 문제가 복잡하다는 이유로, 지금까지 그래왔던 것처럼 앞으로도 계속 내게 무심할 것인가 물어본다. 일과 내가 완전히 밀착되는 것은 아니지만 분리시켜서는 안 돼. 오늘 - 그대들에게 중요한 얘기인지 뭔지 나로선 잘 모르겠지만 - 하던 그대로 그것이 생활화되어야 할 터인데 경식 씨는 나 만나면 말이 없으니, 처음엔 무뚝뚝한 사람이라 그런가 했었는데 그런 것이 아니었어. 가끔 물어보는 일상적이고 형식적인 듯한, 심한 경우엔 심문받는 듯한 느낌을 강하게 주는, 집에 아무 일 없나 따위의 질문은 피하고 우리 서로의 얘기를 허심탄회하게 솔직한 대화를 갖자. 요사이 나의 고민, 내 주변의 문제, 이런 것으로.

경식 씨가 말했지 내가 화내면 싫다고. 그건 싫으니까 싫은 거야. 처음엔 생각을 해 봤었는데 그런 결론이 나오더군. 내가 왜 화가 났는지에 대해서 생각해보고 고칠 것은 고치고 서로 그러는 것이 아니고 단지 그것이 싫으니까 싫은 거라고.

100번 혹은 500번, 5년 혹은 6년 만났다는 것은 아무런 의미가 없어. 어떻게 만났느냐가 중요한 것이지. 내가 성격이 못됐다는 건 알지만 아직은 고칠 마음이 없다. 솔직하게 말한 것에 대해선 내가 뭐라고 하겠냐만, 단 한 번의 거짓이라도 나는 절대 용납할 수 없어. 큰 것 작은 것을 차치하고.

우리의 만남을 다시 생각하면서 편지를 쓴다.

요즘 허무를 느낀다. 경식 씨는 내가 없어도 (웃기지?) 잘 생활하리라는 생각이 든다. 일이 있고 동료들이 있으니까.

구태여 내가 왜 여기에 힘들게 서 있는지 자문해 본다.

1986. 7. 8. 영

약혼자 서류 만들기

그동안 안녕?

오늘은 날씨가 별로 좋지 않구나. 하늘이 잔뜩 찌푸렸다. 새벽에
는 비도 왔고.

지난번에 두 번이나 네게 편지를 했는데 (남의 우권과 집필권을
빌어서), 마침 그게 접견금지 중이던 기간이어서 아마 휴지통으로
들어가버렸을 거야.

매주 목요일은 면도하는 날이다. 바로 오늘이지. 난 오늘 면도를
하지 않을 생각이다. 기분이 그렇다.

여기서는 인왕산이 내다보인다. 이인직의 신소설 〈혈의 누〉에서
던가 청일전쟁에 쫓기는 피난민이 인왕산을 배경으로 나타나지.

멀어서 잘은 보이지 않지만 인왕산은 완전히 돌산 같다. 인왕산 밑에 있는 우리 집은 1919년 유관순 할머니가 옥사를 하기도 했다지.

오랜 세월을 인간들이 저지르는 더러운 짓거리들을 지켜보아왔고 지금 묵묵히 강하고 끈질긴 느낌을 주는 돌산으로 남아 있는 인왕산은 찌푸린 하늘 밑에서 우리인간에게 無言의 교훈을 들려주는 것 같다. 마치 십자가에 매달려 죽은 뒤에 그대로 동상이 된 예수像처럼.

여기 생활은 그렇게 힘든 것은 없다. 자유롭게 나돌아 다니지 못하고 술과 담배를 하지 못한다는 게 힘들지만, 건강을 위해선 오히려 좋은 것이고 방 안에서 할 수 있는 건 뭐든 다 한다. 말하자면 자취를 하는 것과 비슷한데, 밥과 반찬이 주방장의 솜씨대로 방으로 날라오는 게 자취하는 것보다 편한 셈이지. 밥을 먹고 나서는 뜨거운 물(보리차 물)로 설거지를 한다.

또, 일찍 일어나고 일찍 자고, 하지만 보고 싶은 사람을 못 보고, 토론이나 다투고 싶은 사람들을 만나지 못하니 그게 안타까운 일이지. 조만간 만나게 되겠지. 나는 항상 그렇게 자라 왔으니 짧은 기간 잘 참을 수 있을 게다. 수양의 기간이라 생각하니 마음도 편하다. 사회에서 열심히 일하며 벌어먹고 활동하는 사람들을 생각하면 미안한 마음이 들지만 말이야. 그리고 잘 알아서 잘 처리하겠지만 말이야, 아버님 어머님이 내 행위에 대해 이해하지 못하시는 것, 그리고 나의 미래에 대해 불안해하시는 것 등에 대해서 당분간은 네게 미룰 수밖에 없구나. 짐을 맡겨서 미안하다.

10월 7일을 기억하는데 (틀렸으며 어떡하지?) 축하해 주지 못해서 (또 한 번) 어떡하지? 이렇게 글로써 대신한다.(*10월 7일은 3년 전 두 사람이 처음 만났던 날이다)

"함께 태어난 날을 축하하자. 살다 보면 어려운 일도 있겠지만, 그걸 헤쳐나가면서 경험하는 것이 인생의 즐거움이 아닐까?"

(…)

식, 10월 2일에

*이경식은 1986년 9월 6일 혜화동 대학로 학림다방 앞 도로에서 '통일굿' 집회를 이수인과 함께 주도한 혐의로 이수인과 함께 동대문경찰서에 체포되어 있다가, 구속이 확정된 뒤에 서대문구치소에 수감되었다.

보고 싶다. 내가 보낸 편지는 받아봤는지 확인도 되지 않고. 여기에서 네 필체는 여러 번 보았다만…

보내준 책 잘 읽었다. 말이 나온 김에 내가 읽은 책이나 적어 볼게. (다시 넣지 말라는 뜻에서) 1. 〈소비에트 이데올로기1 · 2〉(한울) 2. 〈해방 40년의 문학(평론)〉(?) 3. 〈제3세계 연구〉 4. 〈고요한 돈강 1~6〉 5. 〈남로당 연구〉 6. 〈세계철학사〉(슈트릭히 저) 7. 〈루카치 미학비평〉 대충 이렇다. 참고해라. 참, 〈문화운동론 2〉 구해 봐라. 루카치 책은 〈소설의 이론〉만 들어왔더라. 잘 지내는지, 밥은 여전히 잘 먹는지, 객지 생활에 고생은 안 하는지, 직장 생활은 힘이 안 드는지 궁금하고, 보고 싶다.

오늘이 10월 7일이다. 오늘은 무슨 '날'인데 혹시 네가 면회 오지 않을까 기다려 본다. 좋다. 금방 목욕하고 왔다. 뜨거운 물로. 급한 마음에 정리도 하지 않고 막 쓰다 보니 글씨도 엉망이네, 이해해라. 여기 오면 사람이 다 조금은 이렇게 되는가 보다 하고.

돈은 넣지 마라. 네가 책이나 돈을 넣어 주면 네 필체를 확인한다만 네게 무슨 돈이 있겠으며 내게 무슨 돈이 필요할까? 이자놀이하며 불렸다가 내가 나가면 튀김이나 많이 사다오. 배고플 때 정말 튀김이 제일 먹고 싶더라. 어릴 때부터 밀가루 음식을 그렇게나 많이 먹었는데도 밀가루 음식이 왜 그렇게 좋은지 모르겠다. 질리지도 않고. 우리 방에 있는 사람들 중 한 명은 어릴 때 맨날 풀죽이나 수제비를 먹어서 그렇다면서 가끔 수제비가 나오면 입에도 대지 않는다. 잘 먹어라, 너무 많이 먹지는 말고. 부모님한테는 여전히 분투하길 당부할 뿐 내가 무슨 말을 더 할까.

그리고 편지 좀 해라. 편지 내용 중에, 문화운동론(=미학 일반론+실천론) 및 기타 관련 필독서(사회과학·철학 등)를 기초로 해서 짠 커리큘럼을 친구들 만나서 알아보고 좀 정리해서 넣어다오. 그러면 내가 그걸 보고, 다시 네가 보고, 네가 책을 구해서 넣어 주면, 내가 읽고, 다음에 내가 책을 다시 내 주고... 그러다 보면 나도 나가서 튀김 먹고 또 열심히 활동할 수 있겠지.

(...)

내 친구들한테도 네가 보는 대로 안부나 전해다오.

10월 7일 인왕산 仙人이 俗人에게

경식 씨~~~

오랜만에 목청껏 불러보는 그리운 이름이다.

집에서는 완전히 NEVER다, 언니의 죽음처럼 금기사항이 되어버린 지 한 달이 넘었어.

이런 가운데서 내 생활은 활기차지, 어째 그러냐 하면...

(...)

변한 것은 없어, 제한된 것들 속에서 그것들을 얼마나 효용 있게 사용하는가, 사용할 것인가 생각해보자.

얼마나 많은 사람이 자기 삶을 적극적으로 개척하면서 살고 있는지 가끔씩 되새겨 보자.

솔직히 지금 이렇게 바쁜 와중에 사람들 눈치 모며 쓰자니 머리가 혼란스러워 정신이 없네. 아무튼 경식 씨, 내가 이럴 수 있는 건은 무슨 힘일까?

경식 씨의 초롱한 눈빛과 맑고 신선한 정신을 다시 보고 싶어.

1986. 10. 8. 영

희영이,

지난 7일에 무척 기다렸는데, 혹시 안 오는 건 아닐까 하는 걱정도 하면서 기다렸는데, 그날 예쁜 모습으로 나타난 너를 보니 반갑더라. 여전히 잘 삐치는 것도 평안해 보여서 좋았고.

날씨가 제법 쌀쌀하구나. 하늘이 참 보기 좋다. 눈이 시리게 맑고 푸른 하늘에 깨끗한 솜을 풀어 놓은 것 같다. 여기선 편하다. 투쟁성이 무디어지지나 않을까 하는 생각이 들 만큼. 내가 요즘 생각하고 있는 것은 크게 두 가지이다. 하나는 여기에서 독서(공부)할 내용에 관한 것이고 다른 하나는 재판 및 그 이후에 관한 것이다.

먼저 전자에 대해서. 한 마디로 말하면 잘 정리가 안 된다. 일단 미학과 현대사 공부를 하면 좋겠다는 결론을 잠정적으로 내리고 있다. (그래서 금요일 접견 때 '그 책들'을 부탁했었다.) 기상 시간이 6시 40분쯤 되는데 5시에 일어나서 다들 잘 때 딱딱한 책을 보고 세면 및 아침 식사 후 점심 먹을 때까지 그 책을 계속 보다가 오후에는 소설책을 읽고 있다. 여러 명이 한 방을 쓰니까 '인생 공부'는 많이 하지만, 집중적으로 책을 볼 수 있는 시간이 적고 또 혼자 시간을 갖기가 어렵다. 화장실에 앉아 있는 시간은 완전히 나만의 시간이다. 물론 비닐로 차단된 문이어서 얼굴이 다 보이긴 하지만 공기 자체가 차단되어 있으니까 말이야. 하여튼 그렇다. 그리고 매일 30분 정도 밖에 나가서 운동을 하고 (이것도 상당히 불규칙적이다) 일주일에 한 번씩 목욕을 하고 뭐 '집필'하고 그러다 보면 시간이 똑똑

부러진단 말이다. 또한, 하여튼 그렇다.

 다음, 재판 및 그 이후에 대해서. 집중적으로 생각해보진 않았지만 언제나 머릿속에 무겁게 남아 있는 숙제다. 말하자면 이런 기분일 거야. 어제도, 그저께도, 그끄저께도 공납금 안 가지고 왔다고 아침조회 시간에 담임선생에게 공개적으로 욕먹었는데, 오늘도 또 그걸 생각하면서 가방을 챙겨 들고 학교에 가야만 하는, 학교를 향해 한 걸음, 한 걸음 걸을 때마다, 학교가 점점 다가올수록 그 '고약한' 분위기를 감수해야만 한다는 기대, 그 기분. 말해놓고 보니 좀 다른 것 같긴 하다. 내용이 다르니까 말이야. 하여튼 주어진 주객관적 조건에서 최선을 다해야지. 아직은 시간이 많이 남았으니까 구체적인 것은 천천히 생각해도 괜찮을 것 같다. 말이 나온 김에 수인이에게 안부 부탁한다. 여긴 교도관과 규율이 너무 복잡하게 많다.

 형부가 잘 해 준다니까 참 반갑고 고맙더라. 어려울 때 힘이 되어주는 사람이 정말 고마운 사람이다. 친구들 선배들 두루두루 안부 전해다오. 희수에게도.

 그만 줄일게.

 안녕.

인왕산 밑에서, 식

내 말에 신빙성이 없는 것일까?

경식 씨는 이런 점에서 나쁘다. 내가 무엇이라고 하는 말에 대해선 그냥 무심히 흘려버리고 다른 사람들이 그것에 대해 얘기할 때 또는 그것을 인정할 때 그때 비로소 다시 생각해보고 인정하는 것 말이야. (…) 우리 미래에 대해서 생각하고 얘기해 보자.

가정의 울타리를 어떻게 규정짓고 생각하는지?

내가 생각하던 것, 즉 역할 분담이라는 것에 대해서.

내가 이런 것에 대해서 의문을 가지면 경식 씨는 싫어하고 피하고 그랬지. 그렇지만 이제는 해야 할 것 같애. 나는 이것이 알고 싶어. 가정의 울타리를 어떻게 생각하는지 말이야.

접견 대기실에서 경식 씨를 기다리며 생각해본다. 오늘은 무슨 얘기를 할까? 또는 오늘은 잊지 말고 꼭 이 얘기를 해야지. 시험 보는 학생처럼 외운 걸 까맣게 잊어버리고 마음만 조급해서 어쩔 줄 모르다 허망하게 끝나버리는 우리의 만남 시간! 돌아오면서 속상해하면 무엇할꼬?

내 생활을 도둑맞는 기분이다.

(…)

가을인가?

거리에는 벌써 호빵을 팔고 있다.

경식 씨, 나에게 힘을 다오, 말 한 마디라도. 좀 더 따뜻한 눈빛을. 옥진 씨가 이가 아파서 더욱 음식을 못 먹는단다. 어머니는 집이 이런데 뭘 그러냐고 넘어가시고, 그런데 이는 평생 고생이거든. 어머님께 잘 말씀드려서 동생이 치과 가서 치료받을 수 있도록 했음 좋겠다는 나의 생각이다.

　친구들-희수 씨, 은주 씨, 혜림, 정희, 경수, 의자, 귀숙... 모두모두 너무 고맙다.

1986. 10/10　영

　이 종이로 말할 것 같으면, 아마 중학교 때일 거야. 이모에게서 이 종이를 받고 너무 좋아서 아끼고 아끼다가, 결국은 잊어버리고 지냈는데 이삿짐 챙기면서 발견했다. 다시 보니 우습더라. 그때는 이렇게 흰 종이가 참 귀했었거든. 이 종이의 용도를 매일 궁리하던 기억이 난다. - 지금 한 70장은 있어.

　오늘 아침 어머님의 전화를 받고 내내 우울하다. 오늘은 아니 정말로 오늘은 학교에 그냥 있기로 결심했는데. 하도 바깥으로 나갔다 오고 그러니까 미스 김이 "또 어디 가요?" 하잖아. 미안하고 해서, 학교도 계속 빠져서 안 되겠고 해서...

　경식 씨는 내가 보고 싶지도 않나? 한 번 얼굴 보고 나면 괜찮나? 나는 보고 보고 보고 해도 또 그리워지더만.

경식 씨가 부럽다. 그렇게 생각해주는 사람도 다 있고 (나 말이야. 히히), 믿음직한 동생들도 있고, 걱정해 주시는 엄마도 계시고, 보고 싶어 하는 여자들(내 친구들)도 많고. 이따가 어머님 만날 거야. 그깟 아들 뭘 보시겠다고, 안 그러냐?

어제 가을비가 구질구질 내리고 나서 날씨가 쌀쌀해졌다. 나는 또 가지색 얼굴로 겨울을 보내야 하나? 집에다가는 귀찮고 해서 1983년 10월 6일 이전으로 돌아갔다고 했어. 좋아하시더라. 나 아마 곧, 아니 모르겠다.

(...)

반지를 만지면서 포근함을 느낀다. 이것이라도 없었다면 얼마나 더 힘들었을까 싶어. 처음엔 가만히 전화를 기다리고 있는 나 자신을 문득 발견하곤 했어. 함께 있다는 느낌의 착각도 가끔씩 하고. 경식 씨의 숨결을, 따뜻한 체온을 반지를 통해서 느껴 본다.

경식 씨가 수염 깎고 단정한 모습으로 밥 먹고 책 읽는 모습을 그려 본다.

햇볕이 한 줄기 내리쬐는 창가에 앉아서 눈을 지그시 감고 생각에 잠겨 있는 모습도. 너무 영화 같나?

언니와 나가서 옷도 사고 신발도 샀어. 새빨간 랜드로버를. 나비가 훨훨 날아가는 듯한 가벼운 차림으로 가을을 잘 보내 볼까 해서.

생각해보면 한 달 정도의 기간밖에 안 되었는데 너무 긴 것 같아. 갑자기 많은 일이, 마치 태풍이 지나간 것 같다. 경식 씨도 이제 안정을 찾아 정리를 하니 매우 기쁘다. 미래를 그려보고 맞추어서 열심히 살기 바라. 다른 것엔 신경 쓰지 말고 오직 인간답게 사는 일에 열심히 집중적으로 생각하고 실천할 수 있도록 하고. 그리고 경식 씨가 생각한 그것에 대해선 모두 전적으로 찬성이야. 끝까지 열심히 포기하지 말고 행동하기를 기원하는 바이다.

이번만큼 좋은 기회도 없지 싶다. 언제 그렇게 앉아서 정리를 하겠냐고. 불안해하지 말고 조급해하지 말고 현실에 충실하면서 결과를 기다려 보자. 밖에서 나도 열심히 알아볼게. 경식 씨의 건강한 삶이 나에게 얼마나 큰 위안을 주는데. 사무실에서 눈치를 줄 것 같은데 물어보지는 않아. 나도 말하기 싫고. 날씨가 추워졌다.

감기 조심하고!

1986. 10.11. 영

*사진을, 나의 조그마한 얼굴을 보냈다는 이유로 반송된 편지를 다시 보낸다.

안녕 희영씨,

어제는 옥진이한테 편지했다. 그래서 네게 편지 못했다. 그랬는데도 네 편지 두 통과 화진이 편지 한 통을 반갑게 받았다.

아버님 생신은 재미있게, 의미있게 해드렸는지 궁금하구나. 어느 집이나 우환이 없는 집은 없을 거라는 생각이 얼핏 든다. 네 새언니도 무척 힘드실 거야. 희영이가 힘든 건 아무 것도 아니라고, 새언니는 생각하실 거야, 희영이는 그 반대로 생각하고 있을 텐데 말이야, 그렇지 않을까? 희영이 어머님은 어머님대로 또 당신이 제일 힘들고 고통스런 역할을 하고 있다고 생각하실 거고 말이야. 나는 이런 생각을 해 본다, 약간은 자신 없는 생각이지만 말이야. 무슨 생각이냐 하면, '자기 자신이 누구보다도 가장 힘들다' 혹은 '자기 자신이 적어도 보통 사람들보다는 훨씬 힘든 생활을 하고 있다'고 생각하는 사람은 그런 판단 때문에 없는 고통을 있는 고통처럼 분칠해버리고 매조키스트처럼 고통을 받아들임으로 해서 그 고통을 현재 혹은 미래와 단절시켜버리고, 그러다가 결국 아무런 해결책을 바라보지 못하고 (색안경을 벗지 않는 이상 푸른 하늘을 푸르다고 느낄 수 없는 것은 당연한 일이지) 말며, 또한 이것을 경계하기 위해선 자기 자신에 대해서뿐만 아니라 다른 사람에 대해서도 그런 우상을 강요하거나 덮어씌워서는 안 된다는 것이다.

내가 약간 자신이 없다고 한 것은, 이것을 우리 어머니의 경우에 적용했을 때도 동일한가 하는 점에 대해, 자신이 없기 때문이다. 하지만 전혀 틀린 말은 아닐 성 싶다. 어머니와 나를 아는 사람은 대부분 "어머님을 생각해서도 이제 그만 마음잡고…" "네가 네 어미한테 그렇게 하면 인간의 도리가…" 운운한단 말이야. 그러니까 이 사람들은 우리 어머니가 보통 사람보다 상당히 힘들다·고통스럽다고 판단을 내리고 있단 말이지. 공리주의자들은 노동을 고통스럽다고 보고 그 고통의 대가로 가치를 얻는다고 하지만, 우리는 노동을 고통스럽다고 보지 않고 신성하다고 본단 말이지. 그래서 ~~~ 이 모든 것에 대한 결론으로 색안경을 벗고 푸른 하늘을 푸르게 보자는 말씀. 힘내자.

17일 이후의 내 거취 문제도 이렇게 봐야지만 (여기서부터 운동하고 들어와서 새로 쓴다) 길이 보일 거라는 생각이고...

나는 희영이가 집을 마음에 들지 않아 하는 줄 알았는데 그렇지 않다는 걸 발견한 순간, 다음엔 또 아파트가 부실공사 운운하니 좋았다 싫었다 흡족했다 께름했다 하고 있구나, 는 생각을 하며 웃었다.

그만 줄일게.

네 친구들에게 안부 전해다오.

건강하게 만나자.

안녕

10월 12일 당신의 경식

이사를 준비하는 엄마는 아마 시집가는 기분일 거야.

이불·요, 솜을 틀어다가 다시 꾸미고 그릇도 다시 사고. (...)

어제 일일찻집에 가서 일 도와주다가 손가락을 다쳤어. 아직까지 아물지 않고 이것이 속을 썩이네. 영희 언니와 김민기를 봤다.

사람들을 만나 이야기할 때 그들은 매번 이렇게 말을 해. "경식이

걔 참 좋은 애야." 경식 씨도 그랬지, 당연한 이야기는 하는 것이 아니라고. 내가 옆에서 3년 동안 왜 경식 씨를 만나는지 그들은 모를까? 내가 옆에서 본 경식씨보다 밖에서의 경식 씨 모습, 즉 경식 씨의 고민거리, 경식 씨의 생각, 나는 이런 것이 알고 싶은데 (사실 경식 씨는 이런 얘기 안 하잖아) 영희 언니가 여자 대 여자로서 나에게 해 준 얘기는 내가 느끼고 생각하던 바이지만 도움이 무척 되었어.

보통 남자들은 바깥과 안에서 하는 행동이 달라. 지양해야 한다고 생각해. 자기는 의식하지 못하는 무의식중일지라도, 서로의 충고 속에서 생활을 바꿀 필요가 있겠지. 남자와 여자, 이렇게 나누지 말고, 사람들, 이렇게 정정.

얼마나 추울까 생각한다.

담요를 또 한 장 넣어 주고 싶다, 거절하지 말고.

음식도 책처럼 각자 사서 넣어주면 좋겠다. 제대로 들어가는지 모르겠어. 지금까지 김 20봉, 사과 21개인지 28개인 35개인지, 달걀도 그 정도이고 우유는 21개인가, 사탕 2봉, 은단 1, 햄버거 4. 대충 이래. 팬티·런닝·내의 2벌씩, 수건 1, 한복 1, 담요 2. 면회는 못 해도 책 넣어줄 때마다 음식도 넣어주곤 했는데, 왠지 꺼림칙하다. 영치금은 한 8~9만 원 정도 돼? - 들어갈 때 가지고 간 것까지? -

경식 씨, 혼자만 따습고 배불리 먹고 하는 것보단 추운 사람에게 담요 한 장을 선뜻 줄 수 있는 경식 씨의 마음이 좋다. 의사에게 진찰 받아봐. 조금 있으면 귀가 아파질 텐데, 진단받아서 허락하면 귀마개를 특별히 할 수 있단다. 참지 말고.

경식 씨가 이렇게 저렇게 요구를 많이 하는 것이 차라리 맘이 편할 듯싶어. 참지 말고 아끼지 말고.

날씨가 추워지는데. 더 춥겠지? 운동 많이 하고 즐겁게 생각하고 감사하는 마음으로 건강하게 지내고. 나의 소망이다.

검열하는 사람들은 어떤 마음으로 모든 편지를 읽을까?

아무튼 유리 상자 안에 들어 있는 기분이다, 동물원 원숭이가 된 기분이다.

1986. 10. 12.

집에서 쓴다. 영

3년전아니3년1주일전우리가서로몰랐을적으로되돌아가면어떨까하는헛된생각을해봅니다인연이란참묘한것인가봅니다사랑하는것은사랑을받느니보다행복하리라이말은역설적이라고항상생각해왔습니다사랑을주고받는다라는말자체가참우습군요사랑이란사랑그것보다도그것의차원을넘어서믿음과책임이란것에대해생각을해보아야할것입니다세월에또만남의횟수에서로를규정짓지말고자연스럽게둘이하나임을느끼고싶습니다당신의순수한영혼을사랑합니다86.10.13.한희영

(…)

내가 어떻게 약혼자 서류를 만들었는지 얘기해줄게.

보통 한 달 정도 걸리나 봐. 나는 열흘 정도 걸렸어.

10월 4일에 오라고 해서 그날을 고대 고대하다가 갔더니 안 해줬잖아. 나는 시간도 많지 않은데. 그래서 그 자리에서 소리 내어 울었지 뭐. 한 30분 정도 그랬을 거야. 그러니까 왜 그렇게 우느냐고, 다음에 꼭 해줄 테니까 울지 말라고 하더라. 정말 속상하고 얄미웠어.

○○이(*나와 공범으로 함께 구속된 이수인의 애인)는 아직 미루고 있는 것 같아.

글씨가 너무 그렇다. 그지?

이젠 정말 무서워서 집에 갈란다.

1986. 10. 13. 영

*밖에 들국화가 무척 예쁘다!!

누군가가 보고 싶을 때는 가만히 눈을 감고...

희영,

요즈음 네가 보낸 편지 반갑게 몇 번씩 다시 읽는다. 네 편지 속에서 갖가지 네 표정을 읽는다. 네 목소리도 듣는다. 편지를 보면, 내가 구치소에 있다는 걸 실감하지 못한다. 여전히 난 네 곁에 있고, 넌 내 옆에서 날 위로하고 격려하고 채찍질하는 것처럼 느낀다.

어제 (10월 16일) 네가 면회 왔을 때를 생각한다.

네 말이 맞다. 나의 행위가 과연 어떤 의미를 가질 수 있단 말인가? 나의 행위가 가장 정확한 인식하에 이루어진 가장 정확한 실천일 수 있는가? 사람들은 저마다 타성적인 무긴장 속에 빠져 있는데, 나의 행위가 내 개인적으로 그리고 나 개인을 떠나 도대체 약간의 의미라도 지닐 수 있단 말인가 (물론 미래와의 관계 속에서)? 이런 질문들을 너는 했고, 회의적으로 생각하는 것을 알았다. 네 말이 맞다. 그러나, 나의 행위는 작은 한 걸음일 뿐이다. 한꺼번에 바꿀 수 있을 정도의 큰 충격도 아니었고 (그만큼 큰 충격은 민문(*당시 이경식이 소속되어 있던 문화운동단체인 '민중문화운동연합')이 받아낼 수 없다는 판단이 전제되었다), 한꺼번에 바뀔 수 있을 정도의 가벼운 상처도 아니기 때문이다. 사람들이 모두 다 긴장이 빠져 있다면 그건 문제지. 최소한 뜻을 같이 한 사람들, 나를 가까이서 바라본 몇 안 되는 사람들은 그렇지 않을 거야. 처음부터 그것밖에 없었단 말이야. 그만큼 상처는 간단한 게 아니지.

그러면 또 이런 문제가 제기되겠지. "그 場이 과연 내게 최적·최상의 장인가?" 여기에 대해선 몇 가지 조건과 함께 생각해보자. 가장 큰 조건 중에 하나가 졸업 이후 내가 본격적인 일을 위한 조직적인 작업을 해 오지 않았다는 것이다. 그만큼 이쪽 동네의 이론적·실천적인 작업이 일천했다는 것, 그리고 그런 작업 속에서 내가 게을렀다는 거지. (언제나 그렇지만) 최근에 많은 이야기들이 오가면서 각성할 것은 각성하고 깨질 것은 깨지고 인정할 것은 인정하면서 여러 가지의 방향들이 이쪽에서도 설정이 되더란 말이야. 그런 방향 속에서 본격적인 일의 실천적인 작업이 시급히 필요했던 것이고, 그것이 나의 경우에 잘 맞았던 거지. 이 말은 "나가서도 계속 거기서 일할 거냐?"는 네 질문에 대한 대답을 포함하는 것 같다. 투쟁에는 세 가지 형태가 있다고 흔히들 이야기하지 경제투쟁·정치투쟁·이념(이데올로기·사상)투쟁이 그것이야. 물론 투쟁은 조직

차원에서 하는 것이고. (...)

　여기에 대한 해답을 지금 당장 구하자는 이야기는 아니고 이것이 중요한 문제라는 거지. 이 중요한 문제에 대한 해답이 구해진다면, 즉 가장 중요한 작업, 가장 시급한 작업, 단계와 시기·국면 속에서의 과제 등이 이론적으로 정리된다면, 어디에 가느냐 하는 문제는 중요하지 않다고 생각한다. 극단적으로 이야기하자면, 문화라는 정체성을 버리고, 백기를 들고 뛰어가는 수가 있겠지. 실제 그런 사람도 많고. 여기서 백기를 들고 간다고 했는데, '문화운동은 환상이다'라는 인식에 동조하는 것을 말한다. 하지만 내 생각에 문화운동·문화는 환상이 아니다, 무지막지한 힘을 가지고 있는 것이란 말이야. 어떻게 그 힘을 발휘시키는가가 문제일 뿐이야. 많은 사람이 헛갈린 어려운 문제. 각설하고, 네가 울었다는 이야기는 아주 감동적이더라. 사실 그럼 점에 네 매력 중에 하나야. 참, 빠뜨렸는데 그날 네가 흥분해 있더라. 흥분하지 말자. 언제든지. 나도 흥분은 잘 하지만. 흥분하면 정확한 판단을 잘 못 내리거든.

　희수한테 축하해 주고 은주나 다른 친구들한테 안부 전해다오. 건강해라. 안녕

10월 17일. 경식

희영아, 오늘은 제법 쌀쌀하구나. 담당이 지껄이는 걸 얼핏 들으니 영상 4도이고 서리도 내렸다나? 방에도 월동 준비로 창문 등에 비닐을 덧댔다. (유리는 위험하다고 사용하지 않는다. 말이 나온 김에, 목매달아 죽을까 봐 실을 소지하지 못하도록 하고 있지만 양말 풀어서 실을 마련해 필요하면 몇 겹으로 꼬아 노끈도 만들고, 쇠붙이로 된 건 일절 금하지만 사용이 가능한 물건으로 대용품을 만들고... 별 희한한 재주들이 다 있더라.)

어제는 네 편지가 안 오는가 하고 있었는데 저녁 식사 후에 네 편지를 받았다. 아주 반갑게. 타자 친 편지 말이야. 편지 읽고 내가 어떡했을까? 나는 매번 네 편지를 받아 읽을 때마다, 언제나 변함없는 네 모습이지만 그럼에도 항상 신선한 감동을 받는다. 너의 그 감정이 과연 무엇일까? 아니 그것보다 그것이 우리 둘 사이에서 위험한 것인가 혹은 그 수위가 위험한 수준인가? 누구가 잘못해서 이성적인 판단마저 흐려지고 궁극적으로 두 사람을 (설령 잠시 동안이라 하더라도) 어색하게 만든단 말인가.

나는 이렇게 생각한다. 1-결코 부정적인 현상은 아니다. 오히려 바람직한 감정의 현상적인 표출에 불과하다. (희영이의 마음을 읽고 있기 때문에.) 2-듣기 좋은 꽃노래도 자꾸 하면 재미없어진다는 말처럼 수위나 빈도가 문제되겠는데, 이것은 또한 누구의 잘못인가 하는 문제와 얽혀 있다. 이것은 다시, 각설하고... 그렇게 민감하게 반응하는 희영이가 밉다. 그게 뭐 어때서. 그런다고 달라지는 게 있기라도 하단 말이냐? 그리고 또 이전엔 뭐가 있었다는 말이냐? 나는 네 편지 읽고 (네가 화낼지 모르겠지만) 한참 동안 낄낄거리고 웃었다. 웃었다니 화를 내겠지. 사실 나도 웃고 나서 보니, 그렇게 화를 내는 희영이가 바로 희영이라는 생각에 희영이가 미워지더라는 거야. 그럴 수 있잖아. 무념무상·색즉시공·공즉시색. 가지는 것이 없는 것이고, 버리는 것이 가지는 것이고, 비우는 것이 찬 것이고, 채우는 것이 비우는 것이고... 완전한 '독점'은 불가능할뿐더러 유해하다고 생각한다. 문제는 내가 희영이를 독점하는 일체의 행위를 그만두지 못하고 희영이가 나를 독점하는 일체의 행위를 그만두지 못하는 데 있는 것이지, 내가 희영이를 그리고 희영이가 나를 독점하지 못하는 데 있는 것이 결코 아니다. 그렇다고 해서 내가 무정부주의적인·히피적인 것은 아니다. 너도 이야기했듯이 두 사람 사이에만 있는, 다른 사람과 구별되는 차별성은 엄연히 존재해야겠지. 물론 당연히 존재하고 있지. 그렇지 않다고 혹은 그렇지 않을지도 모른다고는 상상할 수도 없는 거야. 그 차별성은 어떤 형식적인 것으로만 척도를 삼아 가려낼 수 있는 성질은 아니라고 생각한다. 나를 정확하게 뭐라고 정의할 수 없다. 하여튼, 무정부적인 것만은 아니다.

희영아, 너도 그렇겠지만 네가 짜증내니까 나도 짜증이 나더라. 네가 웃으면 나도 괜히 웃음이 나고 즐거운데 말이야. 정신적으로 물질적으로 어려운 상황에 놓여 있을수록 더욱 냉정하게 판단해야 할 것 같다. 그래야지 서로 격려가 되고, 두 사람은 한 사람보다 더 큰 힘을 낼 수 있고 그럼으로 해서 두 사람은 서로 얼굴만 봐도 좋지 않겠나.

코스모스 하나쯤 편지 봉투에 넣어 보내라. 검열관이 그건 보내줄 거야.

안녕!

건강해라.

10월 18일 경식

안녕, 오늘은 월요일이구나.

사람들이 일요일을 두고 '곱징역 산다'고 한다. 무슨 말이냐 하면 일요일에는 접견이나 출정도 없고 구매나 집필도 없으며 운동시간도 없는 경우가 많다 보니, 바깥바람 쐴 일 없이 (혹은 소식이나 소문을 듣는 일도 없이) 하루 종일 방 안에서 죽치고 있어야 하기 때문에 같은 하루지만 이틀 사는 것과 마찬가지라는 말이지. 바로 어제가 곱징역 산 날이었다.

나야 뭐 다른 사람들에 비해서 자유로운 편이긴 하지만, 어제는 이상하게 책이 머리에 들어오지 않더라. 요즘 내 생활이 어떠냐 하면, 저녁 9시쯤 취침해서 새벽 세 시나 네 시쯤 일어나 기상나팔 울릴 때까지 독서하고, 그 다음엔 운동시간 · 집필시간 · 식사시간을 제외하고는 대개 독서를 하거나 방 사람들과 이야기 혹은 윷놀이 · 장기 · 바둑 등을 한다. 그런데 어제는 책이 통 머리에 들어오지 않더란 말이야. 새벽 공부는 워낙 조용한 가운데 (사람들이 다 자니까) 하니까 잘되는데, 낮엔 놀기도 시들하여 책을 들었는데 한참을 봐도 그 페이지만 읽고 있더란 말이지. 무슨 딴 생각을 하고 앉았던지... 하여간 시간을 좀 더 경제적으로 보내야겠다는 생각을 하고 있다.

최근에 우리 사동에서 두 명이 집행유예로 나갔고 새로 두 명이 들어왔다. 왔다가 가고 갔다가 또 오는 모양이야. 새로 들어온 사람이 있으면 신입 환영식도 해 준다. 투쟁 의지를 높이고 서로 소개하며 인사하고 노래 부르고 샤우팅(*창살에 얼굴을 대고 바깥을 향해 구호를 외치는 것) 하고... 요즘 이 안에서도 귀를 세우고 있노라면 얼핏얼핏 굵직굵직한 사건들이 터지는 걸 들을 수 있는데 무엇이 어떻게 된 건지 자세히 알 수는 없고 다만 궁금해 할 뿐이지. 뭔가 급박한 기류가 닥친다는 걸 막연히 느끼면서 말이야.

'역할 분담'에 대해서 이야기해 보자.

네가 편지에 이렇게 썼더라. '사랑에는 책임과 의무가 있다'고. (내가 정확하게 기억하는지 모르겠다만, 내용상 의미가 다르진 않을 거야.) 그 말이 맞는 것 같다. 솔직하게 말하면, 나는 책임과 의무를 희영이한테 많이 미뤘다는 생각도 든다. 어떤 책임과 어떤 의무라고 꼭 집어서 말할 수 없지만, 희영이가 나에게 주는 것을 고맙고

즐거워할 줄만 알았지 내가 희영이에게 무얼 주었을 때 희영이가
즐거워할 것을 생각지 않았다, 아니 알면서도 그렇게 하지 않았다.
(희영이가 제일 싫어하는 것인데.)

왜 그랬을까? 역할 분담도 언제나 나는 받고 희영이는 주는 것으
로만 되기를 무의식적으로 · 암암리에 바랐던 건 아닌가? 이건 또
왜 그랬을까? 간단하게 말하면 내가 이기적이고 인간이 덜 되었기
때문이라고 말할 수 있겠지만, 그렇게 말하면 개선의 의지나 처방
은 보이지 않거든. 주는 즐거움이 얼마나 큰 것인지 아직 모르고 있
기 때문이라고 하면 어떠냐? 그래도 너무 뻔뻔스럽나? 글쎄 그게
어떻게 된 건지, 너한테 여러 차례 강력한 어필을 받으면서 내 스
스로, '나는 뻔뻔스런 놈이야. 도대체 나란 인간은 어떻게 되어먹은
놈이길래 이렇게 이기적이람? 정말 나 이외의 다른 사람을 진정 사
랑한다고 할 수 있을까? 그런 가능성이 조금이라도 있을까?' 이런
질문을 해 보고, 자신의 모습을 추하고 또 때로 사악한 이중인격자
로 비판해보긴 하지만 행동으로 잘 나타나지 않는 걸 어떡하느냐
말이야.

그런데, 그렇다 하더라도 '내가 다른 사람을 (최소한 희영이를) 진
정으로 사랑하지 않는다'는 명제에 대한 반증은 얼마든지 있거든.
물론 그게 절대적인 것으로 (인간이 내가 감히) 단정할 수 없지만,
어떤 상황에서 느끼는 감정 혹은 순간순간 감정의 그 어떤 점을 보
면 내가 희영이를 특별한 관계로 만난다는 게 위선이 아니라고 느
껴진단 말이지. 이 사실 자체가 또 하나의 위선과 가식의 껍데기가

될지도 모르지. 하여간 난 이런 생각을 하면 결국 끝없는 순환에 빠져버린다. 다시 역할 분담으로 돌아가서 구체적으로 이야기하자면, 책임 없는 말이 되겠지만 나로선 지금 당장 손에 잡히는 건 없다. 다만, 우리 두 사람의 역할이 어떻게 분담되어야 하는가 하는 것에 대한 원칙은 이렇게 생각한다.

- 각자에게 주어진 역할 분담은 상대방뿐만 아니라 자기 자신, 그리고 두 사람 모두를 다같이 성숙시키고 발전시키는 유익한 것이어야 하며
- 유익하도록 운용되어야 한다.
- 역할 분담의 내용은 자발성에 기초해서 각자의 능력을 최대한 발휘시킬 수 있는 것이어야 한다.

여기에 대해서는 네 의견도 들어보고 쓸게.
하여튼, 그 모든 것에도 불구하고 나에게 가장 소중한 사람은 어머니와 희영이 두 사람이다.
감기 조심하고 건강하게 잘 있어라.

10월 20일. 경식

희영아, 오늘은 비가 무척 많이 온다.

농작물의 가을걷이에 지장이 많겠지만, 비가 오니 기분이 별로 나쁘지 않다. 농부를 생각하기 앞서 당장 지금 이 빗속을 걷고 계실 어머니도 있는데, 비가 오는 걸 보고 감상적이 되는 내 정서가 퇴폐적인 자본주의 정서인지 어떤지 모르겠지만...

하여튼, 이렇게 비 오는 것만 보면 왠지 기분이 좋아지는 ('좋아진다'고 표현해선 적절하지 않을 것 같고 일상적인 어떤 분위기와는 질적으로 다른 분위기 즉 말하자면 '질서'에서 벗어난 '혼돈', 창조 이전의 '무질서'의 분위기가 적절할 것 같다) 까닭은 아마 비와 함께 연상되는 여러 가지 개인적인 사건들이 나의 정서 혹은 세계관에 심각한(?) 영향을 끼쳤기 때문이리라. 국민학교 때 비는 억수같이 쏟아지는데 쓰고 갈 우산은 없고 학교는 멀고... 비 맞고 학교 가기는 비를 맞는다는 사실보다 비 맞고 학교에 가야 하는 처지가 급우들에게 폭로된다는 사실 때문에 죽어라 싫고, 어머니는 불타는 교육열에 아들이 조금이라도 더 배우게 하려고 때려서라도 학교에 보내려 하고... 결국 천 조각(아마 이불 호청의 일종이었으리라)으로 눈만 빼 놓고 온몸을 감싸고 등교하는 늦은 등굣길, 다른 사람의 눈에는 내 눈밖에 보이지 않으니 그 누구도 나를 알아보지는 못할 것이라는 사실로 인한 안도감, 지나가는 행인이 나에게 던지는 시선과 동정하는 말 등등... 국민학교 2학년 때의 이 일이 내 기억에 얼마나 강렬하게 각인되어 있었던지 비가 올 때마다 그때가 생생하게 되살아나곤 했지. 그런데 세월이 흐를수록, 세월과 함께 나는 어머니의 소원을 만족시켜 드리기 위해 착실한 그리고 굳은 의지와 인간성을 닦아나가는 소위 '견실한' 청년이었고, 어릴 때의 그 기억은 미래를 향한 의지의 칼날을 갈고닦는 나에게 언제나 신선한 각성제 역할을 했었고, 맨 순간순간의 성취된 내 모습과 그 당시의 그 모습을 비교하면서 야릇한 승리감 혹은 성취감을 음미하느라 빗속을 걷는 것을 어떤 색깔 있는 분위기와 함께 연상했는지도 모르지.

이 기억 이외에 또 하나, 억수같이 쏟아지는 빗속에서 목 놓아 울던 비둘기 한 마리. 요즈음은 혼자서도 잘 웃는다. 비나 안 맞고 다니는지 걱정된다. 안개비가 내리던 무주구천동.

네가 운다는 이야기가 나왔으니 말인데, 너의 그 성격이 참 마음에 들더라. 무슨 말인고 하니, 마음속에 있는 것을 직설적으로 드러내서 자기의 의사를 분명히 표시하고 관철시키려는 성격과 의지, 이런 것이 마음에 들더란 말이지.

(...)

내일은 집에 편지하고 모레 편지할게.

안녕

10월 21일

경식, 비 오는 인왕산을 바라보면서

경식 씨, 배고픔을 못 견디고 결국 커피를 아주 달게 먹는다.

속상해. 엄마로부터 마지막 통고를 받았어.

결혼 승낙 같은 건데, 조건부 승낙이야. 결혼하는 그 순간부터 나는 가족과 인연을 끊게 된다. 어차피 법률상 그렇긴 하지만, 나는 우리 가족으로서 인정을 못 받게 되는 거지. 결혼식장에도 안 오고, 일체의 관련 없는 남남이 되잖아. 그러면서 이런 일에 관한한 엄마가 얼마나 매섭게 일을 하는지, 즉 단념을 할 수 있는지 현실적인 예를 들어가며 들려주시더군.

그런데 결국 따지고 보면 엄마와 아버지의 이해관계인 것 같아. 겉으로 드러나지 않았다뿐이지 대한민국의 여느 여성과 마찬가지로 우리 엄마도 '恨'을 가지고 자식들에게 의지하여 오신 분인데... 아버지는 그렇다 치더라도 엄마에 대해선 찢어질 듯한 마음이야. 정말 괴롭다 경식 씨 말 좀 해다오. 앞으로 경식 씨 자취 문제도 그렇고 내 문제도 그렇고, 헤쳐 나가야 할 것들이 우리 앞엔 너무도 많은 것 같아.

나는 소용돌이 속에, 복잡하게 얽힌 실타래 속에 들어가 있는 기분이야.

사실 이런 얘기는 되도록 안 하려고 했는데, 미안해.

(...)

아기처럼 들뜬 마음으로 목요일을 기다린다.

1986. 10. 21. 영

어머님에 대한 경식 씨의 생각(아, 뒤바뀌었네)... 여느 엄마와 마찬가지로, 아니 더욱 더, 자부심으로 또 믿음으로 똘똘 뭉쳐 있어. 경식 씨는 어머님께 삶의 발판이었다고도 할 수 있을 정도로 말이야. 어깨에 무거운 부담을 느꼈을 것이라고 실감해. 서울대학교에 다닌 아들에 대한 자부심! 내가 만약 고등학교만 나오고 집도 가난 했었다면 나는 아마도 남자네 식구들과 남자네 사람들을 만나면서 먼저 색안경(선입관)을 쓰고 바라보는 그들에게 어떤 굴욕감 같은 것을 느끼면서도 그저 가만히 잘 보아주기만을 고대했을 것 같다. 다른 사람 집에 들어간다는 것이, 즉 결혼이라는 것이 얼마나 관습적이고, 선입견을 가지고 시작하는 것인지 실감했다.

(...)

월요일(10월 20일) 사무실에 도착하니 황 선생님이 편지를 건네주는데, 그건 바로 내가 경식 씨에게 보낸 편지였어. 꽃과 나비를 봉투에 그려 넣은... 순간, 모든 사람들이 돌려가며 봤을 것이라는 생각에 매우 불쾌해지더군. '구치소'라는 글자 때문에 그들 나름대로 상상하고 추측했을 것이 뻔해지면서, 이해하지도 못하면서 내게 단지 동정만을 퍼부을 것을 생각하니 정말 기분 최악이었어. 그런데 그것이 만약 경식 씨 고시 합격 편지였더라도 내가 그랬을까? 경식 씨의 행위가 정당하다고 내가 진실로 굳게 믿고 있다면 다른 사람들의 몰이해-이것은 일종의 합리화에 불과한 것이라는 생각이 들어-야 무슨 상관이겠어. 누가 뭐래든 나는 아무렇지 않을 것이고 자랑스러울 것이니까. 이것을 문제시한 것 자체가 문제인 것 같다.

1986. 10. 22. 영

지금 막 목욕하고 온 길이다. 매주 목요일은 목욕하는 날. 여기 와서 너무 깨끗해진 것 같다. 이러다가 '羽化登仙' 신선이 되지나 않을까 걱정이다. 그런데 물이 너무 뜨겁다. 애새끼들 하는 짓이란 게 늘상 그렇듯이 대중없이 물을 뜨겁게 해 놓고선 찬물 끼얹어 주며 대충 하라네. 하여튼, 물이 뜨겁든 차든 일주일에 한 번씩 있는 '행사'이니만큼 사람들은 와자하게 즐겁다.

어제 네 편지 받았다. 10월 11일에 썼다가 다시 반송된 걸 되부친 편지였다. 우체국 소인은 10월 20일로 찍혀 있더라. 편지 봉투에 네가 쓴 이유를 보니 정말 '개새끼들이구나' 싶더라. 도대체 내가 쓴 편지가 네게 제대로 들어가는지나 모르겠다. 밖에서 안으로 부치는 편지는, 만일 문제가 있을 경우 다시 되돌려 보낸다만, 안에서 밖으로 부치는 편지는 문제가 있을 때 휴지통으로 바로 들어가버리는 모양이야. (새까맣게 지울 수도 없을 경우에는 말이야.) 편지 검열 문제나 私冊 문제는 소 내에서 주기적으로 싸워온 모양이지만 별 개선 사항이 없나 보더라.

담요에 대해서 말할게. 담요는 솜이불처럼 거추장스럽지도 않은

게 이런 데선 참 편리해, 물론 따뜻하고, 특히 거기에서 어떤 사람의 정성을 느낄 때는 더 그렇지. 호랑이 담요 두 개, 정말 포근하게 덮고 잔다. 그런데 저번에 네가 면회 와서 담요 한 장을 또 넣는다고 했을 때 나는 그러지 말라고 했지. 그럴 필요가 없다고. 담요는 충분히 있다고, 다른 사람들에 비해 나만 너무 여러 가지 물건이 많아서 싫다고 그러면서. 면회실에서 널 보내고 들어오니 담요가 뒤따라 바로 들어오더라. 아무리 생각해도 이 이상의 담요는 필요 없고 해서 다음날 '세탁물 차압!' 할 때 밖으로 내보냈어. 언제 내보낼까 하는 걸로, 즉 희영이 집이 이사 가고 난 후에 할까 즉시 할까 잠시 고민했지만, 그때까지 두면 좁은 방도 그렇지만 먼지만 앉겠다 싶어서 바로 다음 날 내보낸 거야.

그런데 내보내고 나니 영 기분이 좋지 않더라. 신경 써서 해준 건데 그것도 몰라주고 (사실, 모를 리야 없지, 까닭이 있어서 그렇지)... 아무리 까닭이 있다고 해도. 그날, 희영이가 내보내지 말라고 당부까지 했는데... 그리고 며칠 뒤엔가 받아본 네 편지에 담요 사연이 적혀 있더라. 그제야 담요가 단순한 담요가 아니라는 걸 피상적이 아니라 깊이 (눈시울 뜨겁게 라면 너무 상투적이고) 깨달았지. 마치, 어머니가 들이미는 곰탕 그릇을 물리치고 난 다음처럼 허전하더라. 무슨 이야기냐 하면, 내가 모처럼 대구에 내려가면, 객지에서 고생하는데 몸보신을 충실히 해야 한다며 어머니는 항상 닭이나 소뼈를 삶고 고아서 뻑뻑하게 나에게 먹이고 내가 먹는 걸 흐뭇하게 바라보신단 말이야. 그런데 그 곰탕이 아침에 눈 뜨면 한 그

룻, 점심 먹지 전에 한 그릇, 점심 먹으면서 한 그릇... 이러다 보면, 서울서 세 끼 제때 찾아먹지 못하다가 세 끼 꼬박꼬박 먹는 것만 해도 배부를 지경인데 따로 아침에 눈 뜨고부터 곰탕 그릇이 코앞에 디밀어지면, 위장 속에서 소화가 덜 된 닭 허벅지 살이나 양지머리가 짜증을 내며 밖으로 튀어나오려 한단 말이야. 내가 어머니 마음을 읽지 못하는 것도 아니고, 돼먹지 않게 그 마음을 만족시켜 드리지 않는 것도 아니지만 몸이 말을 들어줘야지. 나중엔 짜증을 내고 만단 말이야. 약간 과장하면, 집에서 먹는 곰탕은 '의무'를 짓씹는 맛이어서 밖에서 사먹는 곰탕의 그 맛을 못 느낄 수 있단 말이지. 담요와 곰탕은 객관적 조건이 다르지만 (곰탕에서는 위장의 부담밖에 없지만 담요에서는 방이 좁다는 등의 이유 외에 대인관계에서의 부담감 등이 있다, 대충 비슷하다고 할 수 있겠지.

물론 '의무'를 짓씹는다는 건 지나친 표현이지만 그렇게 될 가능성을 전혀 배제할 순 없을 거야. 한 사람의 사랑이 다른 사람에게 의무로 받아들여진다면 얼마나 슬픈 일인가? 그러나 사람이 사는 생활 주변에는 그런 것이 참 많은 것 같다. 여기에 대해 네 생각을 들어보자. 네 생활(나를 포함한 생활)에서의 이야기를.

담요 이야기가 너무 길어져버렸다.

대구 집 소식을 너를 통해서 듣는 것도 새로운 맛이던데...

명순이 상근이 희수(축하한다고) 혜림 정희 네 언니 형부 부모님, 그리고 많은 사람에게 안부 전해다오. 보고 싶은 희영이야 건강하게 잘 있어라. 힘들겠지만, 더욱 힘내고.

안녕, 희영 씨.

요즘은 매일 아침에 아현동까지 뛰어갔다 돌아온다. 5시 40분쯤
에 일어나서 세수를 하고 나서 2사에서 뛰기 시작하면 구치소를 나
설 때쯤 기상나팔이 울린다. 서대문로터리까지 가면 숨이 차기 시
작하지만 조금만 더 가서 고가도로가 끝나는 곳까지 가면 평안해진
다. 그다지 빨리 뛰는 건 아니지만 일정한 속도를 계속 유지하려고
노력한다. 아현 전철역에서 골목으로 꼬부라져 들어가 희영 씨 집
앞에 도착하면 거기서 보건체조 하고 희영 씨 세수하는 요란한 소
리, 꾸중 듣는 소리 등을 몰래 듣고 희영 씨가 나오기 전에 후딱 다
시 돌아온다. 올 때는 서대문로터리까지는 뛰어오는데 그 다음에
는 걷는다. 힘들어서. 조금만 더 노력하면 이제 곧 왕복을 모두 나
는 듯이 빠르게 뛸 수 있을 거야. 하여간, 거기서부터 걷기 시작해
서 구치소 2사까지 오면 대개 아침 식사시간이 가까워져 있다. 식
사하고 설거지하면 곧 '집필' 시간, 희영이나 동생에게 편지한다. 매
일 아침 집 앞까지 찾아가서도 부모님께 인사도 하지 않는다고 너
무 섭섭해 하지 마라. 입고 있는 옷이 내복이라 어디 그런 차림으로
어른을 뵐 수가 있겠나?

어제 보낸 편지 보고 화가 나지 않았나 걱정을 한다. '의무를 짓씹는다'고 한 비유가 지금 현재의 내 본심이라고 오해할까 봐 가슴이 두근거릴 정도이다. 설마하니 내가 아무럼 그렇게 생각하기야 하겠냐마는 그래도 (내가 바뀌어서) 그렇게 될 수도 있다는 가능성만을 이야기했을 뿐이야. 그런 가능성을 알고 있을 때 우리는 그걸 경계할 수가 있거든. 하여튼 그건 중요한 문제라고 생각한다. 아직 네 생각을 들어보지 못해서 내가 어디서 무슨 말을 해야 할지 모르겠지만, '사랑의 소외' 현상의 극치가 아닌가 생각된다.

각설하고, 어제 접견실에서 널 봤을 때, 희영이가 나를 많이 보고 싶어 했구나 하고 생각했다. 말도 막 더듬고 말이야. (좋아 좋아!) 정리해 오는 건 상당히 좋더라. 그리고 될 수 있으면 사람들을 만나보고 운동권의 흐름을 읽을 수 있으면 좋겠다고 생각했다. 언제 어떤 장소에서 어떤 상황에서 만나더라도 항상 여유를 가지고 서로의 얼굴을 바라보자. 믿음으로, 서로의 무한한 가능성에 대한 믿음을 가지고, 여유를 가지고 서로 바라보자. 항상 옆에 있으니까 새삼스럽게 긴장할 필요도 없는 것 아니겠어? 내가 대학교 2학년일 땐가 막내 동생이 나에게 보낸 편지에서 이렇게 썼더라. "오빠가 보고 싶을 때는 눈을 감고 가만히 생각해보면 오빠 얼굴이 보입니다."라고... 나도 누군가가 보고 싶을 때는 가만히 눈을 감고 그 사람을 생각하게 되었다.

(...)

희영아, 힘들더라도 참자. 힘든 게, 고통이 또한 즐거움이 아니냐.

편하게 살려면 한정도 없는 거고, 이 시대의 민중이 그걸 용서하지 않을 것이고 또한 그게 편하지가 않단 말이지.

집에서는 여러 가지 현실적인 문제가 지금 벌어지고 있을 거라고 예상, 혹은 行間을 읽고 있는데, 마음속의 심지를 굳게 다듬고 현명하게 슬기롭게 어려운 문제를 헤쳐 나가길 빈다. 힘들고 어려운 문제를 너에게만 맡겨 놓고 와서 미안하다는 생각은 늘 한다만, 네 표현을 빌자만 '말로만?'이다. 어쩔 수가 없네. 구치소 담이 높아서 '글자로만!'일 뿐이다. 내가 하고 싶은 이야기로 한 마디 덧붙이자면 아무리 상황이 나쁘다 하더라도 그분들(혹은 주변의 사람들)에 대해 어제 이야기했던 사랑과 정성에 대한 반대급부로서 '의무를 짓씹는' 격이 되어서는 안 되며, 네가 그분들에게 또 그분들에 네게 그렇게 되지 않도록 분발해라.

자, 이제 그만 줄일게, 또 비가 오려나 날씨가 흐리네, 건강해라.

안녕.

10월 24일, 당신의 사람이

시간을 절약하기로 했어.

경식 씨 기다리는 시간이 한 1시간에서 2시간 정도는 되거든, 이 시간이 그렇게 지루하고 춥고 그래. 그래서 편지를 쓰기로 했지. 그런데 여기는 너무 오픈되어 있는 것이 커다란 흠이구나. 경식 씨는 보통 때는 그냥 가만히 있어. 마치 심어 놓은 나무가 그냥 자랄 수 있다고 생각하는 것처럼, 내 것이라 이름붙인 것이 그냥 그대로 계속 있을 수 있다고 생각하는 것처럼. 내가 가끔 화를 내고 그래야만 그때서야 다시 생각해보고 그런단 말이야. 어쩌면 그때에 맞추어서 경식 씨가 행동 표출에 어떤 변화를 드러내는 것인지도 모르지만. - 이것은 5%의 가능성만 있을 뿐! -

아무리 생각해봐도 나는 바보인가 봐.

어제는 그렇게 애타게 기다리고 보고팠던 '님'을 만났는데 어떤 의무감과 강박감에 그만 잘 보지도 못하고... 그래도 얼핏이나마 정신 없이 보고나니 좋더라.

집에서는 내가 아무 것도 모른 채 사랑 타령에 빠져서 혹은 경식 씨의 나쁜 꼬임(?)에 넘어가서 어린애처럼 무턱대고 이런 줄 알아. 엄마는 매일 신중하게 다시 생각해보라고 하시거든. 서로 생활방식이 다르니 말도 안 되고... 그래서 가만히 있는 거야. 시간이 흐르면 경식 씨를 이해해 주시겠지 하면서 말이야. 사실 답답한 것은 나고, 식구들의 현실적인 지적에 두려워서 어떻게 해야 할지 모르겠기도 하고... - 나를 부르나 보다 -

오늘 변호사를 만났어. 이번 주 초에 한 번 접견하시겠대.

얘기 잘해 보시오.

86. 10. 24. 영

출정일을 받아놓고

희영아,

어제(24, 금) 변호사 만난다고 했는데 어떻게 되었는지 궁금하다. 5시 약속인데, 그것도 길거리에서, 5시 15분까지 우리는 구치소 접견실에서 얼굴을 마주보고 있었으니... 얼마나 가슴이 답답하고 안타까웠을까, ***(검열 삭제)*** 욕도 했을 거고, 원망도 했을 거고... 그렇다고 접견 신청해놓고 그냥 갈 수도 없고.... 하지만 길거리에서 만나기로 해놓고, 약속시간이 늦어 그때 가도 있을지 없을지도 알 수 없고... 나를 만나고 가리라 선택하고 가슴을 졸이며 기다려 나를 만났는데 내가 하는 말이란 게 "그런 약속을 어기면 어떡하니?" 다분히 힐난하는 듯한 말투. 야속하게 느꼈으리라. 나도 널 돌려보내고 돌아와서 생각하니 그렇겠더라. 가슴이 얼마나 무겁고 답답했을까, 미안하다. 사실 너보다 내가 정신적으로나 육체적으로 편한 입장이어서 그런지, 잠시 잠깐 네 생각을 깊이 하지 못한 것 같다. 바깥에 있을 때 어떤 선배 하나를 만났었는데, 그 사람은 출감한 지 얼마 되지 않은 사람인에 이렇게 말했다.

"나는 안에서 편하게 지냈는데 사람들이 자꾸 나더러 '고생 많이 했지?' 하면서 위로하려 드는 통에 미안하고 무슨 말을 해야 할지 아연해지더라."

나도 같은 입장이다. 대구 집에서나 혹은 너한테서나 (너는 좀 덜 그렇다마는) 위로의 말을 들을라치면 그렇단 말이야. 그러니, 어제 편지에도 썼다만, 우리는 항상 옆에 있으니 서로를 담담하게 여유 있게 바라보자. 초조해하지 말고. ***********(검열 삭제)****** 1년 6월 을 구형받은 혹은 선고받은 폭력범이나 절도범과 다른 것은 아무 것도 없다. 밥 먹고 열심히 운동하고 깨끗하게 씻고. 1년 6월을 구형받은 피의자가 하루하루를 '깨는' (깬다고 표현한다) 마음과 무기수가 하루하루를 깨는 마음이 같다는 걸 깨달았다. *******(검열 삭제)*****(사형수?)(전번에 접견실에서 보았던)도 나 그리고 다른 사람과 마찬가지일 거야. 과연 무슨 차이가 있을까? 그건 체념이 아니라, 하루하루를 나름대로 열심히, 주어진 조건하에 최선을 다해서 사는 모습이라고. 내가 고등학교 다닐 적에 7~8년 후에 서울구치소에 갇힐 것을 알았다면 어땠을까? 그런데 지금 아주 만족스럽게 살고 있단 말이야. 희영이도 마찬가지가 아닐까? 사람은 환경과 부단히 상호작용을 하며 자신을 유지시켜 나간다. (때로 부정적 의미의 '적응'이 있을 수도 있겠지.) 이것을 '발전'이라고도 하지. 이건 누구에게나 다 적용이 가능한 원리라고 생각한다. 희영이가 어머니 이야기를 했는데, 어머니의 경우에도 마찬가지라고 생각한다. 물론 양적인 차이를 무시하는 것은 아니다. 하지만 어머님도 변화하실 거야. 나쁜 방법으로 어머니를 속이거나 위장함으로써가 아니라, 성실하게 사는 모습을 보여드림으로써 희영이가 그리고 내가, 주변 동지들의 건강하고 인간적인 삶을 보여드림으로써 어머님도 변화하실 거야.

새삼스럽게 집안 문제를 심각하게 생각할 필요는 없는 것 같다. 그것은 처음부터 전제되었던 거고 당연히 예상했던 거란 말이지. 언젠가 네가 내게 말했듯이 "객관적·주관적 조건과 상황의 개인차를 침소봉대하여 비관적이 되거나 극단적으로 낙관적이 되면 곤란하겠지."

시련과 고난을 통해 더욱 튼튼하게 단련되는 게 무엇 무엇이 있을까? 또 어떠어떠한 사람들이 있을까? 그런 예를 우리 주변에서 하나씩 꼽아 본다면...

"혼란과 시련의 헝클어진 실타래 속에 서 있다." "태풍의 눈 속에 서 있다." 우린 그걸 예상했었다. 이제 그게 우리 앞에 다가왔다. 우린 그걸 피해서 갈 생각은 처음부터 하지 않았다. 피해서 간다면, 우린 영원히 같이, 그리고 서로에게 보람되게 '그곳'에 갈 수 없음을 진작 알고 있었거든.

(...) 신촌 '웅지고시원'에 붙어 있던 '잔잔한 바다는 노련한 사공을 만들지 못한다'는 글귀가 갑자기 생각나네.

희영아, 항상 건강하고 명랑해라. 안녕

영원한 당신의 사랑 경식 10월 25일

오후 1시에 일어나면서 엄마한테서 얼마나 야단과 욕을 들었던지, 나 아마도 장수할 것 같아. 새벽녘에 들으니 굵은 비가 거침없이 내려오던데, 공기가 맑고 차고 상큼하다. 어쩌니? 일요일엔 10시 이전엔 도저히 못 일어나겠는 걸. 이삿짐은 거의 다 쌌어. 왜 그리도 자잘한 물건이 많은지. 1주일 동안, 옷과 부엌세간, 침구만 빼고. 시간 되는대로 계속 미리 갖다 놓으려고. 아버지의 책과 수석들은 미리 학교에 갖다 놨고. 너덜너덜한(?) 솥뚜껑과 속이 새까맣게 탄 냄비를 버리고 가겠다고, 하도 많이 기워서 더 이상 기울 수가 없어 빵구난 채로 입었던 엄마 속옷을 버렸다고, 엄마가 얼마나 큰일 한 듯 얘기하시는지, 당연한 것을 가지고 말이야. 새로 지은 아파트가 너무너무 밝고 깨끗해서 우리의 지저분한 세간을 어떻게 갖다놓을지 모르겠다고 해서. 그렇겠지 뭐. 지난밤에는 커튼 색깔을 골랐어. 내 방에만 핑크빛이 나는 예쁜 것으로 하기로 했지. 이사 갈 아파트에 한 번 갔다 오시더니 자가용이 쭉 늘어섰다고, 다들 부자인가 봐, 수준 높게 살아야겠다고 걱정도 하시면서. 안 가지고 가는 것 없이 몽땅 다 가져가. 일단 가지고 가서 보겠다셔. 이모가 쓰던 자개장, 냉장고, 세탁기, 전화기, 전자렌지, 가스렌지 등등 얻거나 사는 것도 많고. 그동안 어찌 살았나 싶게. 이젠 정말이지 두 번 다시 이사 안 하련다. 정신없이 복잡하고, 지겨울 정도로, 아~이~ 고~~~

비가 오면 나도 국민학교 1학년 때 생각이 나.

오후반이었는데, 엄마는 입학하고 한 2~3일만 같이 다녔고, 그 뒤로는 계속 나 혼자 다녔거든. 우산을 쓰고 갔는데, 교실에 들어가려면 우선을 접어야 할 텐데 우산 접을 줄을 잘 모르고 - 사실은 우산을 접을 때마다 살갗이 어찌 된 건지 고리 속으로 자꾸만 들어가잖아, 접을 때마다 징징 울고... 그래서 혼자 생각하기를 '집에 가서 엄마한테 해 달래야지'

그런데 집에 가서 엄마한테 얼마나 야단맞았는지 몰라. 다른 사람에게 부탁하지 않고 우산을 펼친 채로 그냥 집까지 가지고 왔다고. 나중에는 어떻게 해서 접는 방법을 익히긴 했는데, 이제는 지각이 문제더라고. 학교 안 가겠다고 문 앞에서 얼마나 울었는지... 결국은 갔지만. 얼마나 바보 같니? 그렇게 내가 맹꽁이였어. 그때에 비하면 지금은 장족의 발전을 했다, 그지? 엄마 치마꼬리만 붙잡고, 혼자 있으면 말 한 마디 못하고 눈을 떠도 정면을 제대로 바라보지도 못한 채 얌전하게 앉아만 있었어. 그랬던 내가 부모님에게 내 권리(생활)를 찾겠다고 정면으로 맞서니 말이야.

천천히 생각하면서 우리 서로 얼굴과 얼굴로 만날 날을 고대해 보자.

1986. 10. 26. 영

"잠을 자야 꿈을 꾸고 꿈을 꿔야 임을 보지."

내가 처음 왔을 때 있던 6명 중 4명은 이미 집행유예로 나갔고 한 명이 오늘 언도 받으러 갔다. 집행유예로 나간다면 점심 때 안 들어올 거고, 실형 받으면 다시 들어온다. 그 사람이 죄목이 폭력인데, 술사기 고스톱 쳐서 딴 사람이 술을 조금밖에 안 산다고 해서 술김에 그 사람을 한 대 쳤는데 진단 1주(입술이 약간 부르튼 정도) 나왔고, 마침 그 시기가 "민족의 대제전 아시안 게임"을 맞이한 특별 대청소 기간이었던 터라 기소되었고, 35조(누범에 관한 조항)에 걸려 아마 1년 정도의 실형을 살 것 같다. 뭐 대충 이런 사람들이 여기 구치소에 있지. 소문을 들으니 또 '100일 소탕 작전'에 들어갔다는데, 벌금형을 때려도 국고수입이 어마어마할 거야. 형무소는 국가 질서를 위한 것이고, 국가 질서는 누구를 위한 국가질서일까? 하여튼 그 사람이 언도 받으러 갔으니 집행유예로 나가길 빈다.

어저께가 10월 26일이었다. 한 마디로 격세지감을 느꼈고, 우리 운동의 질적인 발전을 그리고 지금에 이르기까지의 유명·무명의 수많은 형제·동지들의 피땀을 생각해보았다.

(...)

그리고 한 가지, 동생들이 내가 생각하는 것보다 현명하다, 라는 말이 무슨 뜻인지 잘 이해되지 않더라. 좀 자세하게 적어 주지... 가슴을 내리누르는 말 못 할 어떤 감정에 싸여 있었던가? 네가 보낸 편지를 받을 때가 제일 좋더라. 그리고 네가 동생들 이야기하는 것,

그리고 동생들이 네 이야기하는 것이 보기에 좋더라. 그렇게라도 하지 않으면 너하고 함께 동생을 마주보고 어떻게 이야기하겠니. 너를 통해서 동생들 소식 듣는 게 재미있다고 한 적이 있는데, 그런 이유 때문이다.

희영이가 월급 받았을 텐데... 소주 한 잔, 빈대떡 파전 먹고 싶다는 생각이 어저께 갑자기 들더라. 하긴, 여기 있으면 사람들이 정상적인 일상생활을 못해서 그런지 아주 사소한 일로 잘 싸우고, 엉뚱한 생각이나 하길 좋아한다. 말은 자유롭게, 공짜로 할 수 있고 입은 항상 열려 있으니 모든 욕구가 입으로 다 발산되는 모양이다. 그래서 혼거 (여럿이 한 방을 함께 쓰는 것)가 좋기도 하지.

요즘 〈장길산〉(4권까지 봤다)과 〈한국 사상의 심층 연구〉를 보고 있다. 전자에 대해서 말하자면, 아직 다 보지 않아서 모르겠지만 〈임꺽정〉(홍명희)과 비교해 보면 문체가 화려하고 군더더기가 많은 것 같고 (〈임꺽정〉은 군데군데 삽입되는 에피소드가 멋지거든, 깔끔하고) 〈토지〉와 비교해서 말하자면 사실성이 부족하다고 느꼈다. 자세하게는 나중에 같이 이야기해보자. 이만 줄일게.

인왕산 아래서, 위생 처리 중인 엔진의 구동 소리를 들으면서

10월 27일 경식

경식 씨, 사랑이 상대방에게 의무로 받아들여진다(사랑의 소외)는 현상이 낯설어서 잘 받아들여지진 않지만 말이야, 그건 사랑을 부담스럽게 느낄 때, 즉 사랑이 부족할 때 나타나는 것일 거야. 언젠가 그랬지, 목사님이 그랬다고. 어항 속의 물고기가 귀찮아하거나 싫어하거나 간에 자기는 그 물고기를 무진장 사랑하니까 꺼내 보고 만져 보고 하면서 즐기는 것이 과연 사랑인가 하면서. 사랑이란 상대방을 자유롭게 해 주는 것이라고 생각해. 자유는 관계는 하면서도 관여는 하지 않는 것, 내가 내린 정의야. 내가 부족하다고 한 것은 - 경식 씨가 말한 것은 사랑의 왜곡된 표현으로서 인간성이 상실되었을 때 비정상적으로 느끼는 사랑의 부담성이고, 예로 들었었던 곰국은 그때 잠시 나타난 현상일 뿐이지 본질은 아니므로 '의무를 짓씹는다'라는 표현을 쓰면 안 된다고 생각해. 사랑을 의무로 받아들인다는 것은 진정 위험하면서도 중대한 문제야. (솔직히 상상이 안 돼, 경식 씨의 기발한 착상이야?)

(...)

나는 너무 어리둥절해서 경식 씨에게 화를 낼 수도 없어. 다만 경식 씨가 제정신인가 의심스럽다. 정신이 병들었나? 아무튼 내가 제대로 받아들여서 어떻게 얘기를 잘했는지 모르겠지만, 우리는 그런 것들을 깨고 없애려고 이 삶을 택한 것 아니겠어?

이렇게 예쁜 편지지에 사회 병리 현상을 얘기하게 됐군. 지금 밖은 너무 깜깜하고 바람도 많이 불고 무지무지 춥다. 꼭 귀신 나오기 전 같아. 오늘은 월요일, 내 당번이야.

건강하게 살자 우리. 생활이 답답하니까 짜증도 나겠지만.

1986. 10. 27. 영

경식 씨에게

당신은 내게 편안함을 주며

동시에

당신은 내게 생각할 수 있는 이성을 줍니다

당신 안에서 나는 편안히 잠들 수 있고

당신 안에서 나는

함께 날카롭게 직시할 수 있는

힘을 제공받습니다

당신은 내게

커다란 힘의 원천입니다

1986. 10. 28.

영

뽀식아머하니?기온이갑자기급강하했어.햇빛도없고을씨년스런 초겨울을벌써느끼게한다.거기는무진장춥다고들하던데인왕산바 람이벽을뚫고들어와육체에들이닥칠때에는생각하고싶지도않은서 대문집이라고들하던데나는이런저런생각으로밤잠을못이룬단다 (눈감고말이야).얼마큼이나추운지무엇이필요한지자세하게이야기 해주면내가참고로하여넣어주는데힘이날것같아.여름엔좋지만그 외의계절은워낙실내가더욱춥거든.거기다요새같이햇빛도없으면 차라리영하10도의날씨를그리워하게되지.지옥같은네방이겠다.우 리는황선생님이숨겨놨던석유난로를꺼내와일단추위는그럭저럭면 했는데냄새때문에두통눈통이야.뽀식아자주보내주는네편지받고 힘이막난다.그런데보고픔은눈을감고떠올리기는하지만편지를읽 고사진을보곤하지만더욱깊어간다.길을가면서이리저리둘러봐도 뽀식이만한사람이없더구나.그리고네물음에내가얼마큼이나너를 만족시킬지모르겠어.동문서답하고그러니까답답하니?나도요새는 왜나는그동안이렇게할일없이세월을보냈나후회되더라.뽀식아너 는내게신선한감동을많이주지만엄청난충격도주곤해.뭐라고꼬집 어서이야기할수는없지만만나면서느낀거야.요새는무슨생각하니? 생각해보니동생시험일이한달도채안남았더구나.나름대로최선을 다하고있단다.진정자랑스런동생들이야.그들이더욱밝고맑게가을 하늘처럼생활하도록계속같이이야기하고특히원진이가사춘기를잘 보낼수있도록여지껏뽀식이나다른두동생들이보낸거와는다르게좀 더자업스럽게'집'에대해서로를터놓을수있도록모두노력하면좋겠다는뽀영님의의견이시다. 어머님에대해서도가끔생각해본다. 그동안너무고통을씹으면서살아오신분에게이제는자기의생활을가질수있도록모든여건이아직은안좋은상태이긴하지만생각해봐야할것같아. 아버님과다시합치신다는것은불가능할뿐더러더어색할것같기도하고자식들이모두각자의생활을하게되면언제까지아들만믿고생각하며사시겠니? 이건서로에게너무힘들고부담스러울거야. 뽀식이가나를믿고편안하게자기생활을할수있는거와마찬가지로나는뽀식이를믿고잘하리라굳게믿으며내생활을편한하게할수있어. 이젠마음도안정되었다니진정진정기쁘다. 사실좀요란한것은사건들이급하게드러나서그랬을뿐이야. 옛날과비교하여가만히생각해보면특별한것도없어. 어디가니? 역사는반복되는가보다. 일천구백팔십년대초를생각해보렴. 생각나니? 하나둘떨어지는낙엽이귀찮아서아예뿌리까지뽑아버린장사이야기우습지? 그목적을실현하고자그러는거야. 그냥편하게쉬어. 책은어떻게잘돌려보고있는지모르겠네. 필요한것은무엇이든말해. 늦게라도구할수있다면말야. 못하겠어? 국민학교때친구가전화했는데임신2개월째라고하더라. 그런데남편은관심이별로없다네. 이런저런수다꽃을피우다가그래도결혼하니까좋지않으냐고물으니그럼좋지하면서자랑도하더라. 결혼은좋기도하고귀찮기도하고그런가보다. 금요일을기다려본다. 이번엔이야기를잘해야지하면서, 일천구백팔십육년시월스무여드레, 뽀영이가보내본다. 영

**김포가도를 따라오다 보면
노랗게 물든 은행나무군을 보게 된다.
차창 밖의 그들과 푸른 하늘을 보며
힘찬 오늘을 다짐해 본다.

어제 저녁 먹을 때 네 편지 두 통 반갑게 받았다. 하나는 감과 사과가 있는 엽서고 하나는 코스모스가 들어 있는 봉투더라. 이 안에 있으니 계절의 변화를 별로 느끼지 못하겠다. 아침저녁 피부에 닿는 온도와 습도 등으로 느끼긴 하지만 보는 것이 맨날 그것이고, 눈에 띄는 색깔도 단조로운 그게 그것이다. 멀리 보이는 아파트, 그 속에 있을 사람들. 뭐 하는 사람들일까? 평화로워 보이기도 하고 불쌍해 보이기도 하고... 먹고 살려고 참. 아파트 하나 확보해 놓고 또 승용차 하나 더 확보하려고 이리저리 뛰고 구르고 울고 짜고 눈흘기고 뺨 때리고 쑤군거리고 야단들이겠지. 아파트 뒤에는 평화롭고 여유 있는 산이 있는데... 산이 참 좋다, 보기에.

(...)

오늘이 29일이니 이 편지를 네가 읽어볼 때는 11월이겠지. 새 희망의 11월, 맑은 하늘의 11월, 성숙하는 11월, 슬기로운 11월을 그대에게 선물하노라.

편지 쓰다 말고 하늘도 보고 구름도 보고 나무도 보면서 네 얼굴을 떠올린다.

너를 향한 내 마음이야 글로 어찌 다 쓸까, 써 봐야 금방 시시해지고, 다 하지 않은 말들은 희영이가 더 잘 알 텐데 뭘.

바람이 상큼하다. 상큼하고 맑은 바람에 아직도 푸른빛을 띠고 있는 버드나무 이파리가 살랑거린다. 이제 곧 잎이 지고 썩겠지만, 그걸 아는지 모르는지 무척 여유롭다. 아마 알면서도 그렇겠지. 자연의 순리대로인데 무엇이 아쉬울까.

한참 동안 그냥 앉았다 이젠 그만 돌아가야겠다고 생각했다.

이제 다 쓰고 나서 하늘을 좀 더 바라보다가 들어가련다.

건강해라. 안녕.

10월 29일. 경식

"감방에는 무릇 일곱 개의 통이 있나니 사람들이 일러 가로되 '7통'이라 하더라. 첫째가 食器가 출입하는 식구통이고, 둘째가 재소자가 맑은 공기를 하시라도 들이켜 건강을 유지할 수 있도록 해 주는 공기통이고, 셋째가 재소자가 혹 목을 매거나 음란한 행위를 할까 항상 간수의 눈이 감방 안 구석구석까지 미치도록 뚫어 놓은 시찰통이요, 넷째가 방 안에서 간수에게 고할 말이 있을 대 그 의사를 간수에게 알리는 패통인데, 이것의 모양은 돌출된 나무막대의 끝을 방 안에서 스위치 누르듯이 누르면 그 나무막대에 관절로 연결된 다른 나무막대가 복도로 떨어지게 되어 있는 것이렷다. 그리고 다섯째가 오행의 하나인 水, 물통이고, 여섯째가 타고 앉아 큰 것 작은 것 다 보고 온갖 배설의 즐거움을 다 누리게 해주는 뺑끼('변기'의 일본식 발음)통이고, 마지막 일곱째가 감방장의 곤조('고약한 성질'이란 뜻의 일본어)통이더라. 이 일곱 개의 통이 이루어내는 온갖 변화와 조화를 그 理에서 氣까지 깨우친 사람을 일러 가로된 뺑잽이라 하더라."

보고 싶은 경식 씨에게 희영이가 보고픈 마음으로 보냅니다.

생활철학.

모든 것은 생활 속에서 행해져야 한다.

우리의 삶이 하늘을 별을 따려는 꿈같은 것만은 아니다.

운동도 생활 속에서, 운동의 생활화.

운동을 한다는 이유로 자기 주변에 소홀하다는 것은 운동을 잘못하는 것이다. 이것이 인간다운, 인간적인 것이라면, 이것은 인간 속에서 그것도 추상적이고 멀리 떨어진 관념적인 것이 아닌 자기 주변에서 자연스럽게 생활화되어야 한다. 바쁘고 정신없이 할 일이 많다는 이유로 상대방의 일에 소극적이거나, 아주 극단적으로 왜곡된 형태 즉 서로 대화를 꺼리고 무관심해진다는 것은, 그리고 더욱이 그러한 모습을 반성하지 않으려는 태도를 보인다는 것은, 진정하게 운동을 하는 것이 아니라 운동을 핑계로 삼아 운동에 도취되어버린 것이다. 그것은 허위이며 자기기만이다.

우리는 각자 오랜 기간을 상이한 문화권과 조건 속에서 살아 왔기 때문에 서로 많이 불편·불만·불안을 느끼고 있다 하더라도 우리는 서로에게서 무한의 가능성 및 발전을 볼 수 있고, 그것을 굳게 믿고 있기 때문에, 그럼에도 불구하고 우리의 만남은 계속되어 왔고, 미래까지 계속 이어지리라 생각해. 역할 분담과 사랑의 소외 현상에 대해 많이 생각해봤어.

건강한 삶 속에서 진정 진실하게 서로를 보이고 서로를 나타내면서 이것들을 계속 이야기 주제로 삼아야 할 거야. 진정 사랑한다면 우린 서로의 물이 썩도록 가만히 두지 않을 것이고. 방법을 모색해보자, '대화'란 것을. 그리고 다른 것도. 그 동안을 반성하고, 힘들더라도 우리 건강하게 만들어나가자.

1986. 10. 29.

출정(出廷)일 받아 놓았다.
정리해야지, 지금. 조용히 앉아서.
맑은 하늘을 보낸다.
10월 31일 금, 경식

경식씨, 오늘 아침 편지 받고 내내 즐겁다. 숨을 깊이 들이마시고 내뱉으면서 가을의 맑은 공기와 하늘을 느껴 본다. 이젠 마지막 정리 단계인 것 같아.

내 생각은, 지금까지 무엇 조직적으로 한 것이 별로 없다고 조급히 생각하지 말고 깊고 넓은 호흡으로 장기적으로 보자. 지난 5~6년 때문에 앞으로의 20~30년의 생활이 잘못된 영향을 받아서는 안 되기 때문이거든. 어떤 상황 어느 곳에서건 진정 중요한 것은 자기 확신이지. 난 경식 씨가 전체와의 관련 속에서 객관적으로 현실을 다시 한 번 봤으면 해.

경식 씨가 말하는 것은 관념적이야. (단적으로 말하기는 좀 그렇지만 말이야.) 현실적으로 행동은 거기에 못 미치거든. 내가 생각해봐도 그건 우린 현실에서는 아직 이른 '空論'이라고. 밖에 나와서 이 사람 저 사람 마구잡이로 만나지 말고 이번 겨울 조용히 자기의 '일'에 대해서 설계하면 좋겠다는 바람이야. 그리고 이젠 학생이 아니니까 여기저기 집시처럼 떠돌지 말고 한 곳에 정착해야 하거든. 최소한 생활은 해야지, 방을 구했으면 해. 어디다 구해야 할지 모르겠어서 동생 결혼 준비금으로 급한 대로 전세를 얻었으면 해. 생각을 듣고 싶어.

우리에게 필요한 것은 무엇이며, 진정 해야 할 것이 무엇인지, 경식 씨 정리해 보자.

민문은 그것의 체계가 새로이 다시 형성되지 않는 한, 특히나 단체의 성격과 체계가 갖는 한계성으로 말미암아 자칫 '헛건방'에 지나지 않을 소지가 있다고 봐. 나는 지금 후회하고 있어. 그때 내가 조금만 더 깊이 생각해보고 알았더라면 적극적으로 반대했을 거야.

좀 더 건강하게 생각해보고 앞으로 나가자. 조급해 하지 말고 호흡을 길게 하면서 장기적인 안목을 가지고 건강한 자기 삶을 살아가자. 어떤 때는 경식 씨가 안쓰럽게 느껴지기도 해. 욕심내지 말고 오직 '생활'에 전념해 보자.

1986. 11. 4. 영

처음엔 그랬어.

집에선 소리죽여 우느라 울음을 먹어야 했고, 학교에서 화장실에서 마음을 진정시켰고, 출근길에 연대 앞을 지날 때는 버스 안에서 울었고. 경식 씨를 보기 전에는 항상 심호흡을 하고, 학생들만 봐도 가슴에선 무언가 왈칵 치밀어 오름을 느끼며 삭이곤 했었어. 이러면 안 된다고 다짐하고 결심하고 몇 번을 그랬던가! 실천에 들어간 것은 많은 시간이 지난 뒤야.

지금은 남들이 나와 경식 씨 걱정을 내가 하는 것보다 더 해 줘.

서로를 굳게 믿고, 그 바탕 위에서 서로 자기 일에 충실해야 한다는 것을 나는 새삼스럽게 깨달았어. 나는 경식 씨가 다시 활발하게 더욱 생동감 있게 생활을 다시 할 수 있으리라고 믿어. 다만 좀 더 깊고 넓게 생각하면 좋겠다는 마음이고.

동생들이 현명하다는 것은 각자의 가슴에 현실이 아픔으로 인식되어 있음에도 그 속에서 나름대로 방법을 찾으면서 열심히 즐겁게 생활하려고 한다는 의미야. 그것이 탈춤에서처럼 슬픔·비애가 해학으로 진정 승화되었으면 하는 바람은, 아니 이러한 것도 동생들은 해낼 수 있을 거야. 식구들이 계속 그것을 숨기면서 비공개적으로 서로 아픔을 이겨나가는 것이 아니고 허심탄회하게 그것에 대해 서로 의견을 교환하면서 그것을 극복해 갔으면 좋겠다고 생각해본다. 화진 씨는 너무 자기 세계에 매몰되어 살지 말고 약간의 여유를 가지고 생활하면 해. 그러나 맏딸들이 그래, 책임감 강하고 고집 세고. 그렇지만 화진 씨는 아직 나이가 어리잖아. 내 입장에선 그래, 내가 막내기 때문에 아직 모르는 것이 많지만.

많은 사람이 우리를 많이 도와줘. (...)

가을 날씨는 정말 변화무쌍해. 아침에 흐렸다가 갑자기 비가 왔다가 오후엔 햇빛이 맑게 비치면서 포근해진 것 같다. 오빠가 왔어, 아주 온 것은 아니고, 내년 6월에 아주 온단다.

내 생각에 오빠 부서였던 해외기술실이 없어졌잖아. 그리고 지금은 신입사원 채용중인데, 시기도 안 좋고 공사도 아직 덜 되고 해서 그냥 있는 것이 아닌가 해.

거기는 너무너무 춥다던데, 제발 동상 안 걸리게 조심하면 해.

나의 이 뜨거운 가슴으로, 안아 보련다.

1986. 11. 5.

오래간만이다.

그날, 재판 받으러 간 날, 복도에서 기다리면서 밖을 내다보니까 계절이 완전히 바뀌어 있더라. 색깔이 아주 신선하더라. 여기에서는 빨간색은 전혀 볼 수가 없는데… 유심히 살펴보니까 여자들은 대부분 한 가지씩은 빨간색을 달고 다니더라.

며칠 전, 네 편지와 함께 작은 아버지 편지를 받았다. 기분이 이상하더라. 왜인고 하니, 어머니를 제외하고는 '편지'라는 형식을 통해 내게 대화를 요청한 사람이 우리 집안에서는 (어른 가운데서) 여태 한 명도 없었기 때문이다. 어떻게 보면, 내가 집안 어른들에게 매양 어린애로만 비쳤는지 몰라. 하여튼 아버지와의 관계 문제, 문중에서의 내 위치에 대한 재확인, 작년에 사고로 죽은 사촌동생에 대한 생각, 어머니 등 포괄적인 것을 이야기하면서 나에게 자제와 반성을 호소하셨다. 나를 성인으로 대하면서도 아직도 내가 어린아이인 줄 알고 계신 것 같더라. 아니, 이렇게 간단하게만 이야기할 수도 없겠다. 뭐라고 말을 못 하겠다. 우리 가족사에서의 작은아버지의 위치, 당신의 개인사를 이야기하지 않으면 이해되지 않을 문제이다. 다음에 이야기해 주마. 하여튼, 쇠망치로 뒤통수를 맞은 듯한 둔중한 통증을 느꼈다. 나를 옭아매고 있는 끈은 너무나 질기고 강하게 그리고 겹겹이 나를 견제하고 있음을 깨달았다. 어려운 문제!

네 말마따나 언제나 떳떳해야 하는데, 자신 있고 당당하게 말이야. 아직 인간이 덜 되어서 그런지, 그래 인간이 덜 되어서 그럴 거야. 작은아버지의 편지를 받고 당혹감을 느낀 것도 바로 이 점 즉 '인간이 덜 되었기' 때문인 것 같다. 정당함을 가지고 이론적으로 무장한다, 그래서 안과 밖의 자아가 정당해지만 나의 모든 행위가 사회적인 의미를 지닐 수 있으리라. 그렇지 않으면, 골방에서 혼자 눈물을 짜거나 아니면 담배연기에 찌들어버리는 그야말로 그저 그런 고민이 되어버리겠지.

안과 밖으로 정당함을 가지고 이론으로 무장하자!

이것이 우리 지식인이 끊임없이 시도해야 할 과제일 것 같다.

각설하고,

밖에서 네 얼굴을 보니 또 새로 반갑더라.

재판 일에 올라오실 필요 없다고 어머니께 말씀드려 주고…

그래도 막상 나간다고 생각하고 하루라도 빨리 나가고 싶다. 여기 있는 시간이 아쉬워질 때가 있을 테니까 조금이라도 더 보람 있는 시간으로 만들어야지.

잘 있어라, 희영아.

안녕!

방금 면도도 하고 목욕도 했다. 사람들은 때를 민다는 것보다 1주일에 한 번 있는 행사를 왁자하게 즐긴다는 것에 더 큰 의미를 찾는다. 목욕탕의 물은 뜨거워서 좋다. 기분이 참 좋구만. 사람들은 우스갯소리로 이런 말을 자주 한다. "하루 세 끼 밥 주지, 수염 길었다고 면도 시켜 주지, 깨끗하라고 목욕 시켜 주지, 도둑 안 들어오게 총 들고 지켜 주지, 운동 시켜 주지, 참말로 좋구나!" 어쩌면 진짜 좋을지도 모르지. 사회에서 천대받는 것보다 여기 오면 그래도 다 친구들이니까 말이야. 그런데 교도소에 가면 그야말로 열심히 일해서 월급 일이천 원밖에 못 받는 것은 생각도 않을 거야. 다 알고 있거든. 다 도둑놈들이고, 어디 한 군데 봉투 없는 데가 없고, 탐욕스럽게 은밀한 눈동자의 반짝거림이 없는 곳이 없다는 걸 모르는 사람이 어디 있을까?

우리 방에, 술내기 고스톱 친 뒤에 돈을 따고선 술을 조금밖에 안 사 준다고 한 대 때려준 죄로 징역 8월 선고받은 사람이 있다고 한 적 있지? 그 사람이 이제 곧 이감되어 갈 것 같은데, 나중에 만나자고 약속을 하면서도 어떻게 될지 장담을 못하겠다. 나 스스로도 섭섭한 마음이 든다. 마음 같아서는 꼭 그러고 싶지만 말이야.

그리고 네 글씨가 못생겼다고 가래(사동 청소 담당자를 보조하는 미결수)가 시비를 걸기에 우리 방 사람들에게 판정을 부탁했더니, 가래 말이 맞단다.

지금 "사책 차압 패통~" 소리가 나니 급히 나간다.

안녕 희영아,

11월 13일. 식

당신을 생각하며 씁니다.

지난여름, 그 전의 여름, 더 그 전의 여름에 우리가 놀러 가서 찍은 사진과, 당신이 내게 보냈던 편지들을 꺼냈습니다.

아름답고도 슬펐던, 많은 추억을 간직하고 있었습니다.

그것들에서 서로에 대한 믿음이 얼마나 값지고, 서로를 편안하게 해 주는 것인지 다시금 확인해 보았습니다.

지금, 당신께 당신의 생각을 들으려 합니다.

우리가 서로 동반자라면, 당신이 그렇게 생각하고 있다면, 지금껏 당신이 내게 한 행동은 어떻게 설명할 수 있을까요?

집에서 겪고 있는 문제에 대해서 내가 어떻게 대처해 나가야 하는지 주변의 여러 가지 이야기를 통하여 내게 힘을 줄 수 있겠지요. 그리고 여러 가지 주변 상황·역사·자기의 신념 등으로 나를 의식적으로 교육시킬 수도 있겠고요. 나의 비인간적인 요소 등을 꼬집어줄 수도 물론 있어야죠.

우리, 우리의 관계를 위해서 계속 노력합시다.

우리 서로 대등한 위치에서 서로를 생각할 수 있도록, 도와주고 끌어주고.

내조자보다도 동반자로서 당신 곁에 서 있고 싶어요.

당신의 적극적인 도움을 구합니다.

1987. 2. 15. 영

인간에게 책임성이란

어제 아파서 누워 있으면서 보고 싶다는 생각을 했어.

내가 전화를 하고, 1시간 내로 경식 씨가 오는 상상도 해 보고.

우리에겐 내일이 남아 있는 까닭에, 우리에겐 아직 할 일이 많이 있는 까닭에 우리는 각자 자신을 지키지 않으면 안 되지. 자신을 지킨다는 것은 육체적인 건강뿐만이 아니라 정신적인 건강함, 그러니까 마음의 평온이지. 조그마한 일이라도 자기가 맡은 일에 대해서 적극적으로 열심히 하고, 특히 경식 씨의 경우에는 신분 확보가 우선인 것 같아. 우리가 서로 이에 대해서 진지하게 이야기를 했었더라면 진작 여러 가지 의견이 나왔을 거라는 생각이 드네. 사실 나는 본인이 알아서 잘할 것이라고 여기고 신경을 별로 안 썼거든. 그런데 내 주위가 더 넓다는 것이지. 친구 오빠도 있고, 알아보는 중이야.

언젠가 경식 씨 혼자 너무 애쓰는 것 같아서 몇 마디 던졌더니 참 견하지 말라고 해서 그냥 있으려고 그랬는데, 운동가니 활동가니 이런 것을 떠나서도 인간에게 책임성은 매우 중요하고 절대적인 것 이야. 경식 씨는 조직에 대해서 너무 낭만적으로 보고 있는 것은 아 닌지? 자체 내의 계속적인 객관적인 비판과 반성 없이는 발전할 수 없다는 것은 알고 있겠지만서도.

(...)

경식 씨 건강이 진정 걱정이 되어, 마음 같아선 집에서 나와 같이 살고 싶지만, 그게 아직 최선은 아닌 것 같고. 서로 가끔 만나고, 더 많은 얘기를 하면 되지 뭐.

바라건대, 경식씨의 두려움과 불안과 고통과 희망을 같이 하고 싶 어. 경식씨의 더욱 더 많은 경식 씨의 이야기가 듣고 싶고. 이것저 것 이야기하는 가운데에서 더욱 가까워질 수 있을 것 같네. 우리 이 다음에 서로에게 feeling(making-love)만 남아 있을까 두려워지기 도 해. 서로에게 노력해요, 우리!

1987. 4. 13. 영

지금부터 더욱 바빠질 텐데, 건강에 대해서 이야기해 볼까?

남자는 1988년 3·1절 시국사범 사면 때 사면복권 및 군 면제 조치의 혜택을 받

왔고, 그리고 1년 뒤에 두 사람은 부모님들 앞에서 결혼을 했고, 다시 또 그 뒤에
두 사람 사이에 사내아이 둘이 차례로 태어났다.

3부

청춘아, 그리움아

"내일은 그리움에 주의하십시오
비에 젖는 건
하늘이 아니라 땅입니다
외투가 아니라 당신의 세월
먼 데서 이어온 발자국입니다"

1994년과 1997년에 각각 일기를 쓰듯이 썼던 시들 가운데서 가려서 뽑았다. 경제적으로 사회적으로 또 정신적으로 가난하고 외롭던 시절의 흔적이다.

1994년, 막차를 놓치고

엇갈림

겁도 없이 내가 입술을 내밀었고
그녀는 겁이 많아 내 입술을 받았다
다음 번,
나는 겁이 나 쭈뼛거리고
그녀는 내 목을 끌어안고 속삭였다
자기 겁 없어졌다고, 물어내라고
낸들 그걸 가지고 있을 리가 있나
지난 번, 그 자리 어디에선가 흘려버린 게지
자꾸 이러지 마

내가 훔친 게 아니라니까, 글쎄!

이름

당신을 무어라고 부를까요?
우린 아직 서로 이름도 모르잖아요
아니에요, 잊어버린 게 아니에요
우린 서로 이름을 묻지 않았어요
처음 만났을 때부터 뜨겁게 사랑할 때도
우린 서로 이름도 몰랐어요
왜 그랬죠? 우리가 바보였나요? 우리 사랑이 철없었나요?
후회하진 않아요
하지만 그대, 이름만은 알고 싶어요
미련이 아니에요, 나를 사랑한다는 당신의 속삭임
내 뺨에 느껴지던 당신의 숨결, 그 떨리던 순간들
다시 생생하게 살아날지 모르잖아요
그래서 먼 훗날 당신이 그리워지면 이름을 부르겠어요
당신 이름을 가르쳐 주세요
우린 아직 서로 이름도 모르잖아요

이별

길은 왕복사차선도로. 길을 사이에 두고 한눈에 난 너를 알아보았다. 제발 나를 좀 바라봐, 내 안타까운 몸짓은 너에게 다가가기도 전에 무심히 질주하는 자동차에 가로막히고 지워졌다. 지워지고 또 지워진 그 자리, 넌 등을 돌린 채 사람들 속으로 파묻혀, 아니야, 나를 피하려는 게 아닐 거야, 가지 마, 팔을 펼치고 발을 동동 구르지만 왕복사차선도로는 역사보다 더 단호하게 우릴 갈라놓았다. 가지 마! 제발 나 좀 바라봐! 순간 불쑥 솟아나오는 네 얼굴, 싫어, 그런 무표정한 얼굴 하지 마, 나를 봐, 웃으라니까, 우린 사랑했잖아! 넌 다시 등을 돌리고 그 위로 버스가 겹쳐지는데, 안 돼, 가지마! 난 강을 가로질러 달렸다. 가지 마! 기다려! 날카로운 타이어 마찰음이 들리고 내 몸은 하늘을 날았다, 새처럼 구름처럼... 여기선 모든 게 다 보여서 좋아, 그래 이런 기분이었어, 생각나? 우리가 처음 만났을 때, 우리가 처음 키스할 때. 이 짧은 순간이 영원하면 얼마나 좋을까 아아, 가지 마... 내 머리가 박살이 나도 너는 나를 알아보지 못했다, 어떻게 그럴 수가 있어? 피가 흐르는 아스팔트 바닥에 귀를 대고 네 발자국 소릴 기다렸지만 너는 뒤돌아선 모습으로 정지해 있었고, 그게 내가 기억하는 너의 마지막이었다. 내가 생각했던 이별은 이렇게 허무한 게 아니었는데... 아아, 너를 원망하기엔 남은 시간이 너무 짧아, 사랑했다는 작별인사를 하기에도 모자라는 걸, 그래... 이렇게 갑자기, 한꺼번에 끝나고 마는...

비극의 자유

배신당한 리어왕, 천둥이 땅을 흔들고
울음이 폭풍우로 몰아친다
때마침 깜깜한 밤 갈 곳 없는 광야
나는, 나에게는 배신자라고 저주하는 사람이 없는데
내게서 등 돌리는 사람들
그 굽은 등에서 난 아무런 상처도 감동도
시간의 경과도 발견하지 못하는데, 그래
내 마음 울부짖을 일 하나 없이 고요한
침잠뿐,
그저 흙먼지처럼 입안에서 버석거리고, 서성이는데
리어왕에게는 배반해 줄 딸이 있었고
갈 곳 없는 광야가 있었고
때맞춰 천둥번개가 치고 폭풍우가 몰아쳐
전 우주적으로 슬퍼하고
전 우주적으로 분노하고
전 우주적으로 뒤흔드는 살아 있는 리어왕
비극의 자유
얼마나 행복했을까

막차를 놓치고

안산행 막차와 연결되는 수원행 전철을 놓친 영등포역
술친구들은 다 가고 총알택시 탈 돈이 없어
돈은 집에 가서 주겠다며 냉큼 올라탈 배짱도 없어
까짓것 아무 친구 집에나 쳐들어가지 뭐
낡은 수첩 펼쳐들고 하룻밤 기숙할 곳을 뒤적이는데
하나,
둘,
셋, 웬걸
넷...
왜 이렇게 만만한 사람이 없나
다섯,
여섯,
일곱...
망설이다 한 친구 집에 전화를 거는데
이 번호는 결번이오니 다시 확인하시고...
끝내 난 수첩을 접고 말았다
내 나이 서른넷, 그래
뒤돌아보니 하룻밤 신세질 친구 하나 없더냐
밤새 길거릴 헤매든지 말든지
대합실 한구석에 기대 새우잠을 자든지 말든지

값싼 눈물 흘리든지 말든지, 싸다 싸, 백 번 싸다

시

먼지를 털어내려고 들어낸 소파
그 밑에서 발견한 지나간 날짜의 민방위훈련 고지서
갈겨쓴 숫자들이 남향의 햇살에 툭툭 털고 일어난다
일어나 아우성치는 진홍빛 입술의 자유...
순간, 큰애의 깡총거리는 동작이 흑백사진으로 정지되고,
알 수 있는 건 화사한 기억의 존재했었다는 것뿐
누가 깃발을 흔들었던가?
이리 줘, 그건 전리품이 아니야!
불우한 이웃이 나눠먹을 양식은 이미 도둑맞았고
갈증을 풀어줄 물이 있을까 몰라
퍼올릴 두레박이 있을까 몰라
퍼올리고 퍼올려 비로소 발목까지 찰랑일 때
그때, 달구지풀 속살같이 환하게 드러나는 게 있다면
그건 시(詩)가 될지도 몰라, 그래
민방위훈련 고지서 위로도
길이 나 있었다

길이 있다는 건
길 이전에 이미 여행이 있었다는 뜻이야
소파를 들어내기 이전에도 고지서는
행복한 동행을 기다려왔을 터
예감에서 기다림으로 이어지는 길이 있었고 그 속에
내가 있고
비로소 눈을 뜨면,
시작(詩作)의 시작(始作)!

하지만, 햇살 쏟아지는 내 자리, 앞에도 뒤에도
여전히 사람은 없다
사람이 없다는 건 애정이 없다는 것
아니야, 단지 눈에 보이지 않을 뿐이야
처음부터 있어야 할 자리에 있었지만 장님놀이처럼 그저 맴돌 뿐
먼지를 털어내고 걸레질을 하는 나의 몸짓
애정을 건져내려는 안타까운 그물질
내 그물에 걸려드는 물고기 떼
가상현실적 실체, 행복한
숨소리 하나 들리지 않는 두려움의 공간
렌즈로는 교정이 되지 않는 착시
슬프고도 찬란한 경로, 먼 여행길

파리를 잡으며

파리에게도 서리가 해로운가
상강(霜降)을 앞둔 아파트1층 우리 집, 파리들의 피난살이로
요즘 톡톡한 재미를 보고 있다
생명을 노려 육체를 으깨는 사냥
말발굽이 흙먼지를 일으키고 수십 마리의 사냥개가 헐떡거리는
백작의 호연지기, 파리채가 날면
하나
둘
셋...
휴지로 구겨지는 시신들에서
내 정신은 내일을 위해 푸른 비수로 되살아난다
내일 이 비수는 어느 편의 역사를 향해 날아갈까
약육강식의 사회학적 문제가 아니다
먹이사슬의 자연생태학적 문제가 아니다
하필이면 이때 날씨가 추워졌나
일에 지칠 때마다 단순반복 작업에 몰두하는 나의 버릇을 왜 알지
못했나
내 불행의 근원이 나에게 속한 것이 아니듯이
그대들 불행의 근원은 그대들에게 속한 것이 아닐수록
파리잡이가 더 재미있어

오늘도 외부로 통하는 문을 적당히 개방해둔다
누구의 비수가 나를 노리고 육박해올지 알 수 없는 오후
불운한 파리들을 위하여 合掌

절기로는 대설인데

1.

　탐스런 눈이라도 내려 발자국 폭폭 찍으며 감자골 지나 전철길
이 보이는 본오동까지 걸어가면 아는 얼굴 만나 어쩐지 신선놀음을
할 수 있을 것만 같은데 절기로는 대설인데 구름 한 점 보이지 않고
먼지바람만 세차게 일어 겨울 하늘이 누렇다 지랄같이 전화할 데도
마땅찮고.

2.

집필 작업실이라고 아내가 얻어준 방 하나
그 창 너머로 바라보이는 세상살이
흔들거리는
가오리연 하나
근로자 임대아파트 옥상보다 더 높은 하늘에서
춤을 춘다, 껑충껑충
우쭐우쭐

뱅뱅, 맴을 돌다
기어코 건물 뒤로 내리꽂힌다
마지막 팔랑거리던 꼬리
그 잔상이 망막에 달라붙어
실밥처럼 까끌거려도
영영, 가오리연은 다시 보이지 않는다
언 땅에 곤두박질을 쳐 살이 부러졌나?
찢어져 다시는 비상할 수 없을 만큼
아주, 못쓰게 되었나?

오늘은 우울한 상상을 말자
절기로는 대설인데...

3.

엘리베이터에서 내려 1402호 작업실을 향하던 허튼 출근길
복도를 걷다 마주친 네 살도 채 안 되어 보이는 계집아이, 그 뒤에선
들쳐 업은 갓난 애 머리 위에 잠바를 들씌우던 아이 엄마
늦었다며 쌍욕을 퍼부으며 계집아이를 재촉했다
그럴수록 아이는 겁을 먹고 제자리에서 꼼짝도 못해
복도는 잠시 교통이 마비되었다, 아주 잠시
여자는 빨간색의 납작한 플라스틱 바구니로 계집아이를 떠밀었고
바구니의 속의 개당 삼십 원짜리 부업거리 실꾸러미가 떨어져 복

도를 돌돌 굴렀다

　실을 잡아당길수록 꾸러미는 자꾸만 돌돌돌 달아나기만 해

　여자의 눈엔 눈물이 반짝거렸다

　내가 실꾸러미를 주워줬지만 여자는 고맙다는 말도 하지 않았다

　돌아서는 등 뒤에서 자지러지던 계집아이의 울음소리

　내 작업실까지 따라들어와

　울음소리에도 꼬리가 있다는 걸 처음 알았다

　그 여자의 일상 따위

　우울한 상상은 말자, 오늘은

　절기로는 대설인데

　팔랑거리던 꼬리, 그 가오리연

　비상을 기다릴거나

심리전

아파트입구에서 호떡 굽고 순대를 파는

얼굴 까만 아줌마

웃으며 인사할 때 앞니 사이가 벌어져

어쩐지 허술한 게 오히려 친근해, 하다가도

아니야 그건 혹시...

맵짠 세상살이 허겁지겁 살다 저도 몰래
시퍼렇게 가슴에 웃자란 칼
아이구 무서워, 몰래 감추려고
밤새, 잇사이를 벌이는 위장을 한 건 아닐까
생각하는 나 자신이 부끄러워
눈이 마주칠 때마다 순대를 산다

옛날이야기

야야, 아범아, 은수 갸가 요새 아주 잘됐다 카더라

한 달에 한 이백만 원씩은 번다 카던데 시내에서 돈놀이 한다 카지 아마...

야가 무슨 소리 하노, 인쇄소 그만둔 지가 언젠데...

중학교까지밖에 안 했으면서도 그런 재주는 언제 배웠는지

각시도 대학 나온 여잔데 얼매나 암싸받고 싹싹한지 말도 못한다 카더라

저거 엄마는 마, 자식들도 똑같이 잘돼야지 하나만 잘되니까 동서끼리 안 좋은 눈치라서 그거 보기 민망해 죽겠다 카면서 은근히 얼매나 자랑을 하는지...

그거 잘됐네요

진짜 잘됐네요, 은수는...

하고 말하면서도 어쩐지 찜찜해
돈놀이라는 게 자본주의의 핵심인데
자본이 있을 턱이 없는 은수가 하는 돈놀이라는 게
보지 않아도 눈길처럼 아슬아슬해
차라리 특수인쇄기술자 킬킬거리는 은수가 더 좋은 건
떨어져 있던 십 년이라는 세월을 뒤처져 산다는 증거일지도 몰라,
바보같이
그게 두려워 나는 옛날 친구들을 만나지 않는다
잘됐네요, 진짜 잘됐네요 하면서도.

부음

선배 모친상 부음받고 찾아간 병원 영안실
호상이라 상주들 얼굴도 넉넉하고 온돌이 하도 따뜻해
왠지 뭉개고 앉아 술잔 기울이고 싶은 밤,
거기서 발견하는
슬픈 자화상

살아 있다는 증거를 대 봐,
다그쳐도 다그쳐도
말라붙은 짜장면 그릇

두텁게 쌓인 먼지
그 아래서 눈만 멀뚱이던 침묵
채광이 좋지 않은 북향의 좁은 거실은
산소부족이었고, 자전도 공전도 없었다
...넌 시간의 껍질을 뒤집어쓰고 말라가고 있었다
참을 수 없는 구토,
네가 살아 있다는 증거를 대보라니까!

대구국이 설설 끓고
눌린 돼지머리가 부산한 영안실 입구
근조화환 뒤쪽으로 밀려난 너는
스르르 눈을 감는구나
네가 저주스럽다
모르지,
그래서 난 지금 행복한 지도

밤은 깊어, 늙은 맏상주
제상 위의 촛불을 다시 갈아 끼울 때
밤을 지새울 우리 가슴 속엔 무슨 불을 새로 밝힐까...
하다가 깜박,
아직도 주정이냐?

설탕 없이 프림 두 숟갈!

설탕 없는 프림 두 숟갈은
기호가 아니라 집착이다
특별한 이유가 없어
아니라고 고집할 사람
굳이 또 한 겹의 편견을 日常에 덧씌우는 건
시간을 씨줄과 날줄로 아름답게 정열하자는 게 아니다, 솔직히
문체(文體)라고 불리는
테러의 피비린내를 기다리는 첫 순서,
불감증의 강요, 야만 아닌가
한 편의 잘 만들어진 사기극
〈온〉 스위치를 켜면 자동으로 셋엎이 되어
앞으로오 나란히!
차라리 미로찾기의 즐거움은 원시적이다, 인간적으로
하루에도 두세 번 문명과 야만이 뒤섞이는
경계하라,
설탕 없이 프림 두 숟갈!

유한직업

1.

옆집 대문까지 두드려가며 우리 현관에서 서성거리던 낯선 사내
동사무소에서 나왔다며 나를 찾더니
삐삐 번호와 '민가'라는 성만 가르쳐주고 가더란다
수화기에서 흘러나오는 아내의 목소리는
그나마 먹고사는 번역일도 못하게 될까봐
불안하게 흔들거리고, 작업실 형광등 불빛 아래
나는 곧 삐삐로 사내를 부른다
그리고 오래,
전화벨이 울리길 기다렸지만
사내는 결국 나타나지 않았다

2.

며칠 뒤 문득,
그 사내가 전화를 했다
전화로 연결된 안동사투리가
자기를 '경찰서'라고 소개했다가
보안과에 있다고 하다, 결국 '민○○'이라고 밝히면서 왈,
어떻게 사는지 궁금하니 술이나 한잔 하잔다
별 할 일 없는 사람 다 본다고 했더니
직업이 그런데 어쩌겠난다
'집회 시위 전력자' 찾아다니며 술 사겠다고 조르는

243

별 웃기는,
사람 약 올리는 직업도 다 있다

사랑법

변하지 않겠다는 말은 하지 마
그런 약속은 오히려 부담스러우니까
떠나서 새가 되든 도르래가 되든
언제, 어디쯤에선가
떠날 사람은 떠나고 변할 건 변하니까
물이 흘러가듯이
차라리 우리 서툰 사랑
가는 세월 물결에 맡겨버리고
마음대로 되지 않을 사랑이라면
차라리 마음이나 아프지 않게
그래, 마음이야 아프겠지만
후회는 하지 않게

편지

아주 오래 전 책갈피에 끼워 두고 잊어버렸던 은행잎
네 편지를 받아들고 난 왜 마른 은행잎을 생각했을까
손을 대면 부서질 것 같은 안타까움에
잃어버린 향기의 안쓰러운 옛 추억에
나는 한동안 편지를 바라보기만 한다
맨 처음 만났던 커피 향 따뜻하던 카페
하얗게 지새우던 밤하늘의 수많은 별들
새벽이 오기 전에 우리 발길 닿는 곳은 언제나 그때 그 자리
그래 그랬었지, 그땐 그랬었지…
네 편지를 앞에 두고 차마
지나간 세월의 뒷장 넘기기 두려워
그냥 보고만 앉아 있다

내 노래

내 노래에 귀 기울이는 사람이 있다면, 누군가
가벼운 눈웃음으로 따뜻한 손 잡아준다면
그러면 정말 좋겠다
종이꽃 같은 미소 뒤에 몸을 숨긴 사람들
자기가 만든 창살에 갇힌 사람들
거울 속 자기 얼굴만 들여다보는 외로운 나르시스

안녕하세요, 난 당신의 마음속으로 들어가고 싶은데
안녕하세요, 난 당신을 내 가슴 속에서 느끼고 싶은데
내 노래가 사람들 사이에 다리를 놓을 수 있다면
내 노래가 종이꽃 창살을 걷어낼 수만 있다면
조금이라도 좋아 아주 살짝 조금이라도
아아, 내 노래는 전철기차가 되어 한강철교를 쿵쾅거리며 달려가고
수원 가는 국도를 시원하게 달리는 자동차가 되고
그 옆에 핀 무더기 코스모스가 되고 높푸른 하늘이 되고
새가 되고….
내 노래 들어줄 사람이 있다면
내 노래에 생명이 있다면…
그러면 정말 좋겠다

소리

도무지 정체를 알 수 없는 소리
귓바퀴에서 맴돌다 불쑥
내 의식의 한 가운데로 찔러온다
귓바퀴에서 고막을 지나 머릿속까지
진흙 뻘 바퀴자국 같은 흔적이 느껴진다
이 흔적이 상처일까

아니면 그냥 흘러가는 물 같은 것일까
지워질 수 있을까 이 순간의 기억까지도, 이번엔
녀석이 콧잔등에 내려앉는다
인중을 타고 입술로 내려온다
나는 녀석의 정체를 파악하려고 호흡을 멈춘다
녀석은 입술 선을 타고 천천히 움직이다 갑자기
방향을 바꾸어 뺨으로, 귓바퀴로 돌진한다
그리고 신경망의 떨림, 머릿속에서 느껴지는 통증...
이 아픔을 나는 무엇이라고 이름 지을까
나는 더 참지 못하고 손을 뻗지만
녀석은 손가락 사이로 가볍게 빠져나간다
다음엔 또 내 몸 어디에 내려앉을지 몰라
녀석을 경계한다
소리까지도 내게는 적이다, 지금은
가장 무서운 적이다

야간주행

어쩐지 기분이 찜찜해
새벽 두 시, 수인산업도로
목감사거리에서 붉은 신호를 받고 정지하는데

뒤에 오던 승용차 하나 신호를 무시하고 지나가고
파란 불이 들어오기 전에 내 옆에 있던 1톤 트럭 슬금슬금 출발하고
내 뒤의 원목을 실은 거대한 트럭 뭐 하냐며 상향등을
번쩍이고 일차선으론 차들이 줄줄이 지나가길래
에라 그래 밤이니까 뭐,
기어를 넣고 출발했다
횡단보도신호에 걸리지 않으려고 가속기를 힘껏 밟았다
도로는 오른쪽으로 굽은 언덕길
강판을 실은 트럭을 추월하려고 일차선으로 들어갔다
탄력받은 트럭이 어느새 꽁무니에 바짝 달라붙어 룸미러에 눈이
부시다
이차선으로 들어가야지, 하지만
이차선엔 강판 실은 트럭 하나, 그 앞에 냉동차, 그 앞에 승용차
그리고 내 앞에서 꾸물거리는 승용차
갑자기, 언덕길이 끝나는 곳 하늘이 훤해
내 앞에서 언덕길을 올라가던 승용차 꼬리에서 점멸하는 비상등
내 앞의 승용차, 그 앞에 승용차 하나가 찌그러져 피를 흘리고
본네트에서 연기가 피어오르고
이십여 미터 앞에는 다른 승용차 하나가 뒤집어져 울부짖는데...

나는 손을 씻었다
조수석 삼십대 남자의 심장박동을 확인하려고

목 언저리에 대어보았던 손
엔진에 붙은 불을 끄려고 흙모래를 긁어모으던 손
비누칠을 해서 깨끗이 씻었다, 그리곤
평화롭게 자고 있는 아내 옆에 가만히 누워
눈을 감는다

눈물

감나무 이파리 붉게 떨어진다고
은행잎 노란 물결이 덧없이 발길에 채인다고
눈물 한 방울
그 위에 또 한 방울 투명하게 겹치는 인정,
천만에,
백 번 잘 봐 주면 천치쯤이나 될까?
사람 사는 게 얼마나 지독하게 맵고 짠지
얼마나 많은 눈물 흘리고
또 흘리고 쏟아야 하는지
그래서 비로소 세상이 얼마나 아름다운지
알지 못하는, 바보천치!
솔직히, 인정머리라고는 눈물 한 방울 만큼도 없는
냉혈한이다, 아는가

거짓눈물 흘리지 마라
추상, 상징, 그래서 인생... 뻔히 보이는 그 가증스러움,
차라리 타락한 창자를 꺼내놓고
그 위에 들끓는 파리 떼를 위해 눈물 흘리는
아름다운 방법을 배워라
추상과 상징으로 흔적도 없이 지워지기 전에, 지금이라도

거울

난 비듬이 왕성하고
날이 다르게 수염이 자라고
머리카락이 수없이 빠진다
그래도 난 손질을 않는다

아내는 날더러 더럽다고 한다
아내 말을 믿은 적도 있지만
그건 옛날
돌이켜볼 과거가 없던
언제나 시작이던 시절, 지나간 이야기다

키가 크는 걸 바라보고 싶어, 난

모공을 열고 솟아나오는
내 수염의 자유의지를 발견하고 싶어, 가장 원시적인
거울 속에서라도 보고 싶어
오기로!
혼자 간직하기만 하면 되는
아내에게 굳이 주장할 필요도 없는...

여전히 바람이 불고
거울 바깥에 서 있는 나를
거울 속의 내가 먼저 알고 가르쳐 준다

국화 화분

가을이 좋아
아내는 국화 화분을 사다 놓고
아침마다 물을 듬뿍듬뿍 주었다
봉오리가 열리고 향기가 제법인데
집이 비는 며칠이 안쓰러웠던지
아내는 화분을 옆집에 맡겼다, 그리고
오래 잊었는데...
어젯밤 닫힌 대문 앞에서 국화 화분을 보았다

화분을 받치던 아내의 투명한 접시가 보이지 않아
국화가 시든 채 말라죽은 걸 보고서야
아내가 내다버린 걸 알았다
누가 가을을 죽였을까?
옆집 안주인의 무성의, 아니면
아내의 변덕, 아니면
시시한 일상(日常)에도 살의(殺意)가 도사리고 있다?

꽁초

담배가 떨어지면 인간이 치사해진다
재떨이마저 깨끗하게 비워져 있으면
정말이지, 더 치사해진다
음식쓰레기로 축축한 쓰레기통
그 속에서 제일 긴 놈을 건져내어
물기 묻은 부분을 손톱으로 잘라내고
필터에 묻은 이물(異物)을 톡톡 털어내는데
한 번은 아내에게 들켜
담배 두 보루를 선물받았다
막판에 몰리면 넌 안 추해질 것 같냐? 까불지 마!
사람이 깨끗해지려고 살지 추해지려고 사니?

동문서답이지만, 어쩐지 내가 지는 것만 같아
쓰레기통 앞에선 아내를 경계한다
당위(當爲)를 경계한다

탄력

진흙처럼 눌러붙지 않아
돌처럼 깨지거나 바스러지지 않아
공은,
물처럼 풀어져 항복하지 않아
튕겨 나온다는 것은 살아 있다는 증거
비로소 공이 된다
구르다 멈춘 것, 찌그러진 것이 간직하는
누대(累代)에 얽힌 슬픔
그 위로의 비상(飛上)을 꿈꾸는 도약
그래서 아름다운 운동
직선이 되고 포물선이 되고
끝없이 이어지는
역사가 된다

예술, 예술적

이제부턴, 씨팔!, 예술적으로, 예술가로 살겠다 이 말이야!
나는 이 사람의 말을 믿지 않는다
단지, 씰룩거리는 그의 입술에서
예술이 이 술판에 동석하고 있다는 사실을 확인할 뿐
오 작가 오늘 상업적으로 너무 선정적인 것 아닌가, 응? 낄낄...
이 사람도 난 믿지 않는다
좋게 말해 협상의 명수지, 솔직히 사기꾼 아닌가
당신들, 씨팔!, 당신들 예술가야, 뭐야! 난 예술가로 살겠다 이 말
이야!
허허, 참... 왜 이러시지...
다들, 각자, 술잔을 들었다가 놨다가 하시고
예술을 위하여
어느새 시선은 텔레비전에 가 있고
그 시선들이 혹은 비껴가고 혹은 부딪쳐
부러지고 튕기고 엉키고 꼬부라져 뒤섞이고
마침내, 흔들거리는 오줌발로 가래침으로
바닥에 떨어져 수북이 쌓여간다

내가 설정한 갈등대로라면
이 술판에서 재미 보는 놈은, 유일하게

예술일 것이다

그리움

책꽂이를 뒤적이다 갑자기 툭,
세월 속에 묻어두었던 기억 위로
사진 한 장이 떨어진다
　박모 씨가 내게 무언가를 이야기하려고 고개를 돌리고, 신문을
읽던 나는, 사진기를 들이대는 사람에게 장난스런 표정을 지어보이
고 있는 스냅사진…
문득 그때의 내가 그리워지는 건
후회하고 있다는 증거
후회의 정체는 사진기를 향한 내 눈길의 발랄함?
아니면 그 속에 감추고 있던
끝내 말하지 못한 말 한 마디, 그게 무엇이었던가?
잡힐 듯 하면서 잡히지 않는 시간의 벽
후회하지 않으려면 흔적조차 남기지 말아야 하는데
이렇게 불쑥 찾아든
까닭모를 그리움 앞에선 속수무책이다

재회

그때 그 자리 내가 있었고
그리고 네가 있었다
처음엔 네가 아니었지만
마침내 그건 네가 되었다
왜 그런 끔찍한 일이...

생각해봐,
꽃이 아름다웠던 건
꽃을 바라보던 네 눈이 아름다워서였어
내가 널 사랑했던 건
내 눈이 이미 사랑에 빠져 있어서였어
개나리꽃처럼 만발한 나이였거든
굳이 네가 아니었더라도...

사랑을 맛보고 참혹해진 내 눈이
갈수록 추해지고 꽃은 시들어
장마철 습기에 곰팡이가 필 때
비로소 알았다
사랑은 다 가고 말아
붉은 피 베어나던 생채기엔 검은 딱지가 앉아버렸고

내 입 안 가득 쿰쿰한 욕망의 냄새뿐

어떻게 이런 끔찍한 일이...

그때 거기서
너와 나, 그리고
지금, 봄꽃을 기다리거나 말거나
...과연 사랑을 알기나 했던가?

일기

아스팔트만 살짝 적신
비 그쳐
다시 잿빛하늘

'우우웅' 하는
비행기 엔진 소리
비행기는 보이지 않고
멀리 고층아파트만 눈에 걸렸다 사라진다
어디로 가는 걸까
지나온 삼십 년이 아쉬운 게 아니다

아냐, 차라리 아쉬움이라면...
남은 삼십 년 내 삶의 화살표가 가리키는 곳
그곳이 두렵기 때문일까

옷걸이에 걸린 후줄근한 내 분신들
쓸어다 세탁기에 넣고 돌리면
해 좋은 날 남향 베란다에 널어 말리면
거추장스런 내 삶의 무게를 덜 수 있을까
허리띠의 구멍을 한 칸 줄이고도
헐렁거려 차라리 자유롭던
이전의 그 이전처럼 황홀할까
내게도 향기로운 꽃냄새가 날까

자꾸만 옛날로 돌아가려는
내 삶의 화살표
하늘은 온통 잿빛으로
꼼짝 않고 멈춰만 있잖아,
내 눈 속에
지금은 바람소리도 들리지 않는
정지 상태
잿빛 하늘을 쪼개고 부서뜨려
그 뒤의 태양을 바라보는

내 화살은

어느 먼 미래의 화석이 될까

아니, 되었을까

1997년, 수상소감

서른일곱

너에게 닿을 수 있을까
마포대교는 여전히 공사 중인데
흔들리는 대로 흔들려, 버스는 강을 건너고
세월보다 빠른 바람이 서른일곱의 차창을 두드린다
가혹하게 남은 서른 해를 일깨운다

일기예보

내일은 그리움에 주의하십시오

비에 젖는 건
하늘이 아니라 땅입니다
외투가 아니라 당신의 세월
먼 데서 이어온 발자국입니다

시간은 늘 배웅할 여유도 없이 흘러가고
흘러감이 그리움을 낳는 법, 돌아보면
억수같이 쏟아지는 비
아무 것도 보이지 않는...
그 자리에 누가 섰을까요

내일은 비가 오겠습니다

회색 콤비 상의

궁핍한 거리로 나서는 아침
여섯 살 작은 놈이
내 회색 콤비 상의를 걸치고
거울 앞에 선다

삼 년째 입어온 고단함이
여린 어깨에 얼마나 안쓰럽던지...
뺏으려 하는데 떼를 쓴다
안 벗겠다 벗어라 실랑이 속에
아이의 키가 쑥쑥 자라
어느새 눈 맑은 청년이다
고단함을 겁내지 않는
그 모습 내가 그랬는데...
아이의 손을 잡은 거울 앞에서
얼마나 낯이 뜨겁던지

뒤집어지고 싶다

뒤집어지고 싶다
목구멍에서 항문으로 이어지는
한 줌의 소화기관을
양말 뒤집듯 확 까뒤집어
속을 드러내 보이고 싶다, 훤하게
거기에서 새로 시작하고 싶다

경사

욕망의 칼바람이 이는 목구멍 속
하늘이 까맣게 무너져
천 길의 어둠 속으로 빨려 들어가는 곳,
가파른 강가푸르나 봉은 언제나 늘 거기
성경책 할머니와 속셈학원 여자아이
자지러지는 비명소리
내 이중창문 바깥에 있다
무엇이 무엇에게 거부당한다 할 수 있나
경사는 높은 데서 낮은 데를 주장할 뿐

창문을 열어라!

물살을 헤치는 경사는 급하게 출렁이고
드리운 낚싯대에 어느 눈먼 물고기
바늘에 꿰인 주둥이가 찢어져 피가!
뚝뚝 희망이, 홍소(哄笑)가
비릿하게 퍼덕이는 만선
창문을 열면...

물태수 씨

쨍하게 얼어붙는 금호동 금남시장
새벽부터 기웃거리며 마신 술이 모자라
뒤엉킨 세상사를 이고 선 전봇대 아래 과일박스 뒤
김빠진 소주 반병을 더 마셔도
헛헛한 속 어림도 없어
막 문을 연 용인부동산 애꿎은
새시문을 붙들고 아침나절을 찌그덕댄다
      — 천 원만 주시오 예? 이래봬도 월남에서 한 가닥 했습다
전국부동산협회 성동구지부 간부인 박 영감은
들어오든 말든 문이나 닫으라지만
한사코 문턱에 주저앉는 물태수 씨
과일장수 김씨가 오자 기어코 사단이 난다
      — 야, 여기 소주 남은 거 네가 먹었지!
다짜고짜 김씨의 손이 날아가고
조각난 하늘들이 빙글 돈다, 일어나야지
일어나야지, 김씨의 옷자락에 늘어지지만
자꾸만 다리가 풀려 코피보다 눈물이 앞서는 물태수氏
사우디에서 번 돈 울어라 색소폰아
마누라 춤바람으로 달아나고
그러구러 감옥소 들락거리며 거덜 낸 청춘

생매 맞고 엉겨 붙어 합의금 뜯어낼 힘도 없어
코흘리개까지 물태수 물태수 놀려대는데
서울식당에나 가볼까
뜨뜻한 국물에 소주 한 병이면 소원이 없어
날마다 그 자리 아직도 중천이 멀었나
토막난 하늘이 우수수 떨어지는 물태수 씨의 하루
십 년이나 이십 년이나 변함없어라

미나의 아리아

오늘 숙제, 자기일은 스스로 하기
발걸음도 가벼운 하굣길
대문의 집행 예고장이 미나를 맞는다
아아 아,아,아,아,아-
아아 아,아,아,아,아-

엄마는 집을 나가 없고
아빠는 하루종일 텔레비전만
아아 아,아,아,아,아-
아아 아,아,아,아,아-

술집 가시나한테 눈깔 뒤집혀 집안 꼴 좋구나 이놈아,
내 딸 찾아내라 이놈아, 이 미친놈아!
아아 아,아,아,아,아-
아아 아,아,아,아,아-

짜파게티 하나에 아이스크림 하나
오는 길에 할머니 집 들러 만 원만 달래라는
천 원짜리 아빠 심부름
아아 아,아,아,아,아-
아아 아,아,아,아,아-

왜 자꾸 노래가 나올까
아아 아,아,아,아,아-
아아 아,아,아,아,아-

밤, 지하철에서

꾸벅꾸벅 조는 스무 살의 구겨진 머리카락,
그 위에 얹힌 붉은 실밥 하나, 외로워라
녹색의 짧은 스커트 터진 치맛단이 궁금하구나
무릎에 박힌 때는 고단하게 보풀이 하얗게 일었는데

덜컹거리는 두 다리
그 사이로 비치는 분홍색 팬티의 외설,
누군가는 책임을 져다오, 제발!

새디즘 연습

(배경)   폐광촌, 개발붐이 이는

(등장인물)

개발위원장	52세, 왕성한 정력의 탐욕가
투쟁위원장	35세, 위험한 야심가
화가	42세, 창백한 몽상가
꼬마	12세, 천사의 모습을 한 악마
소설가	43세, 외지에서 온 야비한 위선자
여선생	23세, 아슬아슬한 코스모스

(문제)

여선생을 제외한 모든 등장인물이 이제부터 갖은 방법으로 여선생의 영혼과 육체를 괴롭히려고 한다. 당신은 위 등장인물 중 누구의 역할을 맡아 어떤 복합적인 방법으로 가장 참혹하게 여선생을 짓밟을까, 구체적으로 자세히 상상해 보라.

(힌트)

 1. 동물 사체를 파먹으러 모여드는 온갖 것들을 연상하라.

 2. 당신도 알다시피, 당신은 지독한 새디스트다.

 3. 그런데 사실은 여선생이 청순한 코스모스의 탈을 쓴 악마이고 탐욕가이고 야심가이고 몽상가이며 위선자일 수도 있다는 가능성을 놓치지 말 것!

통화

이어지는 건 유선이 아니라
언제나 간절함이다
횡으로 종으로

행여 혼선도 온전히 내 책임이고
그 속에서
떠다닌다, 그리움으로

여보세요?
여보세요?

통화가 끝나면
사람들은 다시 길을 떠난다

이현관

일산 전셋집 소꿉놀이처럼
순진하던 살림
미국에 잘 펼쳤나

백주대로의 카바레 뽕짝 간음 현장
현기증 나는 매혈 행렬
구질구질한 문건들이야 내 몫이지
누구처럼 등을 떼밀린 게 아니다
지독하게 잘 갔다

지독함은 지독함대로
순진함은 순진함대로
태평양의 펄펄 뛰는 방어

아내

수도꼭지를 거슬러 가면 어떨까
기어코, 아내가 여행을 갔다
히로뽕을 해보고 싶다던
일상은 식용유와 케첩이 흐르고
태종대에도 일몰이 있나
스모그로 더욱 아름다운
나이트클럽에 간다며
전화 속 아내의 목소리는 들떠 있다
졸졸졸
낡은 시간이 흐르고 흘러
훗날 클래식으로 이어져라
과거가 늘 아름다운 건
편견이 아니라 희망이다
간절한...
책임 문제가 아니라 구원의 문제다

자기, 나 보고 싶어?

미궁

아내가 선을 보려다 말았던 남자
아내 친구의 남편인 남자
아내의 꿈에서 아내의 남편인 남자
세 남자가 짜고서 아내를 강간하는
미궁, 그 속에
내 지난 10여 년이 갇힌다

이면수와 고등어

비린내가 없대서
이면수가 고등어보다 낫다면...

감자탕보다 맑은 장국이 낫고
소 엉덩이보단 물고 빤 고양이 뺨이
눈물콧물 신파보다 야타족 카섹스가
재래시장 육담보다 여의도 방송 언어가
역사보다 개그가 더 낫고
혁명보다 일요일 밤 TV쇼가 백 배 천 배 낫다, 과연...

남태평양 피지 섬에서 북태평양까지
고등어 누대에 유전으로 쌓인

비린내의 슬픔, 왜 모를까

전기난로

전기난로는 융통성이 없다
조금만 밀어봐도 훈기가 없어
가까이 당겨놓으면 뜨겁게 밀어부치기만 해
내 왼쪽허벅지 바깥쪽에
핏줄망을 따라 굵은 흔적을 남겼다

나는 누구의 마음에 흉한 상처 남겼을까
그 얼굴들이 웃는다

불망기(不忘記)

첫 경험의 고통으로 몸을 뒤채던 아름다운 신부
서툰 아내의 모습으로
내 안에서 떨던 너
밤새 소리 내어 울었고, 두려움에
난 도둑처럼 새벽길을 내달렸다

아슬아슬하고 넘기 힘들었던
스무 살의 강...

서투름을 탓하기엔 상처가 너무 커
내 비겁한 사랑은
해가 갈수록 더욱 아프다

엘리베이터 안에 혼자 서면

엘리베이터 안에 혼자 서면
섹스를 하고 싶다

현저동 101번지 구 서울구치소 혼거방
1.75평을 다시 쪼개어 비닐로 가린 빵끼통
거기 한겨울 외풍에 너덜거리던 젊음
앉으면 전후좌우가 딱 그만큼뿐
우우우,
바람과 함께 세상을 달렸다

그리고 계절이 줄지어 여러 번 달려가는 동안
내 머리 속 진지한 것들은 사라지고

그 자리 사기꾼과 폭력 절도범이 낄낄거리며
사식(私食)을 분배하는데
떵,
엘리베이터 문이 닫히면 수음 충동을 느낀다
불칼처럼 일어서고 싶다

나에게 사랑이 필요할까?

뒤돌아보는 얼굴

뒤돌아보는 얼굴이 아름답다

아쉬움은 과거로
미안함은 현실로
두려움은 미래로

무너지고 이어지는 그 사이
가장 인간적인 얼굴이고 싶다

변주

네온도 빛을 잃기 시작하는 새벽, 영업 중인 주유소가 있고 불면 중의 남자가 손님을 기다린다. 길 건너편에는 24시 편의점, 여자는 계산대에서 컵라면의 바코드를 찍는다. 처음에, 남자와 여자는 서로를 알지 못했다, 굳이 두 겹의 유리창이 아니었어도.

(남자)
절망은 만족을 찾지 못하고 언제나 좌절뿐
사람들은 비웃는다, 침을 뱉어라!
나를 닮아 비굴한 내 육체는 말을 듣지 않고...

좌절은 열등감을 자식으로 낳고, 자식을 더 뒤틀어놓는다
내가 왜 이럴까... 이 초조함을 어떻게 할 수가 없다
돌아보면 나 혼자뿐, 큰소리로 노래를 부를까?
누구라도 곁에 있으면 즐겁게 해줄 수 있겠는데...
내 노래는 공허하게 밤하늘에 흩어지고...

　고독 끝에 유일하게 남는 것은 집착, 조심스럽다가도 마침내 지독한 집착, 나는 비극을 예감한다

(여자)
내가 기다리는 게 대체 무엇일까? 기억조차 희미하다. 너무 오랜

시간이 흘러버렸나? 하지만 내가 할 수 있는 건 기다림뿐이다. 기다리지 않으면 난 미쳐버릴 것이다. 내가 기다리는 건 어쩌면 영원히 나타나지 않을지 모른다. 알면서도 나는 기다린다.

내가 기다리는 건지, 기다림이 나를 마비시켜버린 건지, 그런 생각을 했던 기억이 난다. 아 그래, 또 생각이 난다, 희미하게. 내가 기다리는 그것에는 웃음소리가 있었어, 웃음소리 말고 또 넘쳐흐르던 맥주의 거품, 짜릿함? 아니 느긋함이었나? 가슴 두근거리던 어떤 것? 사람들이 말하는 사랑...이었나? 아냐, 사랑엔 왠지 불안함이 느껴지지만, 거기엔 불안함이 없었어, 수다스런 재잘거림에 더 가까운 거 같아. 그게 뭐였지? 웃음소리, 맥주 거품... 아냐, 어쩌면 누군가의 전화를 기다렸는지도 몰라.

사람들이 나를 보고 쑤군거린다, 집적거린다. 유혹은 내 주변에서 늘 있다. 하지만 나는 아무런 감동을 느끼지 못한다. 한때는 그들에게 등을 기대려 한 적도 있었지만, 헐떡이는 그들의 숨소리 속에서 내 의식은 점점 더 또렷해지기만 했다, 이것도 기다림인가 하고... 내가 기다리는 그 무엇, 그 무엇이 알고 있을 것이다. 웃음소리와 넘쳐흐르던 맥주거품... 사실은 또 있다. 비명소리, 잊을 수 없는 그 비명소리. 그 비명소리... 너무 많은 말을 했다. 더 이상 말하지 않겠다.

(남자)

한때는 사랑이 뭔지 다 안다고 생각했다. 많은 계집애들이 내게 사랑한다고 했고, 그보다 더 많은 계집애들에게 내가 사랑을 얘기했다. 여관방에서, 또 파리 떼를 인 쓰레기통 옆에서, 또 어디어디서... 신기하게도 그 여자애들 얼굴이 모두 기억이 난다. 음모의 길이와 색깔, 꼬불꼬불한 모양, 벌린 입과 잇몸에 박힌 이빨들의 모양과 연관되어서, 토할 것만 같다. 내가 그때 사랑이란 말을 무슨 뜻으로 썼을까?

저 아이를 보면 슬프다는 느낌이 든다. 아냐, 섣부르게 단정하지마, 또 하나의 역겨움을 보탤지도 모르니까. 하지만 그런 느낌이 드는 걸 어떡해, 사랑하고 싶다는... 두 팔로 가슴께를 꼭 안아주고 싶다는 느낌... 나는 저 아이를 보면서, 때론 멀리서 또 때론 가까이, 아주 가까이 저 아이의 숨결을 느끼면서, 조심스럽게, 그 아이의 영혼에 내 마음이 가닿도록, 그렇게 텔레파시가 통하도록 애를 써 본다. 될 수 있을지 몰라.

(여자)

누군가 나를 지켜보고 있다. 내 몸을 핥으려 하거나 친구가 되고싶어 할 것이다. 경우의 수는 둘밖에 없다. 내 곁에 친구가 있어 주면 얼마나 좋을까 생각하지 않는 건 아니지만, 난 아무런 기대도 않는다. 나를 탓하지 마, 내 탓이 아니야. 무언가를 기대하기에는 너무도 많이 지쳐 있으니까, 이 지긋지긋한 기다림에 눈물마저 말라 버렸으니까. 난 나직이 중얼거린다. "난 불감증 환자야..."

(남자)

나는 봤다. 저 아이 눈에서 흐르는 눈물을. 맹세코, 상상을 한 게 아니라 실제로 봤다. 주르르 그녀의 뺨을 타고 흐르는 눈물의 질감과 온기까지 느꼈다. 또 봤다, 저 아이에게서 내 모습을... 다시 한 번 맹세코, 거짓말이 아니다. 나는 가슴에 손을 얹고 하늘에 대고 기도했다. 저 아이를 사랑하게 되도록 빌었다. 하지만, 이번엔 옛날처럼 서둘지 않을 거야. 천천히 조심스럽게, 나를 위해서, 또 저 아이를 위해서...

나는 그녀를 위해 죽는 미래의 내 모습을 상상하기 시작했다. 내 가슴에서 붉은 피가 분수처럼 뿜어 나오고, 그녀는 나를 위해서 눈물을 흘리고, 또 내 이름을 부르며 절규하고... 이런 상상만으로도 나는 무한하게 행복하다.

(여자)

다른 사람들도 나처럼 아픔을 가지고 있을까. 시도 때도 없이 가슴께가 아릿하게 저려오는... 하지만 난 이 아픔을 아무에게도 말하지도 않았고 물어보지도 않았다. 사람들은 순수함이니 혹은 아름다운 추억이니 할 게 뻔하지만, 아픔은 현실이다. 잠시 동안 내 의식을 흐려 놓는, 분명한 현실이다. 내가 기다리는 그 무엇을 생각할 때면 더욱 통증이 심해진다. 그래, 사라져버린 어떤 기억, 아름답거나 순수하거나 지금은 내게 아무런 소용도 없는 그런 가치기준은 더 이상 의미도 없지만, 지나간 어떤 일로 인해, 그때부터 가슴께가 이토록 아프기 시작했다는 건 인정하자. 내가 누구를 사랑했다는 것도 인정하고, 그 사랑이 지금은 손에 잡히지 않는 먼 곳으로 날아가버렸다는 것도 인정하자, 인정하자… 하지만 다시 원점으로 돌아와 있는 걸. 누구, 아니 특정한 누구는 아니야, 특정한 어떤 느낌, 감정 상태를 그리워하지만 그게 뭔지 기억이 나지 않는 걸. 생각하려 할수록 이 아픔은 참을 수 없이 고통스러워지고… 아픔은 기다림으로 연결되어 있고, 또 기다림 뒤에는 무엇?

아픔을 시원하게 털어내라고 그가 말한다. 그는 모른다. 그는 사랑을 말하지만, 사랑이 뭔지 모르고, 나를 모른다. 사랑이 아픔을 치유하도록 감정을 억제하지 말라고 하지만, 돌처럼 딱딱하게 굳은 환부는 결코 치유되지 않을 것이다. 이건 내 바람과 전혀 별개의 문제다. 화가 난 그가 내게 불감증환자라고 했다, 곧 후회하고 용서를 빌긴 했지만. 그 말은 맞다, 그 말을 면전에서 듣고도 나는 아무렇지도 않았다. 그런데 오랜 시간이 흐른 뒤, 나 혼자 있을 때, 문득 그가 한 말이 생각나고 나도 모르게 주루룩 눈물을 흘리고 말았다, 기뻐하며, 내게 눈물이 마르지 않았다는 사실을.

하지만 아픔은 여전히 계속됐다. 딱딱하게 굳은 환부는 가슴에서 달그락거렸다. 그 달그락거림이 무척 거추장스럽단 사실을 깨닫기 시작했다. 내 마음이 변하고 있다... 과연, 변한다는 건 좋은 것일까? 그 변해감에, 내게 남은 어떤 걸 걸어도 괜찮을까? 아니, 걸만한 어떤 소중한 게 아직도 내게 남아 있기나 할까?

좌파

좌파가 없다고?
놀라운 좌파를 보았다
욕망의 재생산지를 찾아 길을 서두는
새벽 두 시의 도산대로
1차선을 달리는 내 왼쪽에서 앞질러 가던 좌파
중앙선 저쪽의 일차선으로 거리낌이 없었다

이럴 수가, 아직도 좌파가 남아 있다니...

우파여 단결하라!
쌍라이트를 켜라, 경음기를 눌러라,
드러누워라, 막아라!
압도적인 다수 우파의 파상공격

좌파는 좀처럼 격추되지 않았다
자폭소식도 없었다
일당백의 놀라운 좌파...

좌파를 조심하라!

쓰다만 연하장

여덟 살 내 아이 나이보다 많은
풍란의 세월이
누렇게 죽어가는 아파트 베란다
새해 안녕하신지요

마음은 늘 거긴데
왜 그렇게 손에 잡히지 않았던지
다 제 잘못이지요
바람 거칠던 베란다 바깥에는
함박눈
부끄러움을 덮어 주네요

새삼스런 연초록

무성한 풍란의 시대
새해 복 많이 받으십시오

계단

한 계단이 두 계단 높이로
꼬불꼬불 가파르게 이어지는 산동네 계단
목에서 쉿소리가 난다
잠시 쉬었다 가시게
계단이 점잖게 말을 붙인다
못 들은 척 걸어가면
기어이 딴죽을 걸어 놓고 껄껄 웃는 계단
쉬었다 가라니까
돌아서는 중학생의 탄력 있는 다리 빠르게 움직이면
쭉 뻗어 오르는 손, 드라이브 슛!
출렁,
내 머리 속 주황색 바스켓이 춤을 춘다

퇴근길

지하철 계단이 바바리깃을 펄럭이며 돌아선다
8번 마을버스 딸꾹질을 재우려고 숨을 참느라 눈을 감는다
꽃가게 빈 화분들이 두런두런 휴지를 털어낸다
수족관의 빙어 떼가 회식 약속으로 부산하다
소주방 입간판이 미니스커트를 훔쳐보다 하이힐에 채인다
일곱 살 생일케이크가 종종걸음을 친다
신호등이 잘난 체 근엄한 표정을 짓는다, 어둔 밤의 선글라스
어물노점 냉동오징어가 상자째 쑤군쑤군 흉을 본다
낮술이 깨지 않은 우체통이 고래고래 소리를 지른다
부식가게 콩나물이 수줍은 눈빛 들어올린다
달랑거리는 검은 비닐 속 비디오테이프는 배가 고플 뿐
불 밝은 우리 집 언덕길,
반갑게 일어나 손을 잡는다, 오늘도 애썼지?
시퍼런 등짝으로 헤엄치는...

수상소감

사는 게 영 시시해 재미보단 짜증이 더 많다고 생각했는데, 글쎄
요. 가끔씩, 아주 가끔이라도 이런 행운이 있으니 다들 그런 재미가
있어서 사나 봅니다. 고맙다는 말씀, 모든 분께 드리고 싶습니다.
촌스럽게도 상 받는 사람마다 이런 얘기를 왜 하나 했는데 저절로

머리에 떠오르는 얼굴들이 많네요. 안성 사는 키 작은 선배, 당산동에 사는 뚱뚱한 선배, 전주에 사는 선배, 지지리도 주변머리 없는, 그러나 늘 진지한 후배, 또 늘 큰소리 뻥뻥 치나 실속 없는 선배... 그리고 아내와 아이들... 아이들은 이 자리에 선 저를 보고 멋있다고 생각할 겁니다, 내일이면 친구들에게 아빠 자랑을 하느라 정신이 없겠죠, 하지만 과연 알기나 할까요, 내 인생이 어디에서 꼬부라졌고 어디에서 막혔으며 또 얼마나 많은 참담함이 내 발길에 채였는지. 무엇 때문에, 왜... 아이들은 어리니까 알 리가 없겠죠. 사랑이 무엇인지 연민이 무엇인지. 사람 사는 모습을 가르쳐준 여러 선배에게 특히 고마움을 전해드리겠습니다, 감사합니다!

  ...언젠가 사람들에게 이런 인사 들려주겠단 기대를 하는 재미로 산다, 나는.

4부

아들아, 청춘아

"네가 걸음마를 배우던 때가 생각나네. 엄마가 멀찍이 떨어져서 '주헌아!' 부르면서 박수를 짝짝 쳐 주면 넘어졌다 일어나기를 반복하면서도 뒤뚱뒤뚱 걸어 기어코 엄마가 뻗고 있던 손을 잡았고, 입을 헤 벌리고 웃으면서 좋아했지. 그때처럼 그렇게 씩씩하게 잘 해내라."

육군훈련소에서 기초 훈련을 받던 둘째 아들 앞으로 보낸 편지들이다. 하루에 한 통씩 허용되었던 인터넷 메일을 훈련 기간 30일 동안 날마다 보냈다. 2013년 봄의 일이다.

네 빈자리

네 빈자리가 크구나
2013. 4. 23.

네가 있을 때는 네 빈자리가 이렇게 크게 느껴질지 몰랐는데, 크고 그립구나.

어제는 오랜만에 집안 청소를 대대적으로 했다. 네 방도 구석구석 깨끗하게 치웠다. 엄마가 청소기 돌리고 나는 걸레질을 하고, 해피는 뭐가 그렇게 무서운지 이리저리 정신없이 도망 다니고... 안방 화장실 컴컴한 데 납작 엎드려 있기도 하고, 네 방 창문가 커튼 위에 앉아 있기도 하고, 그렇게 도망 다니다가 어느 순간엔가 화장실에서 똥을 눴더라.

놀라운 사실인데, 집에서 청소기를 돌릴 때 해피가 누는 똥은 굉장히 굵다. 웬만한 사람 똥 굵기다. 어제 엄마하고 예전의 경우를 확인한 결과 발견한 공통점이다. 긴장하면 똥이 굵게 나오나? 연구 과제다.

그날, 멋있게 작별 인사를 하지 못한 게 아쉽고 미안하다. 마음으로는 영화 속의 한 장면처럼 멋있게 하고 싶었지만, 현실은 언제나 마음과 다르게 누추하고 구질구질하니까, 네가 덜렁덜렁 들고 가던 그 쇼핑백처럼, 2천 원짜리 스프링 수첩처럼, 후드의 후줄근한 구겨짐처럼, 떨리던 목소리처럼…

그런데 사실 인생은 언제나 이렇게 너무도 생생한 구질구질함 속에서 진행되는 법이다.

하늘이가 교환학생 장학금 신청하면서 온갖 복잡한 서류를 챙겨야 하는 과정이 복잡하고 번거롭다고 하자 엄마가 그랬다.

"이게 현실이야."

마찬가지로 냄새 나는 양말, 코고는 소리, 경쟁심, 두려움, 불안, 설렘, 초코파이, 누군가의 웃음소리… 이런 것들 속에 네 인생이 '현실적으로' 전개된다는 말을 꼭 해 주고 싶구나.

요즘 수아레스의 핵 이빨이 화제다. 알고 있나?

리버풀과 첼시의 경기에서 수아레즈가 이바노비치와 몸싸움을 하던 도중에 이바노비치가 팔을 쭉 뻗어 수아레즈를 막자 수아레즈가 이바노비치의 팔을 이빨로 야무지게, 마치 햄버거를 씹듯이 한 입 가득 깨물었고, 이바노비치가 넘어졌는데, 심판은 이런 상황을 보지 못하고 이바노비치만 혼냈다. 수아레즈는 예전에도 경기 하던 도중에 상대 선수의 목을 문 전력이 있다는군. 참 별 놈 다 있다.

사실, 세상에는 별 사람이 다 있다. 기회라 생각하고, 사람 구경 사람 공부 많이 해라.

보고 싶다 아들아, 주헌아, 건강해라!

내 편지가 작은 기쁨이 되면 좋겠다

4.24.

어제, 집에 가니까 전라도 장흥에 있는 교도소에서 감옥살이 하는 사기꾼 후배가 보낸 편지가 와 있더라. 편지 내용 가운데 두 가지가 눈에 띄더라. 우선, 44세의 교도관이 내가 쓴 책들을 읽고 팬이 되었다면서 작성한 독후감 비슷한 편지가 워드로 작성되어 후배의 편지에 삽입되어 있더라. 이 이야기를 엄마에게 하니까, "집어치아라 마!"라는 대답이 즉각 돌아왔다. 헐...

또 하나는, 이 후배의 방에 신입이 한 명 들어왔는데, 나이가 80살이 넘은 노인이길래 무슨 죄를 지어서 들어왔느냐고 물어보니까, 여중생을 상습적으로 '그냥 만지기만 하다가' 잘못되어서 그렇게 되었다고 얘기하더란다. 이 이야기를 다시 또 엄마에게 하니까, "치아라 마!" 헐...

세상에는 별의별 사람들이 다 있고, 또 별의별 사람들이 나와 멀리 혹은 가까이, 직접 혹은 간접으로, 적대적으로 혹은 우호적으로 연결되어 있으며, 이런 관계 속에서 좋든 싫든 '서로' 관계를 맺으며 살아감을 새삼스럽게 깨달았다. (아마 후배는 그 성추행 80세 할아버지에게도 내 책을 권하고, 내 이야기를 할 것이며, 그 인간쓰레기 할아버지는 얼굴도 모르는 나에 대해서 어떤 생각을 하겠지.)

지금 네가 있는 그 곳에서도 별의별 친구들이 모여서 멀고 가까운 별의별 관계로 얽히면서 2013년 봄의 연무대 역사를 만들어가겠지. 그리고 그 안에서 각자 자기 인생의 소중한 시간을 무엇인가로 채우며 미래를 준비하겠지. 물론, 아무 생각 없는 사람도 있을 테고...

김춘수의 〈꽃〉이란 시의 한 구절.

'내가 너의 이름을 불러주었을 때, 너는 나에게 다가와 꽃이 되었다.'

주변을 둘러보고 마음이 맞을 것 같은 친구가 있으면 적극적으로 다가가서 이름을 불러라. 그래서 네 꽃으로 만들어라. 너도 누군가에게 잊히지 않는 꽃이 되고.

그래, 나도 네 이름을 불러본다.

주헌아, 주헌아, 주헌아, 주헌아, 주헌아, 주헌아, 주헌아…
너는 나의 꽃이다.

훈련이 고되어도, 그게 다 네 군대 생활에 그리고 앞으로 살아갈 인생에 피가 되고 살이 된다고 믿고, 열심히 그리고 동기들과 재미있게 잘 생활해라.

아빠가

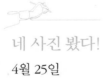

네 사진 봤다!
4월 25일

어제 저녁, 늘 그렇듯이 나는 소파에 비스듬히 기대서 텔레비전을 보고 있었고, 네가 가고 없는 동안 거실 컴퓨터의 새로운 주인인 엄마는 컴퓨터를 하고 있었다. 그런데 엄마가 갑자기 고함을 질렀다.

"주헌이 사진 나왔다!"

그런데 어쩐 일인지 겨우 찾았다고 했다.

겨우 찾다니? 아들을 못 찾아?

하늘이는 금방 찾더라만, 사실 나도 찾기 어렵더라, 마음은 바쁜데, 비슷한 얼굴은 왜 이렇게 많은지... 그래서 큰 안경을 찾기 시작했고, 그래서 가까스로 찾았다.

엄마는 그러더라, 얼굴이 바뀐 것 같다고, 슬퍼 보인다고...

아닌 게 아니라, 평소의 네 표정이 아니더라. 이른바 '갈매기입'이라고 양쪽 입꼬리가 아래로 향하고 가운데 부분은 위로 향하는, 포물선 형태.

네가 평소에 이런 표정을 짓는 걸 본 적이 없는 것 같다. 그래서 나는, 엄마에게 말은 하지 않았지만, 턱을 바싹 당기고 늠름하고 강인한 표정을 지으려고 하다 보니 그런 표정이 나온 것 같다고 추정했다. (내 말이 맞나? 설마, 슬퍼서 그런 건 아니겠지?)

바뀐 표정이 낯설긴 했지만 나쁘진 않았다. 사나이가 되는 것 같아서 보기 좋더라. 박수를 보낸다. 그리고 또 기대한다, 앞으로 또 얼마나 많이 바뀔까, 그래서 얼마나 더 우리를 놀라게 할까?

오늘 아침에 분리수거를 했다.

분리수거물을 모아둔 비닐이 하필이면 세탁소에 맡겼던 옷이 돌아올 때 덮어쓰고 있던 회수하면서 씌워 놓았던 비닐이라 아래쪽

옷걸이 고리가 나오는 부분이 뚫려 있는데, 오늘은 무거운 병 때문에 이 비닐이 찢어져 애를 먹었다.

분리수거를 하면서 네 생각을 했다. 평소 같으면 어제 저녁에 네가 했을 텐데, 하는 생각을 하면서 와인 병(그때의 그 와인 병에 남은 와인을 그저께 마지막으로 엄마와 한 잔씩 했다. 또 한 병 남은 와인은 언제 먹을지 모르겠다.), 해피 밥에 섞어 주는 양고기 캔, 간장병, 어제 그리고 그저께 하나씩 나온 플라스틱 딸기 박스...

어제 하늘이는 핸드폰을 중고로 샀다. 12만 원 줬다더라. 9월이면 멀리 갈 텐데, 새로 가입하면 약정을 해야 하고 골치 아파서 그냥 그랬다더라. 기종은 예전 것과 똑같은 것, 쓰기 편해서란다. 변화를 싫어하는 하늘이, 은근히 걱정이다.

또 하루, 건강해라. 아빠

머리를 말리면서...
4월 26일

네가 간 뒤로 우리 집에서 일어난 변화가 한 가지 있다. 우리가 의식할 수도 있고 못할 수도 있는 변화가 여러 가지 있겠지만, 그 가운데 한 가지, 안방 화장실의 드라이기 위치이다. 너도 알다시피 드라이기 놓는 자리가 좀 애매했잖아. 변기 물통 뚜껑 위에 주로 두긴 했지만, 줄 때문에 좌변기 뚜껑 열기가 불편하기도 했고 물 내려가도록 누르는 꼭지가 줄 때문에 거치적거리기도 했으니까.

그래서 어느 날엔가 나는 그걸 변기 왼쪽 벽에 붙어 있는 못에다가 걸어보았다. 그런데 네가 기억하는지 모르지만 사실 그 못의 노출된 길이는 무척 짧다. 게다가 거기에는 다른 주머니가 걸려 있어서 드라이기의 굵은 전선이 제대로 걸릴 수 있을지 미심쩍었지만 그냥 한 번 걸어보았다. 거기에 걸릴 수 있으면 좋겠다는 기대를 하면서. 혹시나 싶어서 말이야. 그런데 신기하게도 멀쩡하게 잘 걸리더라. 상당한 마찰력이 작용하는지 드라이기 무게를 너끈하게 지탱하고도 남더라, 거 참...

그래서 며칠 동안 그렇게 걸어두고 썼다. 주변이 깨끗하고 좋더라. 그런데 며칠 지나고 보니까 혹시 의도하지 않은 동작으로 잘못 툭 건드려서 드라이기가 못에서 이탈하면 바닥에 떨어져서 깨질 수도 있겠다 싶어서, 드라이기의 전선을 운동화 끈 묶듯이 묶어 고리를 만들고, 그 못에다 걸었다. 그러니까 드라이기를 한층 안정되게 걸 수 있더라. 미학적으로 깔끔하고, 정서적으로 안정적이고, 실용적으로 편리하고...

그 다음에 드는 생각이, 왜 진작 이런 생각을 하지 못했을까? 이사

하고 무려 1년 하고도 몇 달이 지난 다음에야 이 생각을 했을까? 잠깐만 시간을 들여서 궁구했더라면, 우리가 그동안 경험했던 그 모든 불편함은 없어도 되었을 텐데…

변화라는 게 이렇게 어렵구나!

너도 명심해라.

변화를 불편하게 생각하지 말고, 시간과 노력을 들여서 주도적으로 이끌어라.

네 몸에 대해서, 네 습관에 대해서, 네 생활에 대해서, 네 철학에 대해서, 그리고 네 미래에 대해서…

이런 생각을 두루두루 하길 바라면서, 또 하루 네가 건강하길 빈다.

가족이 늘 사랑과 염려의 마음으로 지켜보고 있다는 거, 잊지 마라.

아빠가…

옷 잘 받았다

2013. 4. 26.

엄마가 전화했더라, 옷 받았다고, 그런데 옷만 받았다고, 아무리 찾아봐도 편지가 없다고,,,

편지 왜 안 썼니 주헌아, 엄마가 많이 기다렸는데, 옷 보따리 오면 네 편지도 볼 수 있을 거라고 많이 기다렸는데...

집에 와서 보니까, 편지는 아니지만 네 메시지가 있더구나, 가위
표 네 개...
사진 속의 네 얼굴, 네 표정이 오버랩 되면서, 알겠다, 무슨 뜻인지.

많이 힘들지?
짐작은 한다만, 어떨지 모르니, 내가 해 줄 게 없으니, 안타깝구나.

그래도 어쩌겠니, 싸우고 버텨야지.
너를 지켜 줄 사람은 궁극적으로 너밖에 없다.
지지 말고 잘 싸워라, 힘들어도 버텨라, 이빨을 으드득 갈면서, 악
으로 깡으로,
욕 하면서 버텨라. 벌써 두 주나 지나갔잖아.
지나고 보면 그것도 다 아름다운 보석이 될 거다, 믿어라, 경험자
의 말이다.

내일 산소에 간다. 지난번에 비가 많이 오는 바람에 못 가서 내일
간다. 새벽 세 시 반에 출발할 예정이다. 지금 시간이 밤 열한 시,
앞으로 네 시간 반 뒤에 출발할 예정이다. 내일 산소에 가면 모레
서울로 돌아온다. (내일 편지 못 쓸 것 같아서 지금 쓴다.)
그런데 맙소사 이게 무슨 일, 지난 번 논산에 너 태워다 주고 온 길

로 차를 세워 뒀었는데, 오늘 보니까 배터리가 방전되었네, 그날 실내등을 켜놓고 그냥 됐나 보다, 헐, SOS 불러서 방금 시동 켜놓고 왔다, 좀 있다 내려가서 끄고, 자야지, 너 못지않게 나도 이렇다.

주헌아, 힘내라, 악으로 깡으로!
좋은 꿈꾸고,
사랑한다.

아빠가

산소 갔다 왔다
2013. 4. 28.

원래 4월 5일 가기로 했다가 연기되어 어제(25일) 갔다.

집에서 새벽 2시 30분에 출발, 판교에서 네 당숙과 창민이 픽업해서, 산에서 구미 할아버지가 합류했고, 묘사(묘지 묘, 제사 사)를 끝낸 뒤에 구미 할아버지는 바로 구미로 가시고, 우리는 대구행, 대구에서 황금동 할아버지께 보고하고, 해산...

이 할아버지께서 작년에 뇌졸중으로 한 번 쓰러지셨던 건 알고 있지? 그런데 할아버지가 하시는 재밌는 말씀, 뇌졸중 때문에 감정을 담당하는 우뇌가 손상되었는지, 예전에는 꽃을 보면 아름답다는 생각에서부터 온갖 연상이 자동적으로 이루어졌는데 이제는 아무리 꽃을 봐도 그저 '꽃이구나' 하는 생각 말고는 다른 생각이 들지 않고, 또 감정 조절 체계가 망가진 건지 텔레비전을 보다가 조금만 슬픈 이야기가 나와도 눈물이 마구 쏟아지고, 누구와 진지한 이야기를 조금만 해도 눈물이 쏟아지는 바람에 민망한 때가 한두 번이 아니라고... 할아버지는, 뇌졸중의 후유증으로 약간은 어눌한 발음으로, 네가 몸성히 훈련 잘 받기를 기원하셨다.

산에서...

어릴 적 네가 가재를 잡던 계곡 건너편 산 중턱에 너의 증고조할머니 산소가 있는데, 작년에 갔을 때 사방댐(낙목을 걸러 물이 원활하게 흐르도록 하기 위한 댐)이 새로 설치되어 주변 지형이 바뀌어 잠깐 헷갈렸는데, 이번에는 정확하게 위치를 잡고 사방댐을 건너 산으로 올랐다. 그런데 평소 가던 시기보다 20일쯤 지난 무렵이라 그런지 잡풀이 벌써 무성하고 나뭇잎도 제법 많이 나와 시야가 확보되지 않았다. 비탈도 가파르고 잡목, 가지, 넝쿨 때문에 전진이 어려웠다. 한 삼십 분 헤매다가, 숨은 턱에 차고, 결국 못 찾았다. 분명 사방댐을 건넌 그 위치가 맞는데, 정말 이상했다. 결국, 할머니가 잘 내려다보실 것 같은 위치에서 그냥 묘사를 올렸다. 그런데 다시 다른 산소를 가려고 차를 몰고 100미터쯤 더 올라가니, 거기 또 사방댐이 있었다. 그 사방댐이 내가 기준으로 삼았던 바로 그 사방댐이었다. 사방댐이 두 개였던 것이다. 인생이 그렇다. 그렇게 헷갈린다. 정신차려야 한다.

건강해라.

친구 전번은 010-0000-0000

네 목소리

2013. 4. 29.

지난 토요일, 묘사 지내고 대구에 가 있을 때 엄마가 전화했더라, 네가 전화했었다고, 목소리가 밝더라고, 힘들지 않느냐고 물으니까 '군대가 뭐 그렇지'라면서 아무렇지도 않게 대답하더라고, 그래서 혹시나 했던 이런저런 모든 걱정이 사라지더라고, 그런데 엄마는 안중에 없고 친구 전화만 챙기려는 네 녀석이 야속하더라고...

솔직히 고백하자면, 나도 꼭 네 나이 때 그랬다. 외갓집에 며칠 머무르던 중이었는데, 그날이 외할머니 제사니까 꼭 참석하라는 외할아버지의 손길을 뿌리치고 대구로 달려갔다. 어떤 여자를 만나기로 약속이 되어 있었거든. 당시에는 '휴대폰도 없고 집 전화번호도 몰라서 연락할 길이 따로 없어, 그날 내가 가지 않으면 그 여자는 무작정 기다리다가 발길을 돌려야 했기에, 어쩔 수 없었다' 하고 나름대로 합리화를 했었겠지만, 그 뒤로 나는 그 일을 두고두고 후회했다. 몇 년 전에야 비로소 경주(경주시 건천읍 모량리)에 있는 외삼촌댁으로 가서 처음으로 외할머니 제사에 참석했었다. 아주 오래 전의 그 죄송스러움을 그렇게나마 표현하고 싶었던 거지.

어른이 되고 난 다음의 생각과 젊은 시절의 생각은 왜 이렇게 다른지...

너도 혹시 아는지 모르겠다만, 그리고 또 네가 싫어할지 모르겠다만, 아무리 생각해도 너는 성격적으로 나를 많이 닮은 것 같다. 그래서 특히 걱정이 많이 된다. 내 성격의 (장점은, 장점이 있다면, 논외로 하고) 단점을 누구보다 잘 알기 때문인 것 같다. 네가 나를 닮지 않으면 좋겠다는 생각, 닮은 부분은 고치면 좋겠다는 생각... 지나치게 내성적이라 모든 문제를 혼자서 해결하려 하고, 강한 자의식이 때로는 (전혀 근거가 없음에도 불구하고) 열등감으로 표출되기도 하고, 뭐 기타 등등... 그래서 네게 특히 많은 말을 해 주고 싶었고, 또 그러다 보니 잔소리가 지나쳤던 것 같다.

그래도, 내가 손가락으로 달을 가리키면 내 손가락을 보지 말고 달을 보기 바란다. 내 손가락이 아무리 꼬질꼬질 때가 묻어 더럽고 볼품없더라도 말이다. 내가 '바담 풍' 해도 너는 '바람 풍'이라고 하면 좋겠다. 이렇게 네가 나보다는 빠르게 어른이 되면 좋겠다.

자주 웃어라.

4월이 가는구나...

2013. 4. 30.

4월의 절반이던 때 논산훈련소 운동장에서 이별했고, 그리고 나머지 절반이 마저 가는구나.

4월은 잔인한 계절이라고, 영국 시인 T. S. 엘리엇이 장편 시 "황무지(The Waste Land)"의 1장 첫 행에서 노래했다.

April is the cruellest month, breeding

Lilacs out of the dead land, mixing

Memory and desire, stirring

Dull roots with spring rain.

Winter kept us warm, covering

Earth in forgetful snow, feeding
A little life with dried tubers. (…)

사월은 가장 잔인한 달
죽은 땅에서 라일락을 키워 내고
추억과 욕정을 뒤섞고
잠든 뿌리를 봄비로 깨운다.
겨울은 오히려 따뜻했다.
모든 걸 잘 잊게 해주는 눈으로 대지를 덮고
마른 구근으로 약간의 목숨을 대어 주었다.(…)

4월이 잔인한 건, 망각에서 깨어나야 하는 새 출발의 시련이 만만
치 않기 때문,
우리 가족에게 2013년 4월은 너의 입대로 기억될 것 같다. 너의
떨리던 눈빛과 불안한 신경질로, 시련을 이기고 진정한 남자가 되
어 돌아올 것이라는, 가슴 깊은 곳이 저릿하게 아픈 나의 기대로,
기억될 것 같다.

또 하루 멀어져 간다 내뿜은 담배 연기처럼
작기만한 내 기억 속에 무얼 채워 살고 있는지
점점 더 멀어져 간다 머물러 있는 청춘인 줄 알았는데
비어가는 내 가슴속엔 더 아무 것도 찾을 수 없네

계절은 다시 돌아오지만 떠나간 내 사랑은 어디에
내가 떠나보낸 것도 아닌데 내가 떠나 온 것도 아닌데
조금씩 잊혀져 간다 머물러 있는 사랑인 줄 알았는데
또 하루 멀어져 간다 매일 이별하며 살고 있구나
(김광석, "서른 즈음에")

너에게 군 복무는 무엇을 위한 이별?

엄마는 오늘 알바 교육 받는다며 아침 일찍 나갔다. 저녁까지 교육 받을 줄 알았는데 금방 끝날 것 같다고 좋아하면서 점심 때 전화했 더라. 5월 1일부터 두 주만 한단다. 하늘이는 어제 방학 때 인턴 하 겠다면서 지원서 쓰느라 끙끙대더라. 가족 모두 이렇게 씩씩하다.

사랑한다.

네 편지 잘 받았다

2013. 5. 1.

오늘 하루도 훈련 잘 받고 잘 보냈겠지?

어제 저녁, 퇴근하는데 우편함에서 네 편지를 발견했다. 반갑더

라. 집에 들어가자마자 엄마와 함께 읽어 보았다. 얼마나 바쁘고 힘든지 안 봐도 알 것 같구나. 행간을 통해서 네 마음이 건강하다는 걸 확인하니 마음이 놓인다. 엄마는 한바탕 눈물바람을 했고, 그 와중에 해피는 집에 왔으면 빨리 간식부터 챙겨줘야지 무슨 짓이냐며 나를 째려보고 난리를 쳤다.

그래, 대한민국 남자들이면 다 하는데, 너라고 왜 못하겠니?

늦게 귀가한 하늘이도, 네가 잘 있는 모양이라며 안도하더라.
네 편지 스마프폰으로 찍어서 담아뒀다. 가끔 열어볼 생각이다. 나로서는 너한테 받은 이 편지가 역사적인 기념물이니까 오버한다고 닭살 돋는다고 타박하지도 말고 부담을 가지지도 마라. 군대 간 아들 편지를 품에 안고 다니는 사람보다는 낫잖아.
（그런데, 'to 부모님께'와 'from 작은아들'은 좀 그렇더라.）

사실, 너에게 이렇게 자주 편지를 쓰는 일이 좀 어색하긴 하다.
우리가 그동안 서로의 감정을 살뜰하게 나누는 사이가 아니었으니까, '격한 어떤 감정' 말고는 서로에게 감정을 표현하는 일이 익숙하지 않으니까 말이다.

그래도 꼭 시간을 내서 하루에 한 번 편지를 쓰려고 한다.

이렇게 편지를 쓰면서 네 생각을 하다 보면, 내가 이해하지 못했던 너를 보다 잘 알 수 있을 것 같고, 또 언제나 '어린애'로만 보이는 작은아들을 염려하는 내 마음 가운데서, 나쁜 것도 많이 있겠지만 그런 것들은 다 빼고, 좋은 것들만 혹은 좋은 것들도 함께 네 눈에 비칠 수 있을 것 같거든. 그리고 또, 내 편지가 아주 짧은 시간 동안이긴 하겠지만 그래도 너에게 작은 위안이 되리라 기대하면서...

넌 그냥 '아, 아빠가 심심해서 그러나 보다' 하고 생각해라, 답장은 안 해도 된다.

조금 전에 아르바이트 첫 출근한 엄마하고 통화했는데, 저녁 메뉴가 푸짐하다면서 좋아하더라. 불고기, 돈가스, 짜장면, 짬뽕국물, 또 더 있었는데 생각이 안 나네. 오늘 노동절이거든.

하늘이도 매일 늦을 테니 오늘부터 두 주 동안 저녁은 혼자, 아니 해피하고 둘이서만 먹을 것 같다.

일부러라도 자주 웃고, 해피 꿈 꿔라,
사랑한다.

아빠가

유부초밥과 영점 조준

2013. 5. 2.

어제 아침에 엄마가 유부초밥 해 준다고 했는데 밥이 조금 질게 된 바람에 오늘 아침으로 미뤘다. 오늘은 밥을 살짝 되게 했는데, 오늘도 유부초밥 먹는 거 실패했다. 어제 엄마 첫 출근이었는데 일이 힘들었던 모양인지, 아침에 일어나지 못하더라. 그래서 오늘도 실패! 내일은 먹을 수 있으려나?

해피 꿈 꿨나?

요즘 해피가 문제다. 날씨도 점점 따뜻해지고 해서, 화장실에서 볼일을 보도록 유도하려고 거실에 깔아주던 신문지를 치웠다. 그런데 녀석이 내 의도대로 따라주지 않는다. 신문지도 없는 상태에서 그냥 거실에 오줌을 눈다. 녀석도 나름대로 원칙이 있는지, 아침에 일어나서 그리고 잠자기 전에는 화장실에서 볼일을 보는데, 우리가 집을 비우고 없는 동안에는 줄기차게 거실에서 그냥 해버린다. 저녁을 먹은 뒤에도 내가 감시를 소홀히 하면, 볼일을 보려고 슬그머니 그 쪽으로 간다. 가다가 나한테 딱 걸려서 화장실에 가라고 하면 매우 못마땅한 얼굴로 화장실로 간다. 내가 자기에게 무엇을 주문하는지 모르는 게 아니면서, 이러는 걸 보면, 녀석이 나이를 많이 먹고 나니까 능구렁이가 다 된 모양이다.

어제는 밤에 엄마가 전화해서 신당역으로 데리고 나오라고 했는데, 이 녀석이 통화 내용을 다 알아들었는지, 내가 전화를 끊고도 나가지 않고 계속 있으니까 앵앵앵앵 거리면서 난리를 치더라.

"왜 안 가? 빨리 가자! 나 데리고 말이야! 가자!"

귀신같은 놈이다!

그러고 보니 요즘 이삼일에 한 번씩 외출을 하더니 밖에 많이 나가고 싶은 모양이다. (흐흐, 그러고 보니까 너도 밖으로 나가고 싶은 마음 굴뚝같겠다.) 무얼 하든 해 본 사람이 또 하고 싶은 법이니까. 이게 '눈높이 법칙'이다.

하늘이도 그렇고 너도 그렇지만, 눈높이 설정에 문제가 좀 있다, 내가 보기에는.

수준을 높이라는 말 내가 많이 했지?

지난번에도 지나가는 말처럼 잠깐 이야기했지만, 종 모양의 정규분포 곡선에서 왼쪽 꼬리의 오차 범위 잘라내는 부분 경계선에 눈높이를 맞추는 것 같아서 안타까운 마음이 늘 든다. 사격에서 영점 조준이라는 거 있잖아. 네 인생의 영점 조준 다시 해라. 내 지적이 옳다면...

동기들과 재밌게 지내라, 잘 웃고.

아빠가

미안하다

여기서 이러시면 안 됩니다!

2013. 5. 3.

육군 훈련소 웹사이트 들어가면 재미있는 게 많다.

연대별 코너에 '편지 쓰기', '보고픈 얼굴 검색', '부모님/곰신게시판', '훈련병 Tip'이 있다.

물론 편지는 '편지 쓰기'에서 써야한다. 그런데 '~Tip'에 들어가서 어머니·아버지들이 마구 글을 남긴다. 여자 친구도 있다. 맨 위에 빨간색 글자의 '공지'가 깜박거리면서 '이곳은 훈련병에게 편지 쓰는 곳이 아닙니다'라는 데도 편지 사연들은 날마다 줄줄이 이어진다.

'~게시판'에서도 마찬가지다. 그야말로 부모님·곰신이 정보를 나누는 공간인데, 여기에도 사람들이 마구, 줄줄이, 편지를 써댄다.

(여기서 이러시면 안 됩니다!)

글을 남길 수 있는 공간이면 무조건 편지를 쓰고 본다. 해피가 산책 나가면 가로등, 벽, 화단 등 조금만 길고 높은 데를 발견하면 무조건 다리 들고 오줌 갈겨 영역 표시하는 것처럼, 일단 찜부터 하고 보자는 생각에 그렇게 마구 써대는 것 같다.

그러고는 아무 공간에든 '편지를 보냈는데 왜 답장이 안 오죠?' 하고 묻는다. 이런 글이 한두 개가 아니다.

(왜긴 그 훈련병이 답장을 안 썼으니까 안 오지!)

사람이 감정적으로 다급해지만 이성적인 판단은 실종되고 만다. 보고 싶은 마음이 얼마나 사무치면 그렇게 정신이 혼미해질까, 쯧쯧.

그런데 알고 보니 나도 마찬가지더라.

지금까지 나는 제목란에 "(아빠) 26연대 1중대 2소대 58번 이주헌 / ○○○(글 제목)"라고 썼는데, 정확하게는 제목을 빼고 "~ 이주헌 훈련병"으로 써야 한다. 이 사실을 나도 어젯밤에야 알았다. 아뿔싸! 혹시 내가 보낸 편지가 규정 위반이라 안 들어간 건 아닐까, 잠시 정신이 아득해지더라. 설마, 아니겠지…

(참고로 나는 4월 23일부터 날마다 한 번씩 정해진 한도인 800자 꽉꽉 채워서 쓰고 있다. 육군훈련소 사이트는 너그럽게도 띄어쓰기와 행갈이는 글자로 계산하지 않더라.)

주헌아,
바쁘고 힘들어도 하루에 5분씩만이라도 호흡에만 집중하고서 심호흡을 해 봐라. (이게 명상이다.) 감정을 다스리는 훈련, 따로 언제 해 보겠니? 다른 어떤 곳이 지금 환경보다 좋을까?
잘 자라 아들, 좋은 꿈 꿔라!

규율은 리더의 원칙이다
2013. 5. 3.

어제 우편함에서 네 편지를 발견하고 얼마나 기분이 좋았던지 모른다. 해피가 꼬리치면서 과자 달라는 걸 거들떠보지도 않고 네 편지부터 읽었다. 글이 안정되어 있고 또 훈련소 생활 잘하고 있는 네 모습이 상상되어 기분이 무척 좋았다. 엄마도 그렇고 하늘이도 그렇고, 오랜만에 다들 활짝 웃었다. 하늘이는 네가 해피에게 맛있는 것 많이 주라고 해서 '특별히' 과자를 하나 더 주었다. 뜻밖의 횡재가 네 덕분이라는 걸 해피가 알까?

　너무 잘하지도 않고 너무 못하지도 않게 하는 것, 좋은 처세의 방법이다. 이렇게 하면 중간은 가고, 중간만 가면 무난하게 한 세상 살 수 있다는, 오랜 세월 전쟁 동원과 온갖 부역에 시달리면서 쌓아온 민초의 깨우침이다.

　그러나 이것은 리더의 덕목은 아니다. 이런 처세를 하나의 '기술'로만 익히고 구사해야지, 이게 생활의 '원칙'이나 '철학'이 되면 안된다. 중간을 하려면 눈치를 봐야 한다. 눈치를 봐야지 어디가 중간인지 알 수 있거든. 눈치를 본다는 것은 수동적이잖아? 능동적으로 주도적으로, 어떤 원칙 아래에서 문제를 해결하는 것, 세상 모든 리더의 공통점인 것 같다. 전체 속의 자기 위치를 파악하려고 둘러보는 리더는 있어도, 중간쯤 하려고 눈치 보는 리더는 없으니까.
　　(물론, 훈련소 생활하면서 사소한 것에 목숨 걸라는 말은 절대로 아니다.)

　한 마디로 '규율'이다.
　스스로를 다잡는 규율, 그리하여 집단에까지 영향력을 행사하는 규율, 이 규율이 있어야 개인이 발전하고, 집단이 발전한다. 규율이 없는 조직이 오합지졸이듯이, 규율이 없는 사람은 허수아비다. 이런 사람들은 '잔머리' 굴려서 남의 호주머니에서 푼돈 몇 푼 털어내는 데 만족하며 살아간다.

　율곡 이이는 생활수칙 열 가지인가를 정해 두고 지켰는데, 이 가운데 잠을 잘 때 외에는 자리에 눕지 않는다는 게 있었다. 사소한 것이지만 이런 내적 규율을 가지고 있었기에 위대한 학자·정치가가 될 수 있었지 않았나 싶다.

　입대하기 전에 했던 질문 기억하지?
"너에게 군 복무는 무엇인가?"
훈련소에 있는 동안 곰곰이 생각하길… 오늘 잔소리 끝!

　건강하게 잘 지내라.

　　　　　　　　　　　　　　　　　　　　　　　　아빠가

친구 전번 010 0000-0000

오늘은 일요일에 어린이날
2013. 5. 5.

오늘은 일요일, 지금쯤 교회 혹은 절에서 받은 '가나 파이'의 달콤함에 젖어 있을 혹은 그 달콤함의 기억을 흐뭇하게 되새기고 있을 네 모습을 상상해 본다. 그 행복한 기분, 오랫동안 기억해라, 네 인생의 소중한 추억으로 남을 테니까.

오늘은 어린이날이다. 그런데, 네게 주던 어린이날 선물을 우리가 언제부터 끊었지? 끊지 않았으면 더 좋았을 걸, 하는 아쉬움이 든다. 너를 청소년으로 대접함으로써 청소년답게 의젓하게 행동하기를 바라는 마음으로, 그렇게 성숙해지기를 바라는 마음에서 그랬던 것 같다. 네가 경제적으로나 심리적으로 하루 빨리 한 사람의 사회인으로 제 몫을 하는 어엿한 성인으로 성장하길 바라는 마음이 간절하지만, 다른 한편으로는 아무래도 너는 내 마음속에서 영원히 어린이인 모양이다. 그러니 이 편지는 아빠가 주는 어린이날 선물이라고 생각해라. 나의 영원한 어린이 주헌아, 어린이날 축하한다!

지금쯤이면 동기들과도 친해지고 훈련소 생활이 어느 정도 익숙해졌겠지. 그런데, 이상하게도 이럴 때쯤이면 또 다른 문제가 생기는 법... 환경이 조금 편해지면, 힘들 때 의지할 수 있어서 그저 좋기만 하던 동기들의 단점이 보이기 시작한다. 그럴 수밖에 없는 게 성장 환경이나 가치관 혹은 취미가 저마다 다르기 때문이겠지. (예를 들어, 손톱을 손이나 이빨로 쥐어뜯어 손톱깎이가 필요 없는 너의 그 특이하고도 비위생적인 버릇을 이제야 발견하는 동기들 가운데 그것을 백퍼센트 인정하는 사람들이 몇이나 될까?)

이런저런 갈등이 생기더라도 대범하고 현명하게 잘 해결해 나가라.

사람들이 문제에 맞닥뜨렸을 때 취하는 태도는 대개 이렇더라.

(1) 문제를 분석하고 해결책을 모색

(11) 공존의 길을 찾는다

(12) 어차피 오래 안 볼 사람들이니까 나 편한 대로 한다 (때론 이것도 좋은 전술!)

(2) 해결책 모색을 내일로 미룬다

(3) 문제를 무시한다

너는 어느 쪽이냐, 혹은, 어느 쪽이었느냐?

편지 쓰기 전에 엄마 바래다드리고 해피 산책 시키고 왔다. 녀석은 널브러져 있다. 하늘이는 아침에 독서동아리 갔고...

오늘 하루도 수고했다. 잘 자라.

아빠가

부재중 전화

2013. 5. 6.

편지를 쓸 때마다 생각하는 거지만, 내가 지금 오후 네 시에 쓰는 이 편지를 너는 도대체 언제 읽을까? 밤에 잠자리에 들어서 읽을까, 아니면 아침 식사 때 혹은 점심 식사 때 읽을까? 그러다가 갑자기, 지금 내가 하는 말이 시간이 하루쯤 흐른 뒤에 네 손에 들어가면 이미 빛이 바래져 있지나 않을까, 내가 하는 말들이 허공으로 흩어져 버리지나 않을까 하는 뜬금없는 걱정이 왈칵 들기도 한다. 지금 쓰는 이 편지를 마우스로 클릭해서 등록하는 순간, 혹은 적어도 오 분 안에 네가 읽고, 또 그 사실을 내가 확인할 수 있으면 얼마나 좋을까...

그래서 그런지, 조금 전에 이상한 경험을 했다. 전화가 삐릭삐릭 오더라. 그런데 내 손가락이 수신 버튼을 터치하기도 전에 신호음이 뚝 끊어지더라.

뭐지?

그래서 보니까 전화번호고 지역번호가 041이더라. 훈련소 인사과의 지역번호가 041이었다는 생각이 언뜻 들었다. 그렇다면! 훈련소에서 네가 포상 전화를 했는데, 내가 받지 않아서 그냥 끊어버렸나? 그래서 한동안 다시 전화벨이 울리기를 기다렸다. 계속 기다렸는데도 전화가 오지 않더라. 그래서 내가 전화를 걸어보았다. 뭐라고 안내 멘트가 들렸지만 훈련소 같기도 하고 아닌 것 같기도 하고 (지금은 아무 생각도 나지 않는다), 어떤 여자가 받길래 내가 여차저차 이야기하니까, 누군가 전화번호를 잘못 눌렀나 보다고 하더라. 헐! 주헌아, 아빠는 지금 네가 많이 보고 싶나 보다.

오늘 머리 깎았다. 연극 함께하던 후배가 부친상을 당했다는 연락을 어젯밤에 받았는데, 그렇잖아도 머리를 깎아야 하는데 하고 한 일주일 생각만 하던 차에, 오늘 문상 가면 오랜만에 보는 사람들도 많을 텐데 후줄근한 모습보다는 깔끔한 모습이 좋을 것 같아서, 점심 먹고 가서 깎았다. 이렇게 머리를 깎으면 기분이 좋아져 왜 진작 깎지 않았나 하는 생각이 드는데, 왜 늘 그렇게 미루었는지 몰라. 아마도, 어제 내가 나열한 문제 해결 태도로 보자면 나는 (2)(해결책 모색을 내일로 미룬다)나 (3)(문제를 무시한다)에 해당하는 것 같다. 너한테 온갖 좋은 이야기를 다 하지만, 아빠도 이렇다. 그러니 너는 아빠보다는 나아야 하지 않겠니?

오늘도 유쾌한 하루, 많이 웃어라!

인생의 요리

2013. 5. 7.

군화가 커서 어떻게 하고 있는지 걱정이구나. 대일밴드가 있다면 그나마 나을 텐데... 나중에 장거리 행군할 때는 준비 단단히 해야 한다. 동기들에게 이리저리 물어보고 나름대로 대비를 해라. 뽁뽁이 같은 거 있으면 좋을 텐데...

푸시업은 늘었나? 입대하기 전에 세 개도 못 하고 바들바들 떨던 모습이 얼마나 우습던지...

방금 대구 할머니가 전화하셨다. 집문서를 아무리 찾아봐도 없다면서, 혹시 내가 가지고 있는지 물으시더라. 지금까지 스무 번은 더 하신 질문이다. 그래서 내가 가지고 있다고(사실 그런 거 없다), 혹시라도 또 그런 생각이 나면 여기저기 찾지 말고 곧바로 나한테 전화하라고 말씀드렸다. 그러겠다고 하셨다. 하지만 또 잊어먹고 같은 전화를 하실 거야. 걱정이다. 77세면 다른 노인들은 여전히 정정하고 운동도 잘하시던데... 그나저나 네 고모들 같은 효녀들이 없는 것 같다. 특히 큰고모가 그렇다. 그래서 나는 늘 네 고모들을 고맙게 생각한다. 고모들이 앞장서서 나서지 않았으면 어땠을까 싶다.

대구 할머니뿐만 아니라 응봉동 할머니도 걱정이다. 84세의 연세에 아직은 정정하지만, 그래도 몇 달 전과 비교해도 확연히 수척해

지신 것 같다. 또박또박하던 음성도 어딘지 힘이 빠진 것 같고 눈의 총기도 많이 흐려진 것 같다. 그래도 손에서 일을 놓으면 정신적으로나 신체적으로 갑작스럽게 쇠약해질까 봐 나름대로 열심히 살림하고 운동하며 사신다. 사람이 나서 살다가 죽는 거야 자연의 이치지만, 당사자는 물론이고 주변 사람들은 안타깝기만 하다.

주헌아,

인생은 딱 한 번이니까 소중하다. (영원히 산다면 이 세상에 아름다운 건 없겠지.) 인생이란 맛있는 음식을 만들어서 기분 좋게 먹을 기회는 딱 한 번뿐이다. 네게 한정된 시간이 주어져 있고 지금은 재료를 준비하는 시기, 이왕이면 맛있는 음식 만들어서 기분 좋게 먹어야지. 애피타이저도 만들고 디저트도 만들고, 예쁘게 장식도 하고, 술도 종류별로 갖추어서 식탁에 올리고, 예쁜 여자하고 함께 혹은 즐거운 친구들과 함께...

사랑하는 주헌아,

세상은 생각보다 힘들기도 하고 또 재밌더라. 기대하고 준비해라.

아빠가

미안하다

2013. 5. 9.

바다낚시 데리고 가지 못한 것... 언젠가 응백이 아저씨 출판사 식구들과 함께 서해의 어느 바닷가로 놀러 갔을 때 네가 처음 바다낚시를 해봤고, 그 뒤로 꼭 한 번 데리고 가겠다고 약속했지만 그 약속을 지키지 못했고, 그래서 너는 늘 아쉽게 생각했고, 급기야 아쉬운 걸 넘어서 약속을 지키지 않는 아빠를 불신하기까지 이르렀지. 지금 생각하면 아무 것도 아닌데, 어쩐지 위험하다는 생각에, 새벽 두 시부터 오후 여덟 시까지의 강행군을 중학생인 네가 어쩐지 육체적으로 견디지 못할 거라는 나 혼자만의 생각에, 그리고 네가 육체적으로 감당할 수 있을 시기에는 공부 때문에 바쁘다는 핑계로 너는 아예 약속의 끈을 싹둑 잘라버렸고, 결국 그 약속은 지키지 못한 약속이 되어버리고 말았고, 어느 순간엔가 그 약속은 우리 둘 사이의 불신의 코드의 씨앗이 되고 말았던 것 같다.

네가 고등학생이 된 이후에 친구 집에서 자겠다고 했을 때 군말 없이 허락하지 않은 것... 내가 네 나이 무렵일 때를 생각하면 그런 일쯤은 아무 것도 아니었는데, 왜 단서를 붙이고 토를 달았던지... 그 무렵에 나는 청소년기의 위험한 강을 너무도 위험하고 아슬아슬하게 건넜고, 그 아슬아슬한 모험이 지금까지 나를 떠받쳐 준 용기와 지혜의 원천 가운데 하나였음에도 불구하고, 그때 입은 트라우마가 지금도 시시때때로 나를 괴롭히기에, 네가 혹시 맞닥뜨릴지도 모르는 그 위험을 피할 수 있으면 피하게 하고 싶다는 마음이었지만, 결국에는 네 열정을 억누르는 것밖에 되지 않았고, 너는 나를 고리타분한 어른으로 바라보게 되었고, 그로 인해 다시 또 불신의 나무는 더욱 더 무성한 잎을 피웠던 것 같다.

좋은 아빠가 되고 싶었지만 마음뿐이었던 것 같다. 하지만 넌 벌써 성인의 문 안으로 막 진입하고 있으니, 내가 해 주지 못한 것들 때문에 아쉬움도 많고 마음도 급해진다.

그래도 너는 심지가 굳기에, 빠른 물살의 강을 잘 건너고 있으리라 믿는다. 그래, 물에 좀 빠지면 어떻고 옷이 젖으면 또 어떻고 살갗에 타박상을 좀 입으면 어때, 인생은 길고 또 어차피 인생이 그런 건데, 그러면서 배우고 느끼고 즐기고 감사하며 사는 건데...

힘내고, 자주 웃어라.

아빠가

아주 커다란 나무

2013. 5. 9.

너희 소대 사진 새로 올라온 거 봤다.
너 아주 폼 나더라, 표정도 여유가 있어서 보기 좋더라.

 베란다 밖으로 보이는 풍경이 얼마 전과 많이 달라졌다. 금호여중 운동장에서 공을 차는 사람들이 우거진 신록에 가려 이젠 보이지도 않는다. 불과 며칠 사이에 이렇게 바뀌어버렸다. 네가 입대할 때만 하더라도 그 나무들은 가지만 앙상했는데...

 혹시 기억하는지 모르겠다만, 아주 오래 전에 엄마가 점을 보러 갔다가, 너는 장차 아주 커다란 나무가 될 것이라는 말을 듣고 왔다. 상기된 표정으로 그 이야기를 하면서 엄마가 얼마나 좋아하던 지...

 "그냥 큰 나무가 아니고, 아주 커다란 나무, 엄청나게 큰 나무!"

 큰 나무나 작은 나무나 혹은 1년생 풀이라고 하더라도 각자 나름 대로 제 인생이 있겠지만, 그래도 아주 커다란 나무라니 기분이 좋지 않니? 사람들이 쉴 수 있도록 넓은 그늘을 드리우고, 때로는 비도 피할 수 있게 해주면, 존경도 받고 으쓱할 테니 좋잖아, 폼도 나고!

...기대해라.

조급하고 모자란 아빠였기에 부족하다면서 너를 늘 재촉했지만 (이것 역시 너에게 미안한 숱하게 많은 것들 가운데 하나다!), 사실 넌 강한 멘탈과 의지가 있는 놈이다. 그런데 아쉽게도 (순전히 나의 추정이지만, 아니면 좋고!) 목표가 모호하다. 목표가 모호하면 열정이 생기지 않거든. 군 복무 기간을 네가 이런 것들을 정리하는 시간으로 삼으면 좋겠다는 바람을 아빠는 가지고 있다. (그래서 사실 육체는 힘들어도 정신만은 시퍼렇게 날이 선 칼처럼 예리하게 만들어 줄 근무 보직을 내심 바라지, 흐흐.)

눈 나쁜 사람이 안경을 끼면 잘 보이잖아. 그러면 판단도 빠르고 정확해지지. 안경이 없을 때 보이지 않던 것들이 보이거든. 너도 세상을 바라보는 이런 근사한 안경 하나 장만하면 좋겠다. 이런저런 어려움이 닥치더라도 너 자신의 능력과 의지와 끈기를 믿고 (넌 충분히 해낼 수 있는 놈이니까), 넓게 바라보고 깊게 생각하는 버릇을 들여라. 이 버릇이 바로 그 안경이 되어줄 거다.

미래의 아주 커다란 나무야, 오늘도 싱글벙글 웃어라!

아빠가

내가 기억하고 싶은 너의 표정들

2013. 5. 10.

2005년 4월 19일 엄마 생일 때 케이크를 먹은 뒤에 네가 하늘이와 찍은 사진, 긴 팔 남방을 입은 하늘이가 오른팔 팔꿈치를 네 왼쪽 무릎에 받치고 오른손으로는 자기 오른쪽 광대뼈 부근에 댄 채 가장 멋있게 보이고 싶은 진지한 얼굴로 카메라를 보는데 너는 그 곁에 난닝구만 입어서 부끄러운지 자기 남방을 두 손으로 잡고 몸을 조금 가린 채 (하지만 두 손만 가릴 뿐 몸은 거의 가리지 못했다) 해피가 싫어하는 오색실이 놓여 있는 상을 바라보며 하얀 이를 드러내고 실눈이 되어 활짝 웃는 표정, 고등학교 입학하기 전에 새로 산 교복을 입고 카메라 앞에 모델이 되어 거만하게 측면 전방을 응시하던, 혹은 장난스럽게 얼굴을 일그러뜨리던 표정들, 거실에서 오락을 하다가 카메라를 향해 짓던 장난스러운 표정, 계면쩍을 때마다 혹은 뭔가 자랑스러운 성취를 이루었을 때 짓곤 하던, 터져 나오는 미소를 억지로 참으며 속마음을 드러내지 않으려고 할 때마다 작은 갈매기입이 되는, 그래서 결국은 속마음이 다 드러나고 마는 네 특유의 표정, 엄마가 해 준 음식의 맛을 보고 '나쁘지 않은데요'라고 할 때의, 아무렇지도 않은 척 하지만 사실은 상당히 만족스러워하는 표정, 거실에 엎드려 해피와 장난을 치면서 해피를 바라보던, 해피를 사랑하는 사람이 아니면 도저히 이해할 수 없는 그 표

324

정, 그러다가도 해피가 거실에 오줌을 싸거나 자기 말을 안 들을 때 해피에게 욕을 하며 도무지 이해할 수 없다고 투덜거리던 표정, 안방 화장실에서 목욕을 하고 거실을 지나 네 방으로 갈 때의 무덤덤한 표정, 중학교 졸업식 때 이 친구 저 친구를 불러 사진을 찍던 한껏 상기된 표정, 여행가서 사온 조커 티셔츠를 입고 자랑스러워 할 때의 으쓱하던 표정, 술을 마시고 취해서 늦은 시각에 귀가했을 때 무슨 좋은 일이 있었던지 기분이 좋아서 턱이 아래로 툭 떨어진 것처럼 헤벌쭉하던 표정, 또 표정들... 이 표정들이 그립구나.

어젯밤부터 비가 제법 많이 왔다. 아침에 아파트의 돌계단에 떨어지는 빗줄기를 보면서 네 생각을 했다. 각개전투 훈련을 받으면 옷 다 버릴 텐데 빨래는 어떻게 할까 하고.
　건강해라.

전략과 전술이 없었기 때문이다
2013. 5. 11.

너는 수능시험을 본 뒤 알바를 하려고 했다.

우선 생각나는 것이 식당에서 웨이터로 일하는 것과 학원에서 강의와 관련된 허드렛일을 도우며 강의 보조원으로 일하는 것이었다. 오토바이를 타고 배달 일도 해보고 싶었다. (하지만 오토바이를 탈 줄 모르니, 포기!) 그리고 친구와 함께 방송 엑스트라 출연 알바도 하고 싶었다. 매일 나가지 않고 콜이 오면 받을 수도 있고 받지 않을 수도 있어 좋았다. 그래서 보증금 3만 원도 친구에게 빌려서 냈다.

그런데 네 외할아버지께서는 알바를 할 시간이 있으면 그 시간에 책을 읽으라고 하셨다. 책을 읽으면 그 시간만큼 계산해서 알바해서 벌 돈을 주겠다고 하셨다.

사실 네가 알바를 하는 목적 가운데 중요한 것 하나가 용돈이었다. 대학교에 들어가면 돈이 많이 들 텐데, 입학하기 전까지 쓸 용돈까지 엄마에게 손을 벌리기가 미안했겠지.

친구 아무개는 이미 학원 알바를 잡았다. 녀석 말을 들으니 학원 알바가 식당 알바보다는 돈을 더 받았다. 아무래도 허드렛일뿐만 아니라, 학생들 질문을 받기도 하고 어느 정도는 강의를 했기 때문이다.

(그런데 사실 너는 알바보다 오락을 하고 싶었다. 오락에 빠져 폐인처럼 살고 싶었다. 재수생 때도 찔끔찔끔 그러긴 했지만, 그러면서

내가 왜 이러나 자책도 했지만, 이렇게 쉬어주는 것도 가치가 있는 것이라며 합리화했었는데, 이제 정말 본격적으로 그러고 싶었다.)

그래서 너는 과연 어떤 선택을 했지?
(엑스트라 알바 보증금 3만 원은 돌려받았니?)
너는 네가 원하고 너에게 필요한 게 무엇인지 몰랐다. 목적이 분명하지 않으니, 현재 자기가 놓인 환경에서 무엇을 하는 게 가장 중요한지 판단이 서지 않았던 것이다. 그러니까 결국, 무(無)와 공(空) 속으로 네 자신을 해체해버렸다. 게으른 육체와 흐물거리는 정신이 한 짓을 과연 너의 주체적인 선택한 것이라고 할 수 있을까?

전략과 전술의 부재!

전략 전술의 부재로 실패하는 사례, 네 주변에도 제법 있을 걸?
하다못해 스타크래프트 한 판을 하더라도 전략과 전술을 생각하며 작전을 짜는데...
올바른 전술과 전략이 전투와 전쟁을 승리로 이끌어준다.

반성해랏!

실탄 사격의 추억

2013. 5. 12.

주헌아, 사격 훈련은 받았니?

대학생 때 나도 전방 부대에 들어가서 열흘인가 보름인가 동안 각개전투 훈련도 받았고 화생방 훈련도 받았고 유격 훈련도 받았다. 내가 생각해도 상위 10퍼센트 안에 들 정도로 잘 했지. (나도 '군사 놀이' 이런 거 좋아했거든.)

그리고 드디어 사격 훈련장!

그런데 무슨 절차가 그렇게 긴지 갑갑증이 나서 미치겠더라. 총을 잡고, 안전장치 풀고, 호흡을 멈추고, 조준하고, 어쩌고... 사실 그런 내용은 사격대에 엎드리기 전에 이미 교육을 받았고, 또한 반복적인 이미지 훈련으로 정확하게 숙지하고 있었다. 그래서 나는 진작부터 표적을 조준한 채 발사 지시가 떨어지기만을 기다렸다. 방아쇠에 갖다 댄 손가락을 조금만 움직이면 명중시킬 수 있는데, 조교의 말은 아직도 한참 남았고... 가늠쇠 속에서 표적이 너무도 크고 선명하게 들어오는 순간, 탕! 나는 방아쇠를 당겨버렸고, 그 순간, '누구야!' 하는 고함소리, '다들 총 내려놔!', '총 내려놓고 일어나!' 젠장, 망했다!

결국 나는 열외되어 사격장 지붕 기둥에 매달렸다. 그것까지는 좋았다. 빨리 끝내고 원위치해서 사격만 하면 되니까. 그런데 내려오란 말을 않잖아. 두 번째 사격 때는 나에게도 기회를 줄 줄 알았는데, 젠장, 당시 사격훈련장에 있던 소령인가 하는 놈, 진짜 때려죽이고 싶도록 밉더라, 나도 쏘고 싶었는데!

그게 내 인생의 처음이자 마지막 실탄 사격이었다, 에휴.

1987년에 직선제 개헌을 수용하는 '노태우 6·29선언'이 나온 뒤인 1988년 3·1절에 시국 사건 관련자의 사면복권이 이루어졌고, 그때 나는 병역 면제 조치를 받았다. 당시 특히 민주화운동가족협의회(민가협) 어머니들이 앞장서서 이런 조치를 이끌어냈었는데, 유시민의 어머니가 민가협 활동에 열심이셨는데 이분이 마침 네 할머니의 단골 고객이라 서로 잘 아는 사이였고, 이분 덕분에 너희 할머니도 민가협 사람들을 만났단다. 물론, 처녀 시절의 한희영 여사도 그 주변 어디엔가 있었고...

오늘은 일요일, 베란다 바깥에 펼쳐진 신록을 보니 그때 생각이 나네.

에프엠대로 해라, 나중에 (아빠가 소령을 욕했던 것처럼 못나게도) 남 탓을 하며 제 잘못을 덮으려 하지 말고. 알았지?

사랑한다, 아빠가

나는 왜 편지를 쓸까?

잘 걸어라

2013. 5. 13.

주헌아,

오늘도 훈련 잘 마쳤니?

이번 주 훈련 일정이 '각개전투 / 종합각개전투, 30km 행군'이더구나.

30킬로미터 행군, 훈련의 마지막 꽃이다.

육체적인 준비야 지금까지 계속 해 왔으니까 됐고, 또 정신적으로도 입대 전과는 비교도 되지 않을 정도로 강인해졌을 테니까 걱정이 되지 않는다. 그런데 네 나이 또래 아이들이 대부분 그렇듯이 기술적인 준비는 잘 하지 못할 것 같다. 네 동기들 가운데서도 꼼꼼하게 준비성이 많은 친구가 있을 테니까, 그런 친구들이 어떻게 하는지 물어보고 잘 준비해라.

그런데 어제 오늘 날씨를 보니까 갑자기 여름이 된 것 같구나.

너는 더위 특히 땡볕에 약하니까, 똑같은 양의 일사(日射)를 받더라도 네가 받는 충격은 다른 동기들에 비해서 크다는 걸 명심하고 대비해라. 할머니가 예전에 쓰러지시고 결국 치매로까지 간 것도 일사병이 원인이었다. 일사병 혹은 열사병이 그만큼 무섭다.

중학생 때 콜라 색깔 오줌이 나오는 걸 보고 병원에 갔다가 급성사구체신염이라는 진단을 받고 입원해서 '침대에 누워서 꼼짝도 하지 마라'라는 엄청난 처방을 받았던 걸 염두에 두고 (네 육체적인 상태가 다른 동기들에 비해서 열등할 수 있음을 인정하고), 행군 수칙을 준수하면서 무사히 훈련을 잘 마치길 바란다.

네가 걸음마를 배우던 때가 생각나네.

엄마가 멀찍이 떨어져서 '주헌아!' 부르면서 박수를 짝짝 쳐 주면 넘어졌다 일어나기를 반복하면서도 뒤뚱뒤뚱 걸어 기어코 엄마가 뻗고 있던 손을 잡았고, 입을 헤 벌리고 웃으면서 좋아했지, 침을 질질 흘리며. 그때처럼 그렇게 씩씩하게 잘 해내라.

어제 밤에 하늘이가 너한테 편지 쓰던데, 하늘이 편지는 받았나?

어쩌면 이 편지와 함께 전달될 수도 있겠구나. 하늘이는 어제 교환 학생 가는 암스테르담 행 비행기 표 예매했단다. 오래 전부터 알아 보더니 드디어 결정한 모양이다. 편도로 칠십 몇 만 원이고, 홍콩에 서 12시간 머물고, 총 19시간 걸린다고 하더라. (하늘이가 왕복 비 행기 표는 자기가 모은 돈으로 산다고 한 거 알고 있나? 작은 돈에 벌벌 떨며 돈 귀한 줄 알면서도 돈을 제대로 쓸 줄 아는 걸 보니까 기특한 마음이 든다, 너도 그렇고... 풍족하게 못 해 줘서 늘 미안하 지만.)

　자주 웃고 있지?

아빠가

성취, 혹은 업적
2013. 5. 14.

　40년쯤 전의 내 얘기 하나.
　그때 나는 중학생이었고, 동네 만화방에서 (그 만화방 주인은 남 편 없이, 남편은 어디에 갔는지 몰랐다, 아이들 사이에 퍼진 이런저 런 이상한 소문 속에서 애를 둘 키우고 있었다) 친구와 고민 상담을 했다. 내가 부끄럼을 너무 많이 타는 게 문제였다. 사람들 앞에 나서면 얼굴이 새빨개지고 말을 잘 못했거든. 결론은 육군사관학교로 가는 것으로 났다. 육군사관학교에 진학하면 리더십을 키울 수 있을 테니 그 문제는 저절로 해결될 것이라고, 그리고 군인이 최고라고. 그러기로 했다.

그런데 나는 이 고민을 다른 방식으로 해결했다.

고등학교 1학년 때였다. 내성적인 성격을 개조해서 외향적인 성격으로 탈바꿈하는 작전에 돌입했다. 뭔가 폼 나는 것을 잘해서 아이들 앞에 나서겠다고 생각하고, 당시 계성고등학교 유도부 선수이던 동네 형에게 다이아몬드스텝과 투스텝이라는 고고 춤을 배웠고, 봄 소풍 때 이 춤으로 반에서 좀 날렸다. 그때부터 아이들이 나를 공부도 잘하면서 '좀 노는' 그런 애로 알았다. 그리고 문예반 활동도 (중국집 골방에서 술을 먹는 것까지 포함해서) 나름대로 열심히 하는 과정에서 이 문제는 해결되었다.

(그래서 육군사관학교에 갈 이유가 없어졌다. 만약 내가 거길 갔다면, 내가 한희영 여사를 만날 일도 없었을 테고, 너희들도 태어나지 않았겠지. 다행이지 않나? 내가 고등학교 1학년 때 성격을 바꾸는 데 성공하지 않았더라면 너는 지금 거기에서 존재하지도 않을 테니 힘들어도 투덜대지 말며, 우리 사이의 참으로 귀한 인연에 고마워하자.)

뭐든 할 수 있는 범위에서 너의 '업적(achievement)'을 하나씩 쌓아라. 이렇게 하나씩 성취하고 성공을 맛보는 게 중요하다. 그래야 더 큰 다음을 준비할 수 있거든. 이 과정에서 사람은 커 나간다. 큰 나무로 혹은 잡초로. 예컨대 하늘이가 과외하는 학생 및 부모는 교환학생 가서도 인터넷 화상회의 프로그램으로 계속 과외를 맡아달라고 하는데, 이건 하늘이가 쌓은 업적이고 그만큼 하늘이는 컸다.

네가 이 년 동안 군대에서 성취할 업적은 무엇일까?

네가 조금씩 커 가기를 바라는,

아빠가

해피의 소변 습관
2013. 5. 15.

어제 해피가 저녁을 먹은 뒤에, 내 눈치를 슬쩍 보고는 거실의 '자기 화장실'로 가려고 하길래, '해피!' 하고 불러서 제지했다. 그런데 녀석은 내가 안 보면 다시 살그머니 접근했다. '해피!' 하고 또 저지하면, 마치 오줌 누러 가는 게 아니라 카펫에 앉으려고 움직였을 뿐이라는 듯이 털썩 그 자리에 엎드려 딴청을 피웠다. 그러다가 어느새, 정말 어느새!, 잠시 한 눈을 파는 사이에 소변을 해치워버렸다. 아, 진짜 강적이 되었다.

습관이라는 게 이렇게 무섭다!

요즘 시크릿의 전효성이 욕을 무지하게 얻어먹는다.

어떤 라디오 프로그램에 출연해서 "시크릿은 개성을 존중한다. 민주화시키지 않는다."라고 했는데, 여기에서 '민주화'를 일베 사이트에서 통용되는, 민주화를 조롱하는 '하향평준화, 하향획일화'라는 뜻으로 사용했기 때문이다. (그 말이 이런 뜻으로도 사용되는 줄은 나도 처음 알았다.) 전후문맥으로 보건대 전효성은 그저 무식했을 뿐이다. 하지만 무식하다고 (혹은, 몰랐다고) 모든 게 용서되지는 않는다.

전효성은 의도하지 않게 일베 회원 커밍아웃을 한 게 되어버렸고, 마침 〈무한도전〉에서 지난주에 아이돌 특집으로 (전효성을 포함한) 아이돌들을 데려다놓고 국사 교육을 시키며 무식한 아이돌들 및 시청자들에게 올바른 역사관을 심어주는 감동적으로 계기를 만들었는데, 이 특집 2차 방송이 예정된 이번 토요일이 하필이면 광주민주화운동 기념일이라, 민주화를 조롱한 전효성을 방송에서 편집해야 한다는 시청자 의견이 무한도전 게시판을 뜨겁게 도배하고, 한편 일베에서는 전효성을 애국 아이돌로 칭송하며 난리가 났단다.

평소의 언어습관이 공식적인 자리에서 노출되면서 이런 볼썽사나운 일이 일어났다. (습관은 이렇게 늘 본인의 선한 의도를 배신하는 법이다) 재수가 없었다고 볼 수도 있지만, 상식이 부족하면 언제든 이렇게 망신을 당하게 마련. 너도 이런 실수를 저지르지나 않을까 걱정이다. (예전에 그 뭐였더라, 어떤 단어가 생각하지 않아 엉뚱한 말을 한 바람에 친구들 사이에서 잠깐 어색한 상황이 벌어졌다고 했었지?)

책 좀 읽어라, 나중에 자대 배치 받으면.

아빠가

나는 왜 네게 편지를 쓸까?

2013. 5. 16.

오늘은 분리수거 하는 날, 아침에 분리수거할 것들을 문 앞에 내놓았다. 그런데 그때 전화가 왔다. 엄마의 대모 베로니카님이었다. 외출하기 전에 열무김치와 쑥떡 절편을 현관 손잡이에 걸어놓겠다면서 102동인지 104동인지 헷갈려서 전화하셨단다. 정말 부지런하고 열정이 넘치는 분이다! 엄마가 대모님의 선물을 받으러 아래로 내려가는 길에 종이박스만 빼고 다른 것들은 분리수거 해버렸다. 그래서 오늘은 내가 종이박스만 버렸다는 얘기.

편지를 쓸 때마다 드는 생각, 나는 왜 네게 편지를 쓸까?
왜 하루에 한 번씩 꼬박꼬박 육군훈련소 사이트를 찾아들어와 네게 편지를 쓸까? 늘 제한 글자 수 800자를 초과한 바람에 줄이고 줄여 겨우 800자 꽉 차게 맞추는 수고를 해 가며 하루도 빼놓지 않고 네게 편지를 쓰는 이유가 무엇일까?

너도 궁금하지 않니?

다른 동기들이 모두 편지를 받아서 읽는데 너만 혼자 멀뚱하게 앉아 외롭다고 느끼는 일이 없도록 하고 싶어서다. 훈련의 피로를 잠시나마 잊을 수 있게 너에게 짧은 소일거리를 마련해 주고 싶어서다. 훈련을 마지막까지 충실하게 잘 받을 수 있도록 너에게 용기를 주고 싶어서다. 비록 썰렁한 유머밖에 모르지만 그래도 네가 내 유머에 청량한 즐거움을 느끼면 좋겠다는 마음에서이다. 그동안 한 지붕 아래 있으면서도 서로 바빠서 혹은 서로가 준비되지 않아서 충분히 하지 못했지만 너에게 꼭 해 주고 싶었던 말을 하고 싶어서다. 성인의 문으로 이제 막 들어가는 너에게 성인의 책임과 규율과 상식을 내가 해 줄 수 있는 범위에서 가능하면 많이 일러주고 싶어서다. 네가 미처 준비하지 못한 게 무엇이고 앞으로 준비해야 할 게 무엇인지 (너도 잘 알고 있긴 하겠지만, 혹시 빠트린 게 있을지 모른다는 노파심에) 일러주고 싶어서다. 어린 새가 커서 둥지를 떠나는 것처럼 네가 어엿하고 유능한 성인이 되기를 간절하게 바라고 또 이런 마음을 너에게 전하고 싶어서다. 그래, 이유는 백 가지도 넘지만, 이 한 가지만은 꼭 기억해라. 내가 너를 사랑하고 있음을 알려주고 싶어서다.

아들아, 오늘 하루도 마무리 잘해라.
그리고 많이 웃고, 많이 웃겨라.

아빠가

많이 웃고, 많이 웃겨라
2013. 5. 17.

오늘은 부처님 오신 날, 부처님이 주신 초코파이 먹었나?

알고 있니?

지금도 그렇지만 너는 어릴 때부터 미소가 아주 좋았다.

국보 83호 금동미륵보살반가사유상, 교과서에서 너도 본 적이 있을 거다. 구리로 만들어서 도금했으며, 왼발은 내리고 오른발은 그 무릎 위에 얹는 '반가' 자세로 생각에 잠긴 삼국시대 보살상이다. 대개의 반가사유상들이 다 그렇듯이 부드러운 기품과 신비로운 미소가 치명적이라고 할 만큼 매력적이다. (치명적이라는 뜻은 그 자리에서 죽어도 좋을 정도로 황홀하게 매력적이라는 말이다.) 네 미소가 이만큼 매력적이다. 부처님 오신 날에 보살상을 두고 내가 설마 거짓말을 할까.

아들아, 너는 왜 이 아름다운 미소를 감추는지 모르겠다. 적어도 집에서는, 긴 시간 동안은. 많이 웃어라, 웃으면 마음이 넉넉해진다. 인내, 애정, 관심, 너그러움이 길러지고 자존감이 높아지고, 그리하여 잡것들이 감히 범접하기 어려워진다. 많이 웃되 경망스럽게 웃지 말고, 너무 큰 소리를 내면서 웃지도 말며, 얼굴이 시뻘게지면서 웃지도 마라, 하고 아마 부처님이라면 말하지 않을까 싶다.

또 남을 웃겨라.

남을 웃기는 것도 불교식으로 말하면 공덕을 쌓는 일이다. 자기 내공을 기르며 남에게 자비를 베푸는 행위다. 웃기려면 준비가 필요하다. 개그맨들 아이디어 회의 하듯이 혼자 이런저런 궁리해서 재밌는 이야깃거리를 만들어라, 주변에 널려 있는 사람들과 일들을 소재로 해서... 예전에 나는 고등학교 때 〈데카메론〉이라는 고전(사실은 19금 내용)을 읽으면서, 거기에 나오는 재미있는 이야기들을 나름대로 각색해서 친구들에게 하나씩 해 주곤 했는데... 혹시 아니, 너에게 남다른 이야기꾼의 재주가 있을지.

오늘은 가벼운 인사, 바이!

아빠가

아, 그리고 한 가지 더, 〈키드갱〉에서 태산파에서 강거봉 일행이 나오게 된, 그리하여 십 년 넘게 이들이 태산파를 피하며 온갖 흥미진진한 사건을 벌일 수밖에 없었던 배경이 드디어 밝혀졌다. 그 무시무시하게 놀라운 이유는 5월 22일에 확인해라, 장담하건대 소름이 돋거나 혹은 뒤집어지거나 둘 중 하나다.

바보야!

2013. 5. 18.

네가 휴대폰 잃어버리고 얼마 지나지 않아서 하늘이도 휴대폰 잃어버렸잖아.

　그리고 다시 얼마 뒤, 하늘이가 늦게 귀가해서 세수를 하다가 갑자기 노트북을 잃어버린 걸 깨달았다. 어디 뒀는지 도무지 기억이 나지 않는다고 했다. 그런데 자다 말고 일어나서는, 혹시 학교 도서관에 뒀을지도 모른다며 차로 데려다 주면 좋겠다고 했다. 설령 거기에 뒀다 한들 열두 시간도 더 지났는데 그게 남아 있을까 싶었지만, '혹시...' 하는 생각으로 녀석이 밤새 잠을 이루지 못할 것 같아서 함께 차를 나섰다. 그때가 밤 한 시 반이었다, 젠장!

　가던 길 차 안에서 하늘이는 자기도 물건을 잃어버리는 나쁜 습관 때문에 스트레스를 많이 받는다고 했다. 그래서 '잃어버리지 말자, 잃어버리지 말자'를 주문처럼 외우고 다닌다고 했다. 그날도 그랬다고 했다.

"바보야, 그럼 '공부 잘해야지'를 주문처럼 계속 외운다고 성적이 저절로 오르나?"

　그런데 진짜 이런 친구 있다, 예전이나 지금이나. 그러나 구체적이고 실천적인 계획을 세우고 실행하고 평가하고 계획을 수정하고 다시 실행하고 평가하는 일련의 과정을 거쳐야 성적이 오르잖아.

　물건 잃어버리는 습관에 대해서도 마찬가지다. 주문만 외울 게 아니라 구체적인 계획-지침을 가져야 한다. 예컨대 지갑과 휴대폰은 몸에서 분리시키지 않는다, 손에 들면 흘리기 쉬우므로 무조건 주머니(그것도 깊은 주머니)에 넣는다, 그리고 혹시 잃어버릴 경우에 대비해서 연락처를 붙여둔다 등.

모든 일이 다 그렇다. 원하는 게 있으면 바라지만 말고 구체적인 실행계획-지침을 마련해라. 감을 따려면 나무에 올라가든 누구에게 부탁하든 긴 작대기를 어디서 구해 오든 해야 한다. 쉬운 진리인데도 사람들은 대부분 무시하고 살더라. 귀찮아서 요행과 공짜를 바라거든. 네가 좀 그렇지 않니? 솔직히, 나도 예외는 아니다만.
학교 정문에서 기다리는데, 하늘이가 걸어오는 모습이 멀리 보이더라. 갈 때 없었던 노트북 가방을 메고 하늘이가 손가락으로 브이자를 만들더라. 그때가 밤 두 시, 에휴.

주헌아, 정신 차려라! …어떻게?
푸시업 2분에 42개, 어떻게?

감 따는 꿈 꿔라, 아빠가

에너제틱

2013. 5. 19.

밤새 비가 온 뒤라 그런지 금호여중 운동장 아래 언덕이 거대한 초록색 이불을 깨끗하게 빨아서 널어놓은 듯 완전한 신록이다. 앙상한 갈색 가지들만 촘촘하던 게 엊그제 같았는데, 계절의 변화가 놀라울 뿐이다. 너도 가끔씩은 눈을 들어 하늘도 보고 나무도 봐라.

삼차원이 사차원으로 확장되는 느낌!

일요일, 하늘이가 오전에 독서동아리 모임 가는 날이다. 그런데 하늘이가 늦었다며 종로 2가까지 태워 달라고 하더라. 너도 알지만, 하늘이는 늘 무언가 일이 많고, 그래서 늘 우리를 부산한 분위기로 몰아넣잖아, 그 바람에 우리는 '어떤 희생'을 해야 하고. 지난주에 '아름다운 가게'에 갔다 오면서 디즈니 캐릭터 1,000조각 퍼즐을 3,500원에 사가지고 왔는데, 이걸 놓고 우리 식구 한바탕 시끄럽게 말이 많았는데 (어떤 얘기일지 짐작하지?) 어제 미국 풍속화가의 그림 2,500원짜리 500퍼즐로 바꿔왔더라. 그저께는 대치동 논술학원 첨삭 알바 한다면서 집에 가지고 온 답안지 첨삭하더니, 학원이 너무 상업적이라며 진지하게 이러더라.

"아빠, 가계와 학생들을 위해서 논술 학원 하시죠?"

이렇게 하늘이는 늘 무언가를 제시하고 판단과 결정을 요구한다.
그래서 늘 시끄럽다.

차를 타고 가는 도중에 하늘이는 나중에 자기 직장도 강북의 도심
에 있으면 좋겠다고 하더라, 복잡하고 오밀조밀한 그런 게 좋다고,
충무로를 지날 때는 영화 다시 하고 싶지 않으냐고 묻더라. 독서 동
아리 친구들 얘기도 했다. 나는 하늘이와 이런 대화를 하는 게 좋
다. 하늘이의 에너지 넘치는 모습이 좋다. '어떤 희생'을 치른다 해
도 말이다. 주헌이 너하고도 이런 소소한 대화를 많이 나누고 싶다.
네 에너지 속에서 붕붕 떠다니고 싶다. 사실, 그런 게 아빠로서 내
가 누릴 수 있는 재미 가운데 하나거든. 물론 이런 재미없어도 잘
산다. 그렇지만 나이가 들어서 그런지, 아니면 이제 철이 나서 그런
지, 이런 재미가 참 좋다. 그러니 너도 이런 재미 나에게 많이 주면
안 되겠니?

오늘은 〈모든 상처는…〉이라는 책을 읽고 하늘이가 사온 그림 퍼
즐을 맞춰 봐야겠다.

아들, 곧 네 얼굴 볼 생각이 마음이 즐겁구나.
굿 나이트 마이 보이.

부끄러움

2013. 5. 20.

　하늘이 예비군 훈련 가는 바람에 모처럼 일찍 나선 출근길, 왕십리역에서였다.

　5호선에서 내려 에스컬레이터를 타고 올라가면 지하 3층 2호선 타는 데가 나오는데, 1층 분당선 플랫폼으로 연결되는 에스컬레이터 쪽으로 걸어가자니, 멀리 전방에 행상 좌판 깔아놓은 게 보이더라. 바닥에서 20센티미터 높이의 좌판을 만들고 그 위에 양말을 한 켤레씩 죽 깔아 놓았더라. 출근길 바쁜 걸음을 놀리는 행인들은 좌판을 한 번씩 흘깃 바라볼 뿐 그냥 지나치고...

　가까이 다가가니 좌판 뒤에 서 있는 주인이 보이더라. 젊은 청년, 이십대 후반이었다. 그런데 이 사람은 휴대폰을 들고서 무언가를 열심히 하고 있더라, 얼핏 봐서 잘은 모르겠지만 오락을 하는 것 같지는 않고, 검색을 하는 듯 하더라. 하지만 내 시선이 멈추는 동안 계속 그 자세와 동작을 유지했고, 한참 걸어간 뒤에 뒤를 돌아봐도 여전하더라. 그렇다면 주인은 검색을 하는 게 아니라, 행인들의 시선을 피해, 휴대폰 화면에 숨은 게 거의 확실하다.

　　이 광경을 상상해 봐라, 어떤 느낌이 드니?

역무원이 달려들면 좌판 걷고 달아나야 하는 처지, 변변찮은 데서 변변찮은 물건을 파는 게 부끄럽겠지만, 물건 팔러 나왔으면 적극적으로 나서야 하는 것 아닌가? 잠재적인 고객들과 눈을 맞추려고, 판매의 기회를 포착하려고 애를 써야 하는 것 아닌가? 하다못해 '한 켤레에 ○○원'이라는 종이 팻말이라도 세워 둬야 하는 거 아닌가? 그런 것도 안 할 거면 거기 왜 나와 있지? 뭐가 그렇게 부끄러워서 바보같이 비겁하게 그러고 서 있지?

포수에게 쫓기는 꿩은 급하면 나무덤불에 대가리를 처박는다. 자기 눈에 포수가 보이지 않으면 포수가 세상에서 뿅 사라져버리기라도 한 줄 안다.

열등감이 퍼트린 근거 없는 공포에 목표 의식이 흐려질 때 그 자리에 대신 깃드는 부끄러움, 모든 진취적인 것의 적이다!

그래, 나도 이런 꿩 새끼가 되었던 적이 적지 않다만,

만일 네가 이런 상황에 놓인다면, 어쩔래?

어디서 뭘 하든 간에 목표 의식을 잃으면, 누가 떠밀지도 않았고 손가락질 하지도 않았는데 스스로 불쌍한 존재가 되고 만다. 그게 바로 거지다.

아아, 이제 이틀 뒤면 너를 보겠구나.

할머니의 공짜

2013. 5. 21.

오늘 쓰는 편지가 내일 우리가 만난 뒤에 내일 저녁, 혹은 모레 아침에 전달될지도 모른다는 생각에 오늘은 서둘러 아침에 쓴다.

어제 낮에 큰고모가 전화했더라. 할머니가 감기에 걸렸는데 병원에 가자고 해도 고집을 부리며 안 가신다면서 나더러 대신 설득을 해 달라더라. 그래서 내가 그랬다.

"의료보험비 많이 내서 병원비 다 공짠데, 병원에 가셔야죠?"

"공짜라?"

공짜라는 말에 할머니는 벌떡 일어나셨다. 나중에 들으니 병원에서는 왜 주사를 안 놓아 주냐고 해서 주사도 한 대 맞으셨단다. 우스우면서도 마음이 아프네. 자식에게 경제적으로 부담주고 싶지 않은 마음이 집착으로 바뀌는 것 같아서, 무너지시는 것 같아서, 더욱 그렇다.

하늘이는 어제 예비군 훈련 마치고 동기들과 학교 앞에서 술을 마시다가 밤 두 시 다 되어서 떡이 되어 들어와서는 옷만 벗고 그냥 뻗어버리더라. 아침에 보니까 아직도 술이 덜 깬 얼굴은 퉁퉁 부어서 정육각형이 되어 있더라. 얼마나 많이 마셨느냐니까 '개많이' 마셨다더라.

"…참으로 술이란 입술을 적시는 데 있다. 소처럼 마시는 사람들은 입술과 혀를 적시기도 전에 직접 목구멍으로 넣는데 그래서야 무슨 맛이 있겠느냐? 술을 마시는 정취는 살짝 취하는 데 있는 것이지 얼굴이 붉은 귀신처럼 되고 토악질을 하고 잠에 곯아떨어진다면 무슨 정취가 있겠느냐."

다산 정약용이 아들 학유에게 쓴 편지 가운데 한 부분이다.
덧붙여서 다산 선생이 두 아들에게 보낸 편지 한 구절 더.

"비스듬히 드러눕거나 짝발을 짚고 서고 상소리를 뱉으며 어지러운 것을 보면서 경건한 마음을 가질 사람은 세상에 없다. 몸을 움직이는 것, 말을 하는 것, 얼굴빛을 바르게 하는 것, 학문을 하려면 이세 가지에 가장 우선적으로 마음을 기울여야 한다. 이것을 하지 못하면서 다른 일에 힘쓴다면 비록 하늘의 이치에 통달하고 다른 사람보다 뛰어나게 많은 것을 안다 할지라도 결국은 발뒤꿈치를 땅에 붙이고 바로 설 수 없게 되고 걷잡을 수 없게 될 것이다."

살아가는 방식이 다르긴 하지만, 자기를 아끼고 높이는 자존의 마음을 놓치지 말아야 함은 예나 지금이나 다르지 않을 것 같다.
주헌아, 우리 내일 반갑게 만나자.

너희들의 수료식

2013. 5. 22.

(집에 오니까 일곱 시 반이더라, 조금 막힌 바람에 세 시간 걸렸다.
씻고, 밥 먹고, 이렇게 편지를 쓴다.)

축하한다!
드디어 지긋지긋하던 훈련소와 작별이구나, 다시 한 번 더 축하한다.

늠름한 모습, 참 보기 좋더라.
너희들의 우렁찬 구령소리, 절도가 있고 규율이 있더구나. 처음
입소할 때는 오합지졸들이었는데 진정한 군인으로 거듭났더구나.
박수가 저절로 쳐지더라.
우리 집 사람들은 대대로 가늘고 긴 손가락이 예쁘다. 특히 네 손
은 여자 손이 무색할 정도로 예뻤는데, 그 예쁜 손에 그새 굵은 마
디가 잡히고 손바닥이 단단하고 두꺼워진 것도 참 보기 좋더라. 키
가 그새 더 커진 것처럼 느껴진 것도 아마 구부정하고 흐느적거리
던 네 몸에 각이 잡히며 자세가 꼿꼿해졌기 때문이 아닐까 싶다. 그
것도 보기 좋더라.

카페 띠아모에서 팥빙수 먹고 훈련소로 다시 들어가서 너희 중대

본부 앞 운동장으로 들어설 때, 특히 다른 소대(4소대)의 소대장 얼굴, 그리고 악질로 소문이 나고 또 훈련생들로부터 그런 평가를 받는 바람에 휴가가 취소되었고, 그 때문에 독이 많이 올라 있다는 조교의 얼굴을 보고는 갑자기 (너만 상대방을 보고 그 사람들은 널 보지 못하였음에도 불구하고), 마치 해피가 회초리를 든 내 앞에서 꼬리를 내리고 벌벌 떨듯이, 한 순간에 머릿속이 하얗게 비어버린 것처럼 행동하던 네 모습을 보고는 마음이 짠하더라.

그래, 군대라는 조직에 그리고 이 조직의 규율에 적응한 결과겠지.

그러나 분대장 얼굴을 보자마자 자기도 모르게 심리적·정신적으로 위축되어 벌벌 떠는 육군 이병 이주헌이라는 자아, 절대로 부끄러움이 아니다.

자기도 모르게 '파블로프의 개'가 되어버린 게 아니라, 군인이므로 군대라는 조직에 맞춰서 네 스스로 '파블로프의 개'가 되었다고 생각해라. 자기도 모르게 환경에 적응하는 그런 자아에 네 본 자아가 매몰되는 게 아니라, 네 큰 자아가 어떤 목적을 위해서 그런 자아를 능동적·주체적으로 만들었다고 생각해라, 해피가 경우에 따라서 나를 우습게 알며 나를 가지고 놀듯이 말이다. 그래야 폼이 나잖아!

다시 한 번 축하한다, 자랑스러운 이등병 계급장이다.

잘 자라, 아빠가

마지막 편지

2013. 5. 23.

아침에 재미있는 광경을 목격했다. 출근길이었다. 카센터를 지나고 편의점을 지나면, 아파트 공사장 건너편에 교회가 있잖아. 왼쪽으로는 교회 지하로 들어가는 주차장 입구 통로가 있고, 그 통로 옆으로는 교회 건물 계단이 있다. 그 앞을 걸어가는데, 그 계단 쪽으로 참새 한 마리가 무언가를 노리며 빠르게 저공비행을 해서 착지했고, 그 뒤로 다른 참새 두 마리가 바쁘게 따라와서 앉았다. 맨 앞의 참새가 쫓던 것은 나방이었고, 날개에 힘이 빠진 나방은 참새의 추격을 끝내 뿌리치지 못했다. 다른 참새 두 마리는 사냥에 성공한 참새에게서 나방을 뺏으려고 덮쳤다. 하지만 승자는 빠르게 허공으로 날아올랐고, 참새 세 마리는 허공에서 어지러운 추격전을 펼치다 시야에서 사라졌다. 아무래도 나방을 입에 문 참새의 최종적인 승리로 끝날 것 같은 형세였다. 이렇게 아침부터 자연의 살벌한, 엄정한, 일상적인 (그러나 아는 사람만 알고 모르는 사람은 모르는) 투쟁이 금호동의 아침 출근길에서 벌어지고 있더구나.

네가 이 편지를 받을 때쯤에는 훈련소를 떠날 채비를 모두 마쳤을 테지. 그래, 인터넷으로 쓰는 마지막 편지다. 배출일 전날 오후 1시까지 쓴 편지는 배달된다고는 하지만, 시스템에 대한 불신 때문인

지, 어쩌면 이 편지가 네 손에 들어가지 못할지도 모른다는 생각에
착잡하구나. 네가 훈련소에 있는 동안에는 하루에 한 번씩 꼭 편지
를 쓰면서 온전하게 네 생각만 하겠다고 마음먹었었는데, 이게 그
마음속 약속의 마지막 편지라고 생각하니 더욱 그렇다.

지난 4월 23일부터 5월 23일까지 꼬박 한 달 더하기 하루. 그 동안
나는, 지금까지 살면서 내가 너에게 잘할 수 있었는데 잘하지 못한
것들도 생각해봤고, 내가 가진 작은 경험과 지혜를 어떻게 하면 네
가 가장 잘 받아들일 수 있을지도 생각해봤다. 편지글 속 단어 하나
하나가 모두 나에게 소중한 시간이었고, 내가 쓴 편지들이 너에게
작으나마 기쁨이 되었고 위안이 되었고 또 앞으로 네가 걸어갈 인
생길에 작은 도구가 되면 좋겠다. 모자라서 아쉬운 것도 있지만, 뭐
이런 것까지도 우리 인생의 한 부분이니까.

주헌아, 우리 행운을 빌자.

아빠가

두 아이는 비록 서툴긴 해도 사회의 일원으로 잘 살고 있다.

장면 1.

"나는 요즘 지나가는 여자를 볼 때마다 유방부터 먼저 보게 되었다, 당신의 유방은 안녕하신지요?

지난 2월 초에 아내의 유방에 이상이 있는 것을 발견했고, 뒤이어 대장에도 이상이 있는 것을 확인했고, 그래서 아내는 2월 말에 유방암(2기, 부분절제) 수술과 대장암(1기, 상행결장) 수술을 동시에 받았고, 그 뒤에 유방암 재수술(암 조직으로 의심되는 부분이 조금 더 남아 있어서 그 부분을 추가로 떼어 내는 수술)을 한 차례 더 받았다.

그리고 항암 치료를 80일에 걸쳐 4회 받았고, 그 뒤에 방사선 치료를 주 5회씩 33회 받았는데, 이 치료가 지난 주 수요일에 끝났다.

(병원은 ○○○○○○, 의사도 최고였고, 협진 시스템도 좋고, 무엇보

다 거리가 가까워서 치료 받으러 다니기가 좋더라.)

　이로써 1막은 끝났고, 앞으로 7년 동안 약을 하루에 한 알씩 저녁에 복용해야 하는 2막이 남았다. 그 과정까지 끝이 나야 다 끝난다고 하더라. (이 약이 부작용이 좀 있어서, 특히 오전 시간대까지는 관절 부분이 붓기 때문에 손가락 조작을 불편해 할 정도...)

　처음 아내의 상태를 확인했을 때 친구들 가운데 있는 경험자와 전문가들에게 자문을 했고, 이 친구들에게 굳이 다른 사람들에게 알리지 말라고 부탁했었다. 썩 아름다운 일도 아니고, 또 '위로'나 '문병'조차도 응대하기 힘들었기 때문이다, 감정의 여유가 그만큼 없었다는 뜻...

　그동안 걱정해준 친구들 고맙고, 이렇게 저렇게 알면서도 일부러 내색 안 하지 않은 친구들도 고맙다. 아무튼 지금 이런 사정을 굳이 공공연하게 알리는 것은, 이제 그럴 때가 되었다고 생각해서이다.

　아울러, 마누라가 건강해야 내가 편한데, 나는 이 작전에 이미 실패를 해버렸으니까, 다른 친구들은 타산지석으로 삼아서 성공하면 좋겠다. 끝."

　2017년 8월 28일, 고등학교 동기 단체 카톡방에 올린 메시지이다.

장면 2.

"중증 치매입니다, 우울증이 동반된..."

　2018년 6월 18일, 한양대학교 병원. 아흔 살 장모님이 한 주 전에 받았던 검사의 결과가 그렇게 나왔다. 오래 전부터 예상하던 대로

였다. 3년 전에 대장암 수술을 받은 뒤부터 장루를 착용하고 생활하면서 그 장루 때문에 내내 스트레스를 받으셨으며, 그리고 여섯 달 전에는 침대에서 낙상한 바람에 고관절 수술까지 받고 휠체어 신세를 지셨는데, 그 뒤 끝에 결국 그렇게 되고 말았다. 사위가 병원 앞에 있는 약국에서 약을 기다리는 동안 장모님은 딸 및 24시간 요양사와 함께 주차장 자동차 안에서 사위가 오길 기다리다가 문득 김밥 생각이 났던지 김밥을 사오라고 하셨다, 집에 있는 장인어른 몫까지 해서 다섯 줄을... 집에 와서는 사위에게 귓속말로 요양사가 하루 종일 에어컨 틀까 봐 무서워서 에어컨을 틀지도 못한다고 하셨다. 그리고, 막 점심을 드신 장인어른이 반만 먹고 남긴 김밥을 기어코 사위에게 먹이려고 하셨다. 안 먹으면 욕심 많은 요양사가 먹어치울 거라면서. 노환이 경우 바르시던 장모님을 다른 사람으로 바꾸어놓았다.

장면 3.

장모님이 치매 판정을 받기 이틀 전인 2018년 6월 16일, 경주 불국사 공영주차장 건너편 블록에 있는 ○○○ 가족호텔.

어머니의 친정 종반 형제자매들의 연례 1박 모임이 열렸고, 이 자리에는 어머니를 포함한 우리 일행 외에 아홉 쌍이 부부 동반으로 모였다. 떠들썩한 웃음소리 속에서 어머니의 동생들과 제부들과 올케 부부들 열여덟 명은 제각기 어머니에게 다가앉아서 자기를 알아보는지 물었다.

"언니야, 내가 누군지 모르겠나?"

"모르겠는데요, 누군교?"

"몇 달 전에도 봤잖아."

"그랬습니까? 몰라봐서 미안합니데이."

왁자하게 웃음.

"누님요, 나를 와 몰라보능교?"

"누군데요?"

"월태 아입니까?"

이 분은 어머니보다 네 살 아래 일흔여덟 살의 어머니 육촌 동생
인데, 집안에서는 처음 태어난 아들이라 귀하디귀한 자손이었고,
어른들뿐만 아니라 어머니를 포함한 세 누나들까지 서로 업겠다고
쟁탈전을 벌이던 예쁜 동생이었다. 어머니도 이 동생을 언니들에
게 뺏길까 봐 등에 업고 휑하게 달아나곤 했다고 한다.

"월태? 월태는 내하고 종반간인데..."

왁자한 박수.

"예, 내가 바로 그 월태라고요!"

"그래? 월태면 왜 여태까지 모른 척 하고 내한테 아무 말도 한 하
고 그러고 있었지?"

다시 왁자한 웃음. 다시 다른 사람이 나서고...

"아엠 김서방, 유노?"

"허허허... 영어를 잘하시네요."

"거 봐, 막내 제부는 알아보시잖아! 오케이, 땡큐!"

또다시 와자한 웃음.

이 날 어머니는 식당에서 식사를 마친 뒤에 노래까지 한 곡 재밌게 뽑았다. 그리고 그 날 내내 아들이 시인인데, 한시를 멋지게 잘 써서 상을 받았던 당신 아버지 피를 물려받아서 그렇다며 자랑을 했다. 어머니와 함께 사는 화진이 동생 내외에게 사람들의 칭찬과 격려가 아낌없이 쏟아졌지만, 그래도 어머니는 딸이나 사위는 아무래도 아들만 못하다고 했다.

"엄마, 나하고 윤 서방이 오빠보다 못하다고?"

"아무래도 글치..."

"윤 서방이 여기까지 엄마 차 태워서 왔잖아, 오빠는 혼자 기차 타고 오고. 그래도?"

"글치..."

"엄마, 저기 윤 서방 봐라, 윤 서방이 그 말 듣고 실망하잖아."

"그렇나? 실망하지 말게 윤 서방."

다시 와자한 웃음.

나중에 참석자 전체 단체사진을 찍고 나서 어머니와 나, 그리고 동생 내외만 넷이서 따로 또 사진을 찍었다. 어머니는 의자에 앉고 아들과 딸과 사위는 어머니 뒤에 나란히 섰다. 어머니는 아들의 가방을 행여 놓칠세라 오른손으로 힘주어 쥐고서 카메라를 바라보았다.

장면 4.

2018년 2월 24일, 집. 텔레비전으로 이승훈이 빙속 금메달 따는 거 보고 아들 녀석이 하는 말.

"우와, 나보다 딱 두 살 더 먹은 사람은 태극기 가슴에 달고 메달을 몇 개씩이나 땄는데, 나는 태블릿 들고 게임이나 보고 있고... 나는 어찌해야 합니까?"

그래서 내가 이랬다.

"기죽지 마라. 나는 절마 나이 두 배나 되는데 소파에 드러누워 쓸데없이 주전부리나 찾고 있지만... 그래도 잘 살잖아. 게다가 앞으로도 신나는 일들이 얼마나 많이 나를 기다리는지 모르는데, 흐흐흐."

내 웃음이 무슨 색깔인지 우리 세대는 잘 알 것이다.

이문열 《아우와의 만남》

이문열의 소설을 다 읽었다 해도 이 책에 수록된 작품들을 읽지 않고는 결코 이문열 문학을 논할 수 없다!

박범신 《겨울강 하늬바람》

영원한 청년 작가 박범신이 혼신의 힘을 다해서 쓴 이 소설에는 시대의 아픔을 껴안는 그의 문학 정신이 녹아 있다.

이청준 《날개의 집》

초기작부터 최근작에 이르기까지, 이청준 문학의 큰 흐름을 형성하는 소설 중에서 가장 중요한 작품들을 엄선했다.

이승우 《에리직톤의 초상》

'스물두 살의 천재'라는 찬사를 들으며 화려하게 등단한 이래 관념을 소설화하는 독특한 작품세계를 펼쳐 온 이승우의 대표작!

박영한 《왕룽일가》

서울 근교의 우묵배미라는 농촌을 삶의 무대로 살아가는 사람들의 슬프지만 우스꽝스런 이야기들을 형상화한 박영한의 대표작!

윤흥길 《낫》

일본에서 먼저 출간되어 대단한 화제를 불러일으킨 이 작품은 윤흥길 소설만이 갖고 있는 특별한 매력을 물씬 풍기고 있다.

전상국 《유정의 사랑》

전형적인 사랑 이야기와 김유정의 평전이 자연스레 녹아 한 편의 퓨전 소설 형식을 취하며 문학의 새 지평을 연 놀라운 작품이다

윤후명 《무지개를 오르는 발걸음》

윤후명이 아니면 도저히 쓸 수 없는 특유의 문체와 독특한 작품 분위기, 그리고 각별한 재미!

이순원 《램프 속의 여자》

전방위 작가 이순원이 외롭고 슬픈 한 여자를 통해 우리가 살아온 각 시대의 성의 사회사를 살펴본 탁월한 소설이다.

고은주 《아름다운 여름》

아나운서인 여자와 우울증 환자인 남자의 이야기를 통해 '진짜' 당신을 만날 수 있게 해주는 '오늘의 작가 상' 수상작.

이호철 《판문점》

분단 문학을 새로운 차원으로 끌어올린 이호철의 대표작 중 미국과 프랑스에서 출간되어 호평 받은 작품만을 엄선했다.

서영은 《시간의 얼굴》

'너를 진정으로 사랑하여 나를 부수고 다른 나로 태어나려는' 주인공의 열망을 심정적으로 온전히 치른 역작.

김원우 《짐승의 시간》

유니크한 작품세계를 구축하고 있는 김원우 문학의 원형을 보여주는, 젊은 시절의 열정을 고스란히 바친 첫 번째 장편소설.

한승원 《아버지와 아들》

토속적인 세계와 역사의식을 통해 민족적인 비극과 한을 소설화하면서 독보적인 세계를 구축한 한승원의 '기리야마 환태평양 도서상' 수상작.

송영 《금지된 시간》
미국 펜클럽 기관지에 소설이 소개되어 새롭게 주목받은 송영이 심혈을 기울여서 쓴 한 몽상가 의 이야기.

조성기 《우리 시대의 사랑》
성과 사랑의 경계에 대한 질문을 던지며 많은 화 제를 모았던 이 작품은 조성기를 인기 소설가로 만들어준 출세작이다.

구효서 《낯선 여름》
다양한 주제를 섭렵하면서 독특한 자기 세계를 구축하고 있는 우리 시대의 중요한 소설가 구효 서의 야심작.

한수산 《푸른 수첩》
짙은 감성과 화려한 문체로 한 시대를 풍미했던 한 수산이 전성기 때의 문학적 열정으로 그려낸 빛나는 언어의 축제.

문순태 《징소리》
향토색 짙은 작품으로 우리 소설의 한 축을 굳게 지키고 있는 문순태는 이 작품에서 한에 대한 미 학의 극치를 보여준다.

김주영 《즐거운 우리집》
한국 문단의 탁월한 이야기꾼 김주영의 주옥같은 작품들을 한자리에 묶은 대표작 모음집.

조정래 《유형의 땅》
네티즌이 선정한 2005 대한민국 대표작가' 조정 래 의 문학적 뿌리는 이 책에 수록된 빛나는 단편 소설 이다.